CW Niemeyer

Die Geschehnisse in diesem Roman bleiben reine Fiktion. Sämtliche Handlungen sind frei erfunden.

MIX
Papier | Fördert gute Waldnutzung
FSC® C104608

Bibliografische Information der Deutschen Nationalbibliothek
Die Deutsche Nationalbibliothek verzeichnet diese Publikation in der Deutschen Nationalbibliografie; detaillierte bibliografische Daten sind im Internet abrufbar über https://www.dnb.de

www.niemeyer-buch.de

Umschlaggestaltung: Carsten Riethmüller
Der Umschlag verwendet Motiv(e) von 123rf.com
Druck und Bindung: Nørhaven, Viborg
Printed in Denmark
ISBN 978-3-8271-9327-8

Wolfgang Hofer

OLAF ERMITTELT

—

Der Kanzler-Krimi

1972

heute

WOLFGANG HOFER

Seine Karriere im Reich der Worte und Töne begann er 1971 mit dem selbst komponierten Hit vom „Trödler Abraham". Wegen des außergewöhnlichen Textes wurde Udo Jürgens auf ihn aufmerksam. Gemeinsam schufen die beiden über hundert Songs, unter anderem die Klassiker „Liebe ohne Leiden" und „Mit 66 Jahren". Dazu schrieb Hofer Drehbücher für das Fernsehen und war Berater bei Shows wie „Wetten dass..?". Die Liste seiner Kundschaft ist endlos: Wencke Myhre, Maite Kelly, Thomas Anders, Roland Kaiser, Michael Schanze, Harald Juhnke, Harald Schmidt und jede Menge große Namen mehr. Für die Musicalfassung von Dürrenmatts „Der Besuch der alten Dame" verfasste er die Songtexte. Und jetzt schreibt er auch noch Krimis!

Dieser Roman ist für meine Mutter,
die den Dichter in mir geweckt hat.

Für Udo Jürgens, der mich gelehrt hat, dass die erste
Formulierung nicht gleich die beste sein muss.

Und für Tina, die mich mit jedem Schmunzeln
zum Weiterschreiben animiert hat.

Danke euch allen!

Die deutsche Literatur ist einäugig.
Das lachende Auge fehlt.

Erich Kästner

Kapitel 1

Brauchst du einen Freund im politischen
Berlin, dann schaff dir einen Hund an.
Frei nach Harry S. Truman

„Der Hund muss noch raus", sagte Britta.

Olaf genoss den letzten Schluck vom Roten, der ein Schwarzriesling war, in vornehmen Kreisen auch Pinot Meunier genannt. Den Tropfen hatte ihm sein Verkehrsminister Volker Wissing empfohlen. Der war zwar von der FDP, in Sachen Wein aber durchaus vertrauenswürdig. Als Hobbywinzer und ehemaliger Weinbauminister in Rheinland-Pfalz.

Der Kanzler beäugte wehmütig sein leeres Glas und machte sich daran, den Tisch abzuräumen. Getreu dem Motto „Deine Frau fürs Leben ist nicht dein Mädchen für alles". Britta sah ihm lächelnd zu und fragte sich, ob Friedrich Merz das zu Hause auch übernahm.

Selten genug, dass ihr Mann pünktlich zum Abendbrot daheim war, aber heute hatte es geklappt. Britta hatte gleich nach seinem Anruf den restlichen Bohneneintopf auf den Herd gestellt und das Ciabatta aus Agnes' Bäckerei aufgeschnitten. Salzgurken waren auch noch da. Total leckere Hausmannskost, da konnte sich das feine *Borchardt* einen Wolf kochen. Nichts gegen das Spitzenrestaurant an der Französischen Straße in Berlin, wo bei Haute Cuisine hohe Politik gemacht wird, aber Olaf hatte es gerne auch ein paar Nummern kleiner. Zudem konnte er politische Diskussionen ebenso daheim führen. Mit seiner Britta. Bei Bohneneintopf.

Der war nun ratzeputz aufgefuttert. Sehr zum Leidwesen des Hundes, der seine Lauerstellung vor dem Esstisch aufgab und im Flur demonstrativ vor der Wohnungstüre auf und ab tigerte. Wenn schon kein Fressen, dann wenigstens Gassi!

„Der Hund muss noch raus", wiederholte Britta.

Also Leine los, Hund dran und ab in die hereinbrechende Dunkelheit. Olaf liebte diese späten Spaziergänge auf der Freundschaftsinsel gleich um die Ecke von seinem Zuhause. Er musste nur wenige Meter bis zur Langen Brücke, und schon war er da.

Auf einem kleinen Paradies mitten in Potsdam, umspült von der Havel, beschützt von mächtigen Bäumen. Bewachsen mit Rosen, Rittersporn, Schwertlilien, Chrysanthemen.

Je nach Jahreszeit blüht es in allen erdenklichen Farben, von kitschig Rosa bis magisch Violett. Manchmal trägt das Grün auch Rot und Gelb, als wär's die Ampel im Berliner Bundestag.

Aus kreisrunden Wasserbecken springen Fontänen hoch, Bronzeplastiken rekeln sich im Gras und beobachten das Publikum: Spaziergänger, vergnügt kreischende Kinder, die Tauben aufscheuchen, Nordic-walkende Senioren, geschäftige Yuppies mit Coffee to go, Touris mit Selfiesticks. Was eben so angespült wird an einer Freizeitidylle mitten im Wasser.

Am Abend, wenn das Gewusel der Menschen sich verläuft, sind die verborgenen Stimmen der Insel zu hören. Tausende Stimmen. Der Gesang der Nachtigall, das Gezirpe der Grillen, das Huschen und Knacken zwischen den Sträuchern.

Hin und wieder kriecht dann auch Nebel über das Wasser, so wie jetzt. Dann verblassen die Farben, der Fluss wird schwarz-weiß, die Geräusche werden noch geheimnisvoller und Olaf konnte davon träumen, in London zu sein. Im London von Edgar Wallace, wo alles „very british" ist.

So british wie 10 Downing Street. Die Adresse, unter der seit einem Jahrhundert die Premierminister standesgemäß hausen. Das wäre ein Amtsgebäude nach seinem Geschmack! Eine stilvolle Stadtresidenz, schwarze Ziegelmauern, eine dunkle Eingangstür im eleganten weißen Rahmen. Das Ensemble bewacht von hohen schmiedeeisernen Zäunen und ernst dreinschauenden Bobbys. Alles sehr ehrfurchtgebietend, voller Autorität, ein Kronjuwel.

Was ein himmelweiter Unterschied zur glatten Betonburg an der Spree mit der rostigen Skulptur vor der Haustür. Typisch vom Reißbrett, quadratisch, praktisch, gut. Statt von erhabener Größe einfach nur ein Riesenteil. Noch in der Bauphase hatte die Berliner Schnauze zugeschnappt und das monströse Kanzleramt respektlos „Elefantenklo" getauft.

Half aber alles nichts, jetzt saß er fest auf diesem monumentalen Örtchen, genau wie vor ihm die Pfarrerstochter aus der Uckermark und noch weiter davor der Basta-Kanzler.

Der Gedanke an Gas-Gerd führte Olaf zurück zum Hund, der gerade mit Hingabe seine Geschäfte erledigte.

Die Namensfindung für den Vierbeiner hatte eine lebhafte eheliche Diskussion hervorgerufen. Britta war mehrheitlich für *Harvey* gewesen. Schließlich hatte auch Humphrey Bogart einen Boxer gehabt, argumentierte sie, und der hatte Harvey geheißen. Als ehemalige Bildungsministerin in Brandenburg weiß man halt so überflüssiges Zeugs.

Gatte Olaf war nicht einverstanden.

Sein Problem: Er hatte zwar die Richtlinienkompetenz im Amt, aber nicht in der Ehe. Also musste er unumstößliche Argumente beibringen, um seine Chance zu wahren.

„Deutsche Boxer heißen nicht Harvey", wandte er streitlustig ein, „sondern Max wie der Schmeling, Sven wie der Ottke oder Bubi wie der Scholz."

Britta witterte Morgenluft: „Aber ein Hund namens Bubi Scholz geht wirklich nicht. Das musst du zugeben."

Treffer! Britta führte nach Punkten, Olaf war angezählt und erinnerte sich. Dieser Bubi Scholz, weder verwandt noch verschwägert, war eine Legende gewesen, ein Idol, ein tragischer Held. Eigentlich hatte er Gustav Wilhelm Hermann geheißen, aber alle hatten ihn Bubi genannt. Weil er als Kind so schmächtig war, der Proletarier-Steppke vom Prenzlauer Berg. Doch er boxte sich durch. In 96 Kämpfen hat er 88 Siege herausgehauen, war mehrfacher Deutscher Meister und Europameister. Als Liebling der Nation durfte er sogar schauspielern, trat in mehreren Fernseh- und Filmproduktionen in Erscheinung, veröffentlichte Schlagerplatten. Allerdings war er im Ring entschieden treffsicherer als bei den Tönen seiner Lieder. Nach dem Rücktritt als Sportler begann er, aus welchen Gründen auch immer, zu trinken und erschoss 1984 im Rausch seine Ehefrau. Wegen fahrlässiger Tötung wurde der gefallene Champion zu drei Jahren Freiheitsstrafe verurteilt. Ein Vorsatz konnte ihm nicht nachgewiesen werden. Er hatte mit einem Gewehr durch die geschlossene Tür des Badezimmers gefeuert und die Liebe seines Lebens in den Kopf getroffen. Im Alter erkrankte er an Demenz und verstarb in einem Seniorenheim.

Bei aller Empathie und allem Respekt in der Tat kein idealer Namenspate für einen harmlosen Vierbeiner der Klasse Halbschwergewicht.

Der Kanzler und seine Liebste diskutierten noch Ewigkeiten hin und her, wie man den Hund benennen sollte, der da in seinem Korb lag und zufrieden knurrend an einer intensiv müffelnden roten Socke kaute, seinem Lieblingsspielzeug. Ein Sozi-Köter eben.

Außerdem Angehöriger einer exquisiten Minderheit. Denn das Fell trug nicht den typischen Kupferton, sondern es war leuchtend weiß. Die Schnauze schwarz, wie es sich gehört, und aus dem Gesicht guckten treuherzige dunkle Augen. Wie heißt so einer?

Britta hatte die Idee, sie sollten ihn nicht nach seinem Äußeren benennen, sondern nach seinem Wesen.

Bingo! Das dumpfe Gebell des Köters und seine Sturheit gaben den Ausschlag. Man einigte sich auf *Schröder*.

Schröder hatte mittlerweile seine Angelegenheiten im Gebüsch zu einem guten Ende gebracht und wollte wieder los. Olaf zückte als pflichtbewusster Hundebesitzer das obligatorische Tütchen für die Hinterlassenschaft. Man konnte auch in der brandenburgischen Hauptstadt Potsdam die Dinger kostenlos aus einem Behälter ziehen, der in feinstem Amtsdeutsch ein Ungetüm von Namen trug: *Hundekottütenspender*.

Olaf musste dabei an Helmut Kohl denken, einen seiner Vorgänger. Nicht wegen der Spendenaffäre damals, in die der

Pfälzer verwickelt war, sondern wegen eines unvergesslichen Satzes, den er bei einer Pressekonferenz geprägt hatte: „Entscheidend ist, was hinten rauskommt." Das war weise und allumfassend gewesen, denn es galt für die Politik genauso wie für Hundekacke.

Dann trabte der Kanzler an der langen Leine seinem Boxer hinterher. Endlich mal etwas anderes: Der Hund entschied, wo es langging, der Kanzler brauchte keine Führungsstärke zu beweisen, die pure Entspannung!

Zudem war es ein stressfreier Samstag gewesen. Den einzigen Aufreger hatten die Jusos von Berlin-Mitte produziert. Mit ihrer Forderung, die öffentlich-rechtlichen Fernsehanstalten zur Ausstrahlung von frauenfreundlichen Pornos zu verpflichten. Eine entzückende Idee, ehrenwert feministisch gemeint. Olaf lächelte in sich hinein: Zu seiner Studienzeit wären derartige Ideen auf pures Unverständnis gestoßen. Damals wurde nicht lange gefordert, da wurden einfach in der Videothek anregende Filmwerke ausgeliehen, und dann bumsten Männlein und Weiblein fröhlich durch die WG.

Der Kanzler verharrte noch in einschlägigen Erinnerungen, da ging Schröder dazwischen, fing an zu kläffen und zerrte ungeduldig zur Seite.

Kapitel 2

Das Leben ist wie eine Schachtel Pralinen.
Man weiß nie, was man bekommt.
Forrest Gump

Schröders Aufregung war berechtigt. Der Grund dafür verunzierte aufs Übelste den akkurat gepflegten städtischen Rasen und trug hochpreisige Sportklamotten. Sogenannte Activewear mit dem Logo von Dolce & Gabbana. Preis garantiert vierstellig. Am Handgelenk ein smarter Fitnesstracker, Stöpsel in den Ohren. Die Beats wummerten noch. *Survivor* von Beyoncé: „Ich überlebe das, ich gebe nicht auf, ich kenne kein Ende …" So weit der Text, die Wirklichkeit sah anders aus. Der Mann hatte rein gar nichts überlebt, er lag da ziemlich tot, Gesicht nach unten, Hinterkopf nach oben, die von einem Schlag herrührende, blutverkrustete Wunde unübersehbar.

Schröder wirkte ratlos, er fand wohl lieber Stöckchen als Leichen. Olaf hingegen peilte blitzschnell die Situation und spürte einen Adrenalinschub ohnegleichen.

Ein Mordfall! Ein total echter Mordfall! Seit seiner Jugendzeit in Hamburg-Rahlstedt war er fasziniert von Mordfällen.

Der Frosch mit der Maske, Die Morde des Herrn ABC, rote Taschen-Krimis aus der Leihbücherei, Erik Ode als *Der Kommissar*, schwarz-weiß im ZDF, und dann 1970 die Premiere des *Tatort* im Ersten. Mit dem blauen Vorspann, der immer noch läuft: Augen im Fadenkreuz, Beine, die hastig wegrennen, dazu die unverwechselbare Musik.

Jede Menge Fiction, die er gierig verschlungen hatte. Nur ein echter Mordfall war ihm noch nie hautnah begegnet.

Okay, er kannte einen Haufen Leute mit einer Leiche im Keller, das bringt die Politik mit sich. Aber da verbrennt man sich bei der Aufklärung nur die Finger.

Immer wenn der Meisterdetektiv in ihm hochkam, dachte Olaf eifersüchtig an seinen gewichtigen Studienfreund Josef Wondratschek, genannt Joschi, der nach dem Jura-Examen zur Polizei gegangen war. Mittlerweile zum Kriminalhauptkommissar aufgestiegen, galt er als größte Nummer der Berliner Ermittlungsbehörden. Beneidenswert.

Diese Eifersucht war jetzt nicht mehr nötig. Denn seine eigene Chance war da, sein ganz persönlicher Mordfall.

Olaf ermittelt!

Ein Gefühl wie Weihnachten. Schon wollte er das Opfer umdrehen, um dem unverhofften Glück ins gebrochene Auge zu sehen, da packte ihn dann doch die Vorbildfunktion beim Kragen. Ein Kanzler, der an einer fangfrischen Leiche herumfummelt, ist leider Gottes ein absolutes No-Go. Kindertraum hin oder her. Also, Staatsbürger, tu deine Pflicht!

Olaf zückte staatsbürgerlich sein hochmodernes hightechnisches Kryptohandy, das außer jedem Geheimdienst der Welt niemand knacken konnte. Er wählte die 110. Der Ruf ging zwar durch, aber am anderen Ende rührte sich nichts. Olaf war außer sich. Ein Notruf, bei dem keiner dranging, unmöglich! Darüber müsse er dringend mit Nancy reden, notierte er im Geiste, sie war schließlich zuständig für die innere Sicherheit.

In diesem Moment wurde abgehoben, und eine erboste Stimme bellte: „Kühnert. Welcher Vollidiot ruft da mitten in der Nacht …"

Erschrocken drückte der Kanzler das Gespräch weg. Offensichtlich hatte er statt der Notrufnummer die Kurzwahl 110 eingegeben. Aber es traf nicht den Falschen. Kevin Kühnert, SPD-Generalsekretär, ewiger Jungspund und Labertasche mit Bartsparvertrag. Der sollte sich, anstatt zu schlafen, lieber Gedanken um die miserablen Umfrageergebnisse der Partei machen!

Nächster Versuch. Die Notrufzentrale meldete sich sofort. Innenministerin Nancy Faeser war einem Anschiss entgangen, der Kanzler machte Meldung.

Der Beamte am Telefon nahm den Fall eher skeptisch zur Kenntnis.

„Sie haben tatsächlich einen Toten gesehen?"

Olaf war pikiert: „Ich komme hier öfter vorbei und sehe Leute. Aber normalerweise lebendige und keine toten, die irgendwo herumliegen. Das ist mein erster."

„Schon gut", ruderte der Beamte zurück und kündigte an, eine Streife vorbeizuschicken.

„Wie ist Ihr Name?", fragte er abschließend.

„Scholz, Olaf Scholz", antwortete Olaf Scholz.

Am anderen Ende der Leitung hob sich hörbar die Stimmung.

„Ist ja irre! Ein Herr Olaf Scholz, der über eine Leiche stolpert. Lassen Sie das bloß nicht den Bundeskanzler wissen!"

„Mist!", dachte Olaf, „ich hätte einen falschen Namen nennen sollen. Söder, Trittin, Lafontaine oder sonst irgendwas." Altes Politik-Prinzip eben: Schuld sind immer die anderen.

Jetzt war er unter mysteriösen Umständen aktenkundig geworden, und das konnte er gar nicht brauchen. Da musste der Wolfi ran. Wolfgang Schmidt, sein Kanzleramtsminister, würde die Sache schon hasenrein unter den Teppich kehren. Die Teppiche in der Hauptstadt waren zum Glück groß genug, da passte einiges darunter.

Nicht auszudenken, wenn die Presse Wind bekäme! Die würde sich überschlagen wie schon lange nicht mehr. Es war ja auch eine Mordsmeldung. „Kanzlerhund macht Horrorfund" würde die Zeitung mit den großen Buchstaben dichten und einen „leichenblassen Olaf Scholz" ausmachen, „der mit seinem treuen vierbeinigen Gefährten einem schauerlichen Verbrechen gegenüberstand."

Olaf wollte aber partout nicht gegenüberstehen und machte sich schleunigst aus dem Staub: „Ab durch die Mitte, Schröder!"

Als die Sirene des Streifenwagens immer näherkam, war er mit dem Hund schon im Nebel verschwunden. Wie der geheimnisvolle Unbekannte bei Edgar Wallace.

Zu Hause am Alten Markt tappte der Hund wie in Trance zu seinem Korb, um die Ereignisse zu verdauen. Olaf musste auch verdauen. Er ging schnurstracks an den Kühlschrank und gönnte sich einen eiskalten Kümmel. Einen Seelentröster aus Hamburger Zeiten, den er nur selten bemühte. Erstens aus Gründen der Vernunft und zweitens aus Gründen des ehelichen Friedens.

Wie auf Stichwort kam Britta um die Ecke und schwenkte das heimische Superkrypto-Telefon: „Ich habe den Karl in der

Leitung, Ollibär", erklärte sie fürsorglich. „Er könnte dir ein Beruhigungsmittel vorbeibringen, wenn du was brauchst nach dem Schock."

Olaf stöhnte auf: „Bitte jetzt nicht den Lauterbach! Ich habe mich schon selbst medikamentiert."

Schmunzelnd zeigte er auf das leere Kümmelglas: „Schluckimpfung!"

Kapitel 3

Zeitungsartikel sind das Zeug, das zwischen den Anzeigen steht.
Lord Kelvin, britischer Physiker

„Die Champagnertörtchen sind alle", ließ Agnes lautstark wissen, „der 911er hat wieder einmal alle abgeräumt."

Die Bäckersfrau war megastolz darauf, den kabinettsinternen Code für Christian Lindner zu kennen, der von seinem schwarzen Porsche Targa herrührte. Durch Lindners Hochzeit war die Karre ja bundesweit bekannt geworden. Standesgemäß fuhr er damit sonntags von der Villenkolonie in Berlin-Nikolassee zu Agnes' Bäckerei, um für das Frühstück leckeres Gebäck zu besorgen. Seinen ersten Porsche hatte er sich mit 19 Jahren gekauft, einen gebrauchten Boxster. Die Kohle war selbst verdient und brav versteuert, wie er betont. Mittlerweile hat er sich in eine 911er-Flunder hochgearbeitet. Die er am Samstag eigenhändig wäscht: „Das ist eine Art Fetisch von mir." Dass so ein Mann nicht unbedingt für ein Tempolimit ist, kann selbst ein Hardcore-Fußgänger nachvollziehen.

Bundesweit völlig unbekannt dagegen war das quietschgrüne Lastenfahrrad mit den Sonnenblumenaufklebern, das in diesem Moment vor dem Laden anhielt. Der Radler trug kurze Hosen und ein Shirt aus fair gehandelter Baumwolle. Natürlich „100 Prozent made in Germany", um den Affen aus dem Werbespot zu zitieren.

„Hallo, Robbie!", freute sich die Bäckerin, „Vollkorn-Leinsamen-Brötchen wie immer?"

„Gerne, Agnes."

Das war aber noch nicht alles. Der Lastenradler hatte auf einem Zettel aus grauem Recyclingpapier eine Großbestellung mitgebracht.

„Drei Laibe Buchweizen spezial, einmal Quinoa-Möhre und einmal Chia mit Hanf. Ich mache heute einen veganen Grillabend. Andrea kommt auch. Aus Flensburg mit ihrem neuen E-Smart."

Der Kanzler ahnte Schlimmes.

„Schau mit deiner Britta doch auch kurz vorbei, Olaf! Das wird sicher lustig."

Olaf, der gerade seine nicht vollkörnigen Mohnbrötchen und die Sonntagszeitung in einer alten Wahlkampftüte verstaute, war auf diesen hinterhältigen Überfall nicht vorbereitet.

Er fasste sich aber rasch und log überzeugend: „Tut mir leid. Ich muss heute unbedingt noch mein Arabisch auffrischen. Du weißt schon, die Videoschalte morgen mit den Ölscheichs. Aber nächstes Mal ganz sicher."

In Wahrheit hatte er nicht die geringste Sehnsucht nach den Körnerpartys von seinem Vize Robert Habeck und dessen Andrea auf dem Balkon der kleinen Zweitwohnung.

Also brachte er sich schleunigst in Sicherheit und joggte federnden Schrittes nach Hause. Nicht in echt Dolce & Gabbana wie seine Leiche, sondern in echt Tchibo, schadstoffgeprüft, und von Ehefrau Britta persönlich übers Internet geordert.

Bestimmt hatte sie schon die Kaffeemaschine angeschmissen. Dieses krass luxuriöse Teil, das Olaf unbedingt haben wollte und auch bekommen hatte. Geduld zahlt sich halt aus, eines seiner Grundprinzipien.

„Ofen aus beim Promikoch!" schrie es von der Gesellschaftsseite der Sonntagszeitung. Mit einem niedlichen Cappuccino-Bärtchen auf der Oberlippe machte sich Olaf über die Neuigkeit her. Der Hai hatte wieder einmal zugebissen. Herwig Attila Imhoff, Namenskürzel HAI, Klatschreporter, Enthüllungsjournalist und selbst ernannter Moralapostel in einer Person.

Es waren keine kleinen Fische, die er in seinem Artikel servierte. Gerade mal ein Jahr war das Q-Damm am Ku'damm jetzt geöffnet und in dieser Zeit weltberühmt in Berlin geworden. Ein stylisher Laden, eine ebensolche Küche, alles ziemlich gehoben und die Preise noch mehr. Strauss, der Inhaber, war zum Liebling der Promis aufgestiegen und sonnte sich im Ruhm der gastronomischen Exklusivität. Gerne schwadronierte er von würziger Wohligkeit im Gleichklang der Komponenten, von Texturen zwischen himmlischem Biss und erdigem Schmelz, nicht zu vergessen die dezente Wucht der Gojibeere.

Allerdings war die noble Kalorienbombe soeben am Platzen. Keine teuer bezahlten Spitzenköche seien im Q-Damm am Werke, stand zu lesen, sondern lukullisch ahnungslose Tütenaufreißer, die angelieferte Fertigmenüs in den Dampfgarer schoben und anschließend mit allerlei Krimskrams zur Eigenkreation hochstilisierten.

Während anderswo Nobelrestaurantköche acht Arme brauchen und sich vom Küchenchef zusammenscheißen lassen müssen, reichten im Q-Damm ein paar Handlanger. Die bekamen sogar Videos mitgeliefert, wie man die Verpackung einer Flusskrebs-Frischkäseterrine fachgerecht aufschneidet und das Gericht mit ein paar Petersilienzweigen optisch „individualisiert".

Nichts mit live zelebrierter Haute Cuisine, sondern simples kulinarisches Voll-Playback. Fehlte nur noch ein Thermomix.

Der Hai gab sich in seinem Artikel als Feinschmecker entrüstet, als Mensch enttäuscht und fühlte tief mit den gelackmeierten Besserverdienern, die ihre sauer erworbenen Boni an einen Betrüger verschleuderten.

In düsteren Worten prophezeite er den baldigen Untergang des Gourmetladens und sein Verschwinden aus dem Sternenhimmel des gehobenen Geschmacks. Eine Vorhersage, die keine Kunst war. Er war ja eifrig dabei, das Ende des Fresstempels selbst herbeizuschreiben.

Das Verblüffende an dem Artikel war, dass es ihn überhaupt gab. Denn der Hai war zurzeit tot. Mausetot und ein Ermittlungsfall. Von Schröder erschnüffelt, von Olaf der Exekutive übereignet. Ein Hai auf einer Insel in Brandenburg verendet, was ein Schicksal!

Die Kaffeemaschine war sündhaft teuer gewesen. Ein Vollautomat mit allen Schikanen, dessen Erwerb Olaf mit einer Engelsgeduld und mit Engelszungen durchgesetzt hatte. Edelstahl, blinkend wie ein Weihnachtsbaum, purer Luxus, überhaupt nicht sozialdemokratisch. Aber Mario Draghi hatte die gleiche Maschine im Büro gehabt, als er noch italienischer Ministerpräsident war. Sein Vorteil: Draghi war parteilos, da gab es keine ideologischen Preisgrenzen nach oben. Aber der Cappuccino im Palazzo Chigi in Rom war eine Sensation gewesen. So lecker wollte Olaf es auch haben.

„Du hättest dich weggeschmissen, Schnuff! Nicht zu vergleichen mit dem schlappen Café au Lait im Élysée-Palast oder der Filterplörre von Joe Biden."

Unter der Wucht der internationalen Argumente war Brittas Widerstand gegen den überteuerten Automaten in sich zusammengebrochen. Die Wundermaschine fand Gnade vor ihren Augen, zumal der Kaffee einfach göttlich schmeckte.

Die Bedienung dagegen war teuflisch. Ein Touchscreen natürlich. Intuitiv. Das bedeutet, es gibt ungezählte Möglichkeiten, etwas Falsches zu drücken. Diesmal aber klappte es. Olaf fand auf Anhieb die richtige Reihenfolge der Symbole und brachte die Cappuccino-Becher auch unfallfrei an den Frühstückstisch. Dann schoss er die entscheidende Frage ab:

„Hängt der Mord am Hai mit seinem vernichtenden Artikel über das Restaurant zusammen, was meinst du?"

Britta hatte zwar mit Kapitalverbrechen keine Übung, analytisch aber war sie erste Sahne. Sie brauchte nicht lange für ihre Überlegungen und erklärte ihrem Olli, warum man wen kaltmachen sollte und wann oder warum nicht. Todsichere Argumente sozusagen.

„Wenn ich einen Journalisten umbringen will, um einen Zeitungsartikel zu verhindern, dann tu ich das, *bevor* der Artikel erscheint. D'accord, Ollibär? Ich kann den Journalisten auch bestechen, dann wird der Artikel ebenfalls nicht erscheinen. Den Schreiber zu ermorden, *nachdem* der Artikel in Druck gegangen ist, ist Blödsinn. Da ist das Kind ja schon in den Brunnen gefallen. Aber vielleicht hat Strauss nicht gewusst, dass seine Enttarnung unmittelbar bevorstand. Dass er schon tags darauf am Pranger stehen würde. Also hat er zugeschlagen, und der Hai hat für nichts und wieder nichts ins Potsdamer Inselgras gebissen."

„Klingt einleuchtend. Aber wenn Strauss ein Alibi hat", ergänzte Olaf mitleidlos, „dann können wir diese Theorien alle vergessen. Sorry, Schnuff, so kommen wir nicht weiter. Wir brauchen mehr Informationen. Aber woher?"

Britta hatte den Geistesblitz: „Joschi!"

„Servas, Olli, i bin außer mir, was verschafft mir die Ehre?" Österreichischer Singsang im Land der Preußen. Studienfreund Wondratschek war als Sohn einer deutschen Diplomatenfamilie in Wien aufgewachsen und kokettierte immer noch mit dem Dialekt aus der Kinderzeit. Wer mit Kalbsschnitzel und Kaiserschmarrn groß wird, der wird nie ein echter Preuße werden, da können Mama und Papa noch so deutsch sein. Welch wunderbare Fügung!

„Der Grund für die Ehre ist ein wenig delikat, mein Lieber", nahm Olaf den Faden auf. „Ich gehe davon aus, dass du schon von dem Mord am Hai gehört hast. Ich hätte in dem Zusammenhang einen Anschlag auf dich vor."

„Da bin ich aber baff. Du bist jetzt schon der Zweite in der Causa. Erst teilt mir dein Kanzleramtsminister mit, dass ich erkoren bin, den Fall zu bearbeiten, und jetzt rufst du auch noch an. Muss ich etwas wissen, was ich noch nicht weiß?"

„Lass uns das bitte unter vier Augen besprechen."

„Unter vier Augen? Aber mit dem größten Vergnügen! Wenn ich das Einstein vorschlagen dürfte? Mein zweites Wohnzimmer, wie du weißt. Heut auf d' Nacht um acht? Dann bin ich auch schon eingearbeitet in den Fall."

„Heute Abend ist prima. Wie immer ganz hinten, kein Präsentierteller, wenn ich bitten darf."

„Eh klar. Ich freu mich und geb der Mizzi Bescheid!"

Kapitel 4

Erst kommt das Fressen, dann die Moral.
Bertolt Brecht

Das Café Einstein ist eine Institution. Wiener Flair im wilhelminischen Berlin. Eine alte Stadtvilla unter Denkmalschutz auf einem baumbestandenen Grundstück, erbaut für den Nähmaschinenfabrikanten Gustav Rossmann. Der verlor in den Goldenen Zwanzigern den Faden, ging pleite, und in seine Villa zog ein geheimer Spielklub der feinen Gesellschaft ein. Aristokraten, Unternehmer, Filmstars gaben sich die Ehre und mit teuerstem Champagner die Kante. 1933 ließen die Nazis das glitzernde Sündenbabel öffentlichkeitswirksam hochgehen und quartierten eine SS-Behörde ein. Die Eigentümer – mittlerweile ein jüdisches Ehepaar – wurden enteignet und in den Selbstmord getrieben. Nach dem Zweiten Weltkrieg verfiel das Haus, bis eine Exil-Österreicherin es wieder zum Leben erweckte. Als perfekte Symbiose zwischen Wiener Kaffeehaus und Berliner Restaurantkultur.

Das Einstein hat Stil. Hohe Decken, Stuck, Eleganz der 20er-Jahre, dunkel glänzendes Mobiliar, verglaste Vitrinen mit

Werkausgaben von Goethe und Schopenhauer, alles kolossal gediegen. Das Personal in Schwarz-Weiß serviert Tafelspitz, Vogerlsalat, Marillenknödel und Einspänner mit Schlag. Eine charmante Ladung K.-u.k.-Monarchie erwartet den geneigten Gast. Bitte einzutreten, küss die Hand die Damen, gschamster Diener die Herren!

„Wie immer der GrüVe, bitte schön!“ Die Mizzi – ebenfalls eine Institution – entkorkte die schlanke Flasche mit dem Grünen Veltliner und schenkte Olaf den Probeschluck ein.

„Passt schon.“ Joschi nahm ihr die Flasche ab: „Der Tropfen ist uns bekannt. Und jetzt tust du dich bitte verzupfen, meine Schöne. Geheimkonferenz!“

Mizzi, in ihrer Wissbegier bitter enttäuscht, machte auf dem perfekt polierten Stöckel kehrt und rauschte davon wie eine Diva. Bühnenerfahrung zahlt sich halt aus.

Olaf war nicht entgangen, dass der Hauptkommissar die Kellnerin ein wenig zu schnoddrig behandelte. War das Tarnung? Wollte der angeblich eingefleischte Junggeselle damit irgendwelche Regungen oder Absichten verbergen? Das musste Olaf unbedingt Britta erzählen. Die kannte sich in Beziehungskisten einfach besser aus.

Wie auch immer, jetzt war Joschi ganz Kriminalbeamter und flachste Olaf mit strenger Miene an: „Du weißt, dass ich dir kein Sterbenswörtchen sagen darf, auch wenn du dreimal der Bundeskanzler bist. Was möchtest du also wissen?“

„Alles will ich wissen. Ist ja quasi mein ganz persönlicher Fall. Lass dich bloß nicht aufhalten!“

Joschi nahm einen genussvollen Schluck. Der Wein, gekeltert in einem Benediktinerstift in der niederösterreichischen Wachau, schmeckte sensationell. Trocken, elegant, himmlisch leicht. Mönche sind eben nur bedingt Asketen. Dem Herrn sei Dank!

Joschi lehnte sich zurück und begann zu referieren.

„Herwig Attila Imhoff, 42, Karrierestart als abgebrochener Gymnasiast und radikaler Nichtstuer, lernt während seiner Laufbahn in der Berliner Chaoten-Szene die fesche und anschmiegsame Jasmin kennen, auch Mausi genannt. Sie, eine rebellische höhere Tochter, ausgebrochen aus einem erzkonservativen stockkatholischen Elternhaus. Er, der Underdog, Hochhauskind aus der Gropiusstadt in Neukölln. Eltern geschieden, ein begabter Bub, aber lieber Drummer und Texter in einer Punkband als Stipendiat in einer höheren Anstalt.

Die beiden finden rasch zueinander und finden bald noch etwas. Nämlich, dass dieses Anarcho-Leben nicht wirklich der Bringer ist. Liebesnächte in Bettwäsche aus der Altkleidersammlung mit kiffenden Revolutionären im Zimmer nebenan. Einfach grauslich. Sie wollen auf die bessere Seite des Daseins: first class statt second hand, Borchardt statt Döner, Marmorwanne statt Etagenbad, Schwanenwerder statt Spandau. Edel sei der Mensch, hilfreich und gut, vor allem zu sich selbst.

Dazu braucht es Einnahmequellen, und Attila besinnt sich auf sein Schreibtalent. Allerdings ist Schluss mit subversivem Schrifttum. Der spätere Hai beschließt, Journalist zu werden, und zwar ein gut verdienender Journalist. Am besten der Bestverdienende. Der mit den geilsten Storys.

Das Startkapital liefert ihm ungefragt die Baronin Duesterberg, Eigentümerin der Bruchbude, in der er mit Jasmin und seinen Noch-Kumpanen haust. Sie hatte sich mal wieder in ihrem Bentley vors Haus fahren lassen, um persönlich die rückständigen Mietzahlungen der WG einzutreiben. Dabei war dem Hai der neue angebliche Chauffeur aufgefallen. Ein drahtiger junger Somalier in schnieken Klamotten und mit einer Uhr am Handgelenk, die einen mittelständischen Jahresverdienst gekostet hatte. Der Blick der Baronin suchte mit Wohlwollen immer wieder den knackigen Hintern des Bürscherls, es war eindeutig.

Die Story wurde ein Knaller: *Berliner Baronin macht Migranten aus Somalia glücklich!* Die Geschichte triefte von Völker verbindender Liebe, von Leidenschaft, die kein Alter kennt, von Wohltätigkeit ohne Grenzen. Angeblich unterstützte die Duesterberg den gesamten Clan ihres Herzbuben, was mit dem Foto einer glückstrahlenden somalischen Familie belegt wurde, das in Wirklichkeit aus einer Werbebroschüre von UNICEF stammte. Dazu weitere Bilder von der Duesterberg und ihrem Buberl. Eng umschlungen zu zweit und in trauter Dreisamkeit mit dem Bentley. Dafür kein Wort von der verrotteten Heizungsanlage und der lebensgefährlichen Elektrik im Mietshaus der Wohltäterin. Oder von den verschimmelten Wänden. Eine Win-win-Situation. Die Baronin wird praktisch heiliggesprochen, und der Hai hat ruckzuck seine eigene Kolumne in der Hauptstadtpresse.

Von da an ist er hautnah an den Promis dran, zerreißt sich publikumswirksam für einen vom Tode bedrohten Currywurststand, er deckt auf, er deckt zu, er jubelt hoch, er macht nieder. Am Hai kommt keiner vorbei. Seine Kolumne *Berlin mit Herz und Schnauze* wird zum Dauerbrenner. Aber das ist dir ja eh bekannt. Auch dass immer wieder über Gefälligkeitsartikel gemunkelt wird, die er gegen gutes Geld ins Blatt hebt. Oder über gutes Geld, damit er *nichts* ins Blatt hebt. Ein einträgliches Geschäftsmodell.

Somit haben wir eine Menge Leute, die von ihm abhängig sind, die sich seinetwegen in die Hose machen oder die ihn zur Hölle wünschen.

Anders gesagt: Mordmotive ohne Ende.

Ein uns bislang unbekanntes Motiv führte schließlich zum bedauerlichen Hinscheiden des vielseitigen Zeitungsschreibers. Hervorgerufen durch zwei Schläge mit einem massiven Gegenstand. Also ein Doppel-Wumms."

„Scherzkeks", grinste der Kanzler.

„Tschuldigung", grinste Joschi zurück.

„Also, die zwei Schläge ereilten den Hai circa eine halbe Stunde, bevor du ihn gefunden hast. Offensichtlich hat es ihn erwischt, als er Liegestütze machte. Mit der Musik in den Ohren konnte er den Angreifer nicht hören und mit dem Blick nach unten nicht sehen. Sport ist Mord.

Seine nächtlichen Fitnessorgien hat er übrigens erst vor Kurzem begonnen und darüber auch gleich eine Story veröffentlicht. Vorteil für ihn: Für ein schickes Foto bekam er sein unverschämt teures Equipment umsonst nachgeschmissen. Problem für uns: Es war allgemein bekannt, wo er sich zu später Stunde herumtrieb. Sozusagen Insiderwissen für jedermann. Blöd gelaufen, im wahrsten Sinn des Wortes."

„Was war das für ein Gegenstand, der ihn ins Jenseits befördert hat?"

Der Hauptkommissar nahm einen tiefen Schluck vom Veltliner und fuhr fort: „Laut KTU ein stinknormaler Hammer. Der liegt aber mit Sicherheit längst irgendwo in der Havel und nützt uns einen feuchten Kehricht."

„Und der Artikel über diesen Strauss? Ist das zeitliche Zusammentreffen ein Zufall?"

„Wos waaß a Fremder?", wienerte der Kriminalist. „Auf jeden Fall hat Strauss kein Alibi für die Tatzeit. Aber ich glaub, das ist ein Schmäh, er lügt nicht sehr überzeugend."

„Warum sollte er ein Alibi verschweigen? Er kann doch froh sein, wenn er eines hat."

„Vielleicht, weil das Alibi peinlich ist, eine Blamage."

„Und die Ehefrau vom Hai, die Jasmin, die Mausi? Cherchez la femme, du weißt schon."

„Die *hat* ein Alibi. Wasserdicht. Da beißt der tote Hai keinen Faden ab. Außerdem wirkt sie überzeugend mitgenommen. Oder sie ist schauspielerisch talentiert."

Dem Kanzler gingen die Verdächtigen aus: „Und jetzt?"

„Wir hackeln wie die Blöden, mein Wertester. Pardon, wir arbeiten auf Hochtouren. Wir suchen Zeugen. Eine halbe Hundertschaft zerpflückt sämtliche Ausgaben von Imhoffs Kolumne – vielleicht steckt ja da ein Hinweis drin. Und jetzt hab ich einen Hunger!"

Wenn Josef Wondratschek Hunger hatte, war nichts mehr zu machen, da half auch kein Kapitalverbrechen. Joschi war schließlich ebenfalls eine Institution.

Ein Mannsbild, Größe XXL, umfangreich, trotz der Leibesfülle alert und immer auf dem Sprung. Sein ergrautes Haar traktierte er mit Unmengen von Gel, dazu trug er ein Schnauzbärtchen. Im Grunde sah er aus wie ein leibhaftiger Mafioso. Als hätte Marlon Brando seinen Job als Pate hingehängt und wäre zur Polizei übergelaufen. Genau wie Brando im Film trug er grundsätzlich Fliege, allerdings nicht in mafiösem Schwarz. Jeden Tag eine andere Farbe, kombiniert mit passenden Sneakers. Der Inhalt seines Schuhschranks war bunter als ein Bild von Kandinsky.

Das Essen kam. Mizzi hatte trotz Joschis Abfuhr die Ohren gespitzt und etliches von der Geheimkonferenz mitbekommen. Jetzt servierte sie für Olaf einen steirischen Backhendlsalat mit Kürbiskernöl. Dieses Öl schmeckt herrlich nussig und macht auf der Kleidung todschicke grüne Flecken, die nie im Leben mehr herausgehen. Joschi bekam sein Wiener Schnitzel, tellergroß, mit einem saftigen Kartoffel-Gurken-Salat. Mizzi schaute dabei so treuherzig-harmlos, dass es schon wieder verdächtig war. Dem Hauptkommissar entging das nicht, aber auch für Kellnerinnen galt die Unschuldsvermutung, solange er nichts Belastbares gegen sie in der Hand hatte. Na ja, wenigstens hatte er jetzt etwas Belastbares gegen den Hunger.

Zu ihrem Dinner schwelgten die beiden Herren in Erinnerungen aus der Studienzeit und in einer weiteren Flasche vom Veltliner. Als Olaf bezahlt hatte und das Mäppchen mit der Rechnung zurückbekam, war da ein Zettel drin, der eigentlich nicht hineingehörte. Olaf ließ ihn samt seiner schwarzen Kreditkarte dezent verschwinden.

Kapitel 5

Manche Männer bemühen sich lebenslang, das Wesen einer Frau zu verstehen. Andere befassen sich mit weniger schwierigen Dingen, z. B. der Relativitätstheorie.

Albert Einstein

„Chef, Sie müssen rüber. Die Genderdebatte fängt in fünf Minuten an."

Jeanette, Olafs badische Büroleiterin, war eine Seele von Mensch, in organisatorischen Dingen aber unerbittlich. Ein Kanzler braucht Führung, sonst macht er noch, was er will.

Olaf war überhaupt nicht scharf auf die Aussprache im Bundestag, zumal er das Thema auch mit Britta ständig in der Mache hatte. Sie war eine glühende Verehrerin des Gendersternchens.

Olaf fand das Thema schon lange wichtig, die Auswüchse indessen gingen ihm auf die Nerven. Er konnte es sich absolut nicht vorstellen, dass es irgendetwas an der Wertschätzung von Frauen änderte, wenn Politiker gebetsmühlenartig von *Bürrinnen und Bürrern* nuschelten oder jetzt auch die Zwerginnen im Duden standen.

Da ihn leider keine spontane Migräne überfiel oder ein Erdbeben die Hauptstadt erschütterte, machte er sich notgedrungen auf den Weg in den Reichstag. Dort fläzte er sich auf der Regierungsbank in seinen blauen Stuhl. „Reichstags-Blue" heißt die Farbe offiziell.

Das Hauen und Stechen war schon eröffnet. Gerade deklamierte ein Abgeordneter ein Kinderlied in Genderdeutsch: „Es tanzt eine Bi-Ba-Butzeperson in unserm Haus herum, fidibum."

Die AfD klopfte sich grölend auf die Schenkel, Claudia Roth war kurz vor dem Explodieren, und dem gelangweilten Olaf fiel zu seinem Glück der ominöse Zettel von gestern Abend ein. Den musste Mizzi ihm zugeschoben haben.

Während er in seiner Brieftasche wühlte, rief er sich ins Gedächtnis, was Freund Joschi ihm über die Kellnerin erzählt hatte.

Maria Lahnsteiner wurde Mizzi gerufen, wie das in Wien für Marias so üblich ist. Geboren und aufgewachsen in einem Vorstadtviertel. In einer Zweizimmerwohnung, wo sie mit ihrem Bruder im Wohnzimmer schlief, während der Vater im Schlafzimmer die Mutter verprügelte.

Vor zwanzig Jahren war sie als junge Frau Hals über Kopf nach Berlin geflüchtet. Der Grund war ein Mann gewesen, der nicht einmal eine Fahrt mit der Straßenbahn nach Floridsdorf wert gewesen wäre. Aber er hatte sich als Märchenprinz getarnt, und ein Märchen samt einem Prinzen hatte Mizzi sich schon immer gewünscht. Er besitze einen Autosalon in bester Lage, ließ der vermeintliche Königssohn wissen, und er werde seiner lieben Mizzi die gesamte deutsche Hauptstadt zu Füßen legen.

Am Ende lag dann allerdings die Hoffnung am Boden. Der Autosalon war ein windiger Gebrauchtwagenhandel, die beste Lage ein Bezirk ganz im Osten. Auch Berlin hat seine Vorstadtviertel. Das Märchen war tatsächlich eines, nur anders als gedacht. Das glückliche Ende fiel aus. Und Mizzi fiel aus allen Wolken.

Als ausgebildete Tänzerin ergatterte sie zum Glück ein Engagement in der berühmten Girl-Line des Friedrichstadt-Palastes. Manches Mal ist das Schicksal eben gnädig. Das fremde Berlin wurde ihre zweite Heimat.

Als sie nicht mehr taufrisch genug war für das Showbiz, war auch hier Schluss. Blieb noch das Leben als solches, und das bestritt die attraktive Mizzi nunmehr als Servierkraft mit gelegentlichen Nebenjobs.

Was konnte diese Frau bloß von ihm wollen?

Ich weiß was. Geheimkonferenz morgen 22 Uhr, Nikolaikirche.

Die hatte ja Nerven! Bestellt einfach einen Bundeskanzler ein! Und dann noch an der Nikolaikirche mitten in Potsdam! An einem riesigen Platz. Mit freiem Blick fürs Volk auf den Regierungschef – beim nächtlichen Tête-à-Tête mit einer Restaurantfachfrau. Echt großes Kino.

Andererseits, wenn's der Wahrheitsfindung dient …

Olafs Handy brummte. Britta war dran: „Sitzt du gut?"

Olaf brummte ebenfalls: „Nein, ich sitze schlecht. Mitten in einer endlosen Debatte."

„Elmar Michelbach ist tot. Vom Balkon gefallen. Marlene hat mich gerade angerufen, sie ist völlig aufgelöst. Ich fahre jetzt zu ihr, schließlich ist sie meine beste Freundin. Du weißt also, wo ich bin. Wart nicht auf mich heute Abend, Lasagne ist im Kühlschrank. Tschau, Ollibär!"

„Tschau, Schnuff, und richte Marlene bitte mein Beileid aus."

Schon wieder eine Leiche! Hoffentlich wurde das nicht zur Gewohnheit, er hatte ja mit dem Hai schon genügend zu tun.

Gleichwohl tat es ihm im Herzen weh. Er hatte die Michelbachs als nette Leute kennengelernt. Ehrgeizig, erfolgreich, sehr wohlhabend, aber trotzdem nett. Warum fällt so einer vom Balkon?

Der Kanzler verbrachte noch eine Anstandsviertelstunde im Bundestag und verdrückte sich dann unauffällig.

Der Rest des Tages verging mit dem üblichen Kleinkram. Empfang einer Delegation der spanischen Sozialisten, Briefing für den Besuch beim Deutschen Gewerkschaftsbund, die Videoschalte zu den Scheichs.

Als Krönung ein Fotoshooting für die neue Homepage des Kanzleramtes. Der Regierungschef am Schreibtisch, der Regierungschef am Telefon, beim Aktenstudium und last, but not least im Porträt mit entschlossenem Gesichtsausdruck, die Zukunft im Auge. Gefühlte Stunden stand er zwischen Lichtformern, die aussahen wie waagerecht gehaltene Regenschirme, und tat, was ihm geheißen. Nach rechts gucken, nach links, nach vorne in die Kamera, immer kraftvoll, weise und staatsmännisch. Bis der Fotograf und der Typ vom Presseamt zufrieden waren und Olaf einen steifen Hals hatte vor lauter links, rechts, vorne und Zukunft im Auge.

Sein Lieblingsfahrer Müller II, ein rüstiger Ü60-er, brachte ihn schließlich mitfühlend mit dem Panzer-Daimler nach Hause. Die Lasagne aß er kalt im Stehen, das war er aus Studentenzeiten gewohnt.

Dann machte er sich zurecht für das Date mit der Mizzi. Sein Kleiderschrank barg noch diverse Klamotten aus dem letzten

Jahrtausend, die sich hervorragend zur Tarnung eigneten. Er schlüpfte in den dunklen Trenchcoat und stellte den Kragen hoch. Guter Anfang. Jetzt noch der klassische Fedora-Hut mit Krempe nach unten, perfekt für eine Geheimkonferenz. Der Regierungschef der Bundesrepublik Deutschland schaute in den Ankleidespiegel und fand, dass er voll verwegen aussah. Fast so wie Brittas Liebling Humphrey Bogart als Privatdetektiv Sam Spade. Fehlte nur noch die Fluppe.

Schröder hatte der Verwandlung hoffnungsvoll zugesehen, musste sich aber schließlich damit abfinden, dass sie nicht dem Gassigehen diente. Beleidigt verzog er sich in den Korb und widmete sich seinem stinkenden Hundetrost, der roten Socke.

Kapitel 6

Der Unterschied zwischen Verhältnis und Verhängnis sind genau zwei Buchstaben.
Wolfgang Hofer

Bekannte Ermittler scheinen schlecht für die Ehe zu taugen. Der bekannteste der Bekannten, Sherlock Holmes, umgab sich statt mit einer Frau lieber mit Dr. Watson als willfährigem Assistenten. Fehlende Gefühle kompensierte er hemmungslos mit einer Line Koks. Koks fragt nicht, und man muss sich keinen Hochzeitstag merken.

Eine Frau Columbo soll es zwar gegeben haben, aber keiner hat sie je zu Gesicht bekommen. Kurt Wallander, der Schweden-Ermittler, hat sich scheiden lassen und damit eine Midlife-Crisis nebst Schlafstörungen hervorgerufen.

Und Kojak?

Niemand hat je von einer Frau an seiner Seite gehört. Für das Süße in seinem Leben hatte er Lollis in der Sakkotasche. Die er schließlich aufgeben musste. Durch seine Popularität war der Dauerlutscher-Umsatz in den USA um 500 Prozent gestiegen. Was die Zahnärzte auf den Plan rief, die vor einer

Karies-Epidemie warnten. Die Lollis wurden aus der Serie verbannt. Das nur nebenbei.

Und Josef Wondratschek? Der bunkert in seiner Dachwohnung in Moabit immer noch Erinnerungen an das, was einmal seine Ehe gewesen war. Aber im Schrank ganz weit hinten. Verblasste Bilder in einer verblassten Schuhschachtel, einer Schuhschachtel seiner Ex-Frau. Da waren die scharfen Stiefel drin gewesen, die sie nicht auf der Straße getragen hatte, sondern – na ja, wir wissen schon.

Von den Fotos im Stiefel-Karton konnte er sich trotz der Trennung nicht trennen. Fotos, die sie ihm in rosa Kuverts geschickt hatte, Fotos, die er von ihr geschossen hatte mit der Agfa-Kleinbildkamera, als es noch keine Handys mit vier Objektiven gab, mit denen man seine Liebste hochauflösend abbilden konnte.

Die Aufnahmen waren noch da, die Zweisamkeit war weg. Geklaut von Kriminellen, die ihn als Geisel genommen hatten. Als Geisel seines Berufes. Nächte im Kommissariat statt im Ehebett, Sonntage voller Arbeit statt in einem Tretboot auf dem Wannsee.

Irgendwann hatte Joschis Frau entschieden, dass sie ein anderes Leben wollte. Er hatte es verstanden und jahrelang darunter gelitten wie ein Hund.

Sollte er es noch einmal wagen? Einfach ins kalte, siedend heiße Wasser einer neuen Liebe springen? Sehnsucht danach hätte er schon ...

Und Mizzi? Die hatte auch Angst, sich zu binden, sich anzuvertrauen. Sie hatte das einmal in ihrem Leben getan, sie hatte ihr Herz gegeben, ihr ganzes Herz, aber der Saukerl hatte es zerrissen. In tausend Stücke zerrissen. Die Wunden waren bis heute geblieben.

Mizzi wischte die Erinnerungen beiseite, setzte sich auf die Mauer der Kirchentreppe und schob einen Kaugummi in den Mund. Hoffentlich war der Kanzler pünktlich. Diese Regierungschefs kommen ja gern zu spät, weil sie noch schnell die Welt retten müssen. Aber Scholz war ein präziser Deutscher, da müsste es klappen.

Der Mittelpunkt Potsdams. Eine würfelförmige Kirche mit der Anmutung eines griechischen Tempels und einer mächtigen grünen Kuppel obendrauf. Ringsum der weitläufige Alte Markt mit Respekt einflößenden Bauwerken.

Da war das Stadtschloss, heute Sitz des brandenburgischen Landtags. Schräg gegenüber das Alte Rathaus, mehrere Male um- und wieder aufgebaut, in der vierten Generation mit Renaissance-Fassade und einer vergoldeten Figur auf dem Dach. Das Goldstück stellt den Atlas dar, den schwer beladenen Titanen aus der griechischen Sagenwelt, der das Himmelsgewölbe auf seinen Schultern tragen muss. Olaf konnte ihm die Anstrengung nachfühlen, auch wenn eine Bundesregierung dem Himmelsgewölbe nun wirklich nicht gleichkommt.

Mizzi saß – unbeeindruckt von so viel Architektur – auf der Treppenmauer der Kirche und baumelte ehrfurchtslos mit den Beinen. Dazu bearbeitete sie hingebungsvoll ihren Kaugummi.

Olaf erklomm die Stufen und ließ sich neben ihr auf den kalten Stein nieder.

Mizzi sah ihn neugierig von der Seite an: „Irgendwie kommen Sie mir bekannt vor."

„Kein Wunder, ich bin ja auch der Kanzler und öfter im Fernsehen."

„Nein, bekannt wie jemand aus dem Kino. Irgend so ein Schnüffler. Wird mir schon noch einfallen."

„Können wir zur Sache kommen? Ich will morgen zeitig raus und meiner Frau das Frühstück machen. Sie muss zu einem Vortrag nach Stuttgart."

„Ja sapperlot, ein echter Hausmann, Respekt! Ich fang an."

Gesagt, getan.

„Natürlich weiß ich, worum es gestern gegangen ist bei eurer Geheimbesprechung. Bin ja kein dummes Madel, gute Ohren hab ich auch. Und wenn ich dem Bundeskanzler dienlich sein kann, dann mach ich das gern. Alsdann, aufgemerkt!"

Quasi als Trommelwirbel für ihre Enthüllungen produzierte Mizzi eine Kaugummiblase und ließ sie bedeutungsvoll platzen.

„Neben dem Einstein habe ich noch einen Zweitjob auf 520-Euro-Basis. Ich putze im Exzellent-Hotel. Da hatten wir die letzten Jahre einen Stammgast, nämlich den toten Hai. Als er noch lebendig war, natürlich. Die Besuche waren hochkarätig geheim. Wer was rausgelassen hat, konnte sich sofort die Papiere holen. Er hatte immer dasselbe Zimmer, aber wechselnden Besuch von verschiedenen Damen. Alles hochnoble Weibsbilder, die Parfüms konnte man Tage danach noch riechen. Mit Sicherheit ist eine davon die Mörderin. Die hat überrissen, dass sie nicht die Einzige ist, und – patsch – hat sie den untreuen Lover totgemacht. Ich kenn die Frauen!"

Mizzi, tief beeindruckt von der eigenen Menschenkenntnis, ließ ihren Redefluss versiegen und wartete auf Zustimmung.

Es kam aber nur ein Olaf-Typisches: „Ja, hm, mag sein."

Mizzi nahm das Gemurmel als Bestätigung und präsentierte zur Krönung ihren Trumpf: „Ich hab sogar ein Foto von einem der Flittchen. Undercover aufgenommen. Deswegen ein bisserl unscharf, aber immerhin.“

Sie wischte auf ihrem Handy hin und her, bis das Bild einer Frau auftauchte. Ein Schnappschuss in einem Hotelgang. Viel war nicht zu erkennen.

Olaf war trotzdem elektrisiert. Irgendwo hatte er die Frau schon einmal gesehen. Aber wo, zum Kuckuck? Man trifft einfach zu viele Menschen in diesem Job, da wird irgendwann das Sortieren unmöglich. Er kannte das von der Cum-ex-Affäre, da wusste er manches auch nicht mehr so genau. Aber lassen wir das.

Der Kanzler tippte eine seiner Wegwerfnummern in Mizzis Handy und schickte sich selbst das Foto. Dann bedankte er sich wortreich für die Informationen und versprach, mit Mizzi in Kontakt zu bleiben. Unauffällig natürlich, der delikaten Sache angemessen.

Mizzi war enttäuscht vom abrupten Ende des verschwörerischen Treffens, ohne Autogramm aber wollte sie auf keinen Fall gehen. Olaf setzte also noch seinen Scholz unter ein Hochglanzbild aus der *Gulu*, dann war die Sitzung auf dem Mäuerchen der Nikolaikirche definitiv beendet.

Die Kellnerin stöckelte zu ihrer gelben Vespa, die sie am Rand der Fußgängerzone geparkt hatte, und knatterte hinaus in die Nacht. Ermittler Olaf marschierte mit hochgestelltem Kragen in Richtung eheliche Wohnung. Zeit für eine Mütze Schlaf.

Britta kam spät nach Hause und wunderte sich über den Mantel und den Hut, die in der Garderobe hingen. Warum ihr Mann die Uralt-Klamotten aus den Untiefen seines Kleiderschranks geholt hatte, war ihr ein Rätsel. Einen Olaf Scholz mit Hut hatte sie außerdem nie gekannt. Als sie sich verliebten, waren seine einst so wilden Locken bereits in Auflösung begriffen, mittlerweile war auch der letzte Rest des Haupthaars fast Geschichte, aber er trug ihn mit Würde, diesen Rest. Nicht wie die mimosenhaften Uralt-Rocker, die plötzlich Hüte aufsetzen, weil ihre Platte kahl geworden war. Da war ihr Olli schon ein anderes Kaliber.

Kapitel 7

Das Problem mit der Schönheit ist, dass man reich geboren wird und nach und nach verarmt.

Joan Collins

Das Kaliber schlief bereits tief und fest.

Britta machte Katzenwäsche und schlüpfte katzenleise neben Olaf ins Bett.

An Einschlafen war allerdings nicht zu denken, schließlich musste sie erst das verdauen, was sie von Marlene Michelbach erfahren hatte. Unter dem Siegel der Verschwiegenheit: „Versprich mir, dass du es niemandem weitersagst. Nie-mandem!"

Britta hatte notgedrungen zugestimmt, und jetzt durfte sie ihrem Mann nicht erzählen, was sie wusste. Dabei wäre es enorm wichtig für seine Ermittlungen.

„Ich kann den Gedanken nicht ertragen, dass Elmar nie mehr wiederkommt." Marlene saß in sich zusammengefallen auf dem schicken Ledersofa unter einem abstrakten Gemälde und schluchzte zum Steinerweichen.

„Er war doch immer da! Ich meine, auch wenn er nicht bei mir war, war er da. Er war in meinem Leben. Dass es ihn einmal nicht mehr geben wird, auf die Idee wäre ich nie gekommen."

Marlene griff nach Brittas Händen und hielt sich daran fest.

„Seit wir uns zum ersten Mal gesehen haben, war er da. Wir haben gemeinsam alles aufgebaut, wir haben an unseren Traum geglaubt. Und jetzt? Was nützt mir ein erfüllter Traum, den ich nicht mehr teilen kann?"

Gefunkt hatte es in einer Studentenkneipe. Da war Elmar Michelbach, der elegante Arztsohn, der Papas Kohle nicht verplemperte, sondern sich ehrgeizig durch das Studium ackerte. Und da war Marlene, ein blendend aussehender Feger mit viel Herz, mit immer zu wenig BAföG und einem Kneipenjob.

Elmar war hin und weg von ihr. Diese junge Frau war so anders als die Studentinnen, die er kannte. Selbstbewusst, aber nicht arrogant, sexy, aber nicht billig, stark und trotzdem ein zarter Falter, den es zu beschützen galt. „Sie oder keine", schwor er sich.

Sein zweiter großer Lebensschwur.

Der Erste hieß Plastische Chirurgie. Eine Karriere als Schönheitspapst mit eigener Klinik und einem festen Platz im Olymp der feinen Gesellschaft.

Gemeinsam haben sie es dann tatsächlich geschafft. Michelbach wurde zur besten Adresse für alles, was verbesserungswürdig erschien. Brüste, Lippen, Pobacken, Oberschenkel, das männliche Doppelkinn, der zu klein geratene Pimmel.

Elmar war in der Tat ein Meister im Retuschieren, Korrigieren, Modellieren, Injizieren und Optimieren. Marlene als Narkoseärztin erfolgreich an seiner Seite.

Die Klinik war ein hocheleganter keimfreier Komplex am angesagten, unbezahlbaren Hackeschen Markt mit dazugehörigem Penthouse. Eigener Lift, weiße Wände, zeitgenössische Kunst, minimalistische Designermöbel zu maximalen Preisen, der Wohlstand schlechthin.

Hier saßen sie jetzt. Britta und die verzweifelte Witwe Marlene, die sich als Teenager beim Freiwilligen Sozialen Jahr kennengelernt hatten.

Britta erinnerte sich, wie sie im Reha-Zentrum in der Lüneburger Heide als Hiwis hin- und hergescheucht wurden und an freien Wochenenden in der Dorfdisco zum Tanzen waren. Olivia Newton-John sang *Xanadu*, knallbunte Lichter flackerten im Rhythmus der Musik. Die Mädchen trugen Schulterpolster wie die Fernsehladys von Dallas und Denver-Clan. Was für eine Zeit!

Sie riss sich los von der Vergangenheit, jetzt war wirklich kein Platz für nostalgische Träume. Jetzt war es wichtig, die Freundin zu trösten, die gerade ihren Mann verloren hatte.

Marlene war auf ihrem eigenen Trip ins Gestern. Sie erinnerte sich, wie aus dem verliebten Herzklopfen mit den Jahren Routine wurde, aus dem Miteinander ein Nebeneinander. Die Leidenschaft war einer wohltuenden Gewohnheit gewichen. Sie hatte die ärztliche Tätigkeit aufgegeben und widmete sich nur noch dem Glanz des Namens Michelbach. Unter den vielen sogenannten Societydamen war sie tatsächlich eine. Gesellschaftlich engagiert, als kluge Gesprächspartnerin geschätzt, gerne gesehen in den Redaktionen von *Gala* und *Cosmopolitan*, in Fernsehmagazinen und auf den roten Teppichen der Hauptstadt. Berlinale, Bundespresseball, Botschaftsempfänge. Nicht zu vergessen das jährliche Fußball-Pokalfinale in der michelbachschen Loge des Olympiastadions.

Das Leben war im Lot, bis vor Kurzem der andere Mann auftauchte.

„Ich bin schuld an allem", brach es aus Marlene heraus. „Ich habe alles kaputt gemacht. Ich habe Elmar betrogen. Er hat es herausgefunden, und jetzt sind beide tot."

Britta war irritiert: „Was erzählst du da?"

„Ich bin fremdgegangen. Elmar hat es herausgefunden und meinen Liebhaber umgebracht. Aber Elmi konnte mit der Schuld nicht leben, deswegen ist er gesprungen. Es *kann* nur so gewesen sein!"

„Das musst du mir genauer erklären."

„Aber versprich mir, dass du es niemandem weitersagst. Nie-man-dem!"

Kapitel 8

Alles geht, und nichts läuft.
Ulrich Erckenbrecht, deutscher Schriftsteller und Philosoph

„Schön' Tach noch, Herr Kanzler", berlinerte der Taxifahrer leutselig und bugsierte Brittas silbernen Rollenkoffer aus der Wohnungstür. Dann rumpelte er mitsamt dem Gepäck in den Lift.

Olaf ging zum Fenster und sah hinunter auf den noch menschenleeren Alten Markt, wo seine Schnuff schon im Auto saß. Er schickte ihr einen Luftkuss, dann zog er die Gardine zu und machte sich daran, den Frühstückskram zu entsorgen.

Wie man einen Geschirrspüler einräumt, lernt man in einem sozialdemokratischen Haushalt beizeiten, und so ging ihm alles locker und ohne Materialschäden von der Hand. Geschirr rein, Pulver in die Klappe, die Kiste schließen, Starttaste drücken, los!

Los war aber nicht. Stattdessen leuchtete flammend rot ein geheimnisvolles Kürzel auf: *E22*. Ansonsten tat die Maschine keinen Mucks.

Olaf machte sich auf die Suche nach der Bedienungsanleitung, die er schließlich in einer Schublade unter den Schokoladenvorräten entdeckte. Er gönnte sich ein Stückchen Edel-Nugat, Britta war ja schon ausreichend weit weg. Zufrieden kauend blätterte er im Handbuch und fand beim Stichwort *Error 22* die Aufforderung, den Kundendienst zu kontaktieren. Der sei rund um die Uhr zu Diensten.

„Schön, dass Sie uns anrufen!" Die Automatenstimme tat so begeistert, als würde es auf der ganzen Welt keinen *Error 22* geben. „Im Moment sind leider alle Mitarbeiter im Kundengespräch, Sie werden so schnell wie möglich zu einem kompetenten Gesprächspartner weitergeleitet. Um Ihnen ganz gezielt weiterhelfen zu können, nennen Sie uns bitte den Grund Ihres Anrufes. Möchten Sie allgemeine Informationen zu unseren preisgekrönten Geräten, drücken Sie bitte die Eins. Haben Sie Fragen zu einer Bestellung, Lieferung oder Rechnung, drücken Sie bitte die Zwei. Möchten Sie an unserem Super-Mega-Gewinnspiel teilnehmen, bei dem Sie als Hauptpreis eine Reise nach Berlin gewinnen können, samt Besuch einer Sitzung des Deutschen Bundestages, dann drücken Sie bitte …"

„Die haben sie doch nicht alle!", fluchte Olaf, kappte die Verbindung und versetzte der unschuldigen Maschine einen Fußtritt. Worauf das flammende *E22*-Inferno sang- und klanglos verschwand und ein leises Brummen und Rauschen den reibungslosen Start des Spülgangs verkündete.

Olaf grinste zufrieden: „Da sage noch einer, Politiker seien unfähig, den Alltag zu meistern!"

Zur Feier des Triumphes nahm er ein weiteres Stückchen Edel-Nugat, machte den Fernseher an, sah Friedrich Merz im *Morgenmagazin* und schaltete wieder aus.

Schröder hatte seinen Napf im Maul und war startklar. Es ging die Treppe abwärts zur Gräfin.

Die wohnte im Erdgeschoss und war ehrenwerte Witwe eines schlitzohrigen pommerschen Adeligen, der nach der Wende weitsichtig mehrere Puffs im Osten Berlins errichtet hatte. Leer stehende Etablissements gab es ja zuhauf, die Treuhand war froh um jeden wagemutigen Unternehmer. Der Graf als Chef vom Ganzen und dazu sein eigener Kunde überlebte die Doppelbelastung allerdings nicht lange. Er hinterließ der trauernden Gattin ein beachtliches Vermögen inklusive Eigentumswohnung mit nunmehr Kanzler samt Ehefrau obendrüber.

Gräfin von Gollwitz war in ihrer Wichtigkeit enorm gewachsen, seitdem der leibhaftige Scholz über ihr eingezogen war. Schließlich war sie auserkoren, Deutschlands „First Dog" zu hüten, wenn Herrchen und Frauchen aushäusig waren, ihn Gassi zu führen und dabei seine Haufen in städtischen Plastiktüten sachgerecht zu entsorgen. Solche Ehre muss einem erst mal zuteilwerden!

Anfangs war die Euphorie im Haus eher gedämpft gewesen. Die Bewohner wussten nicht, wie ihnen geschah, als überall Bewaffnete herumstanden. Sogar bei den Mülltonnen traf man auf Polizei, schwere Limousinen blockierten die Tiefgarageneinfahrt. Als sich herausstellte, dass klammheimlich der damalige Finanzminister und Kanzlerkandidat eingezogen war, ging beim Polizeipräsidium Potsdam ein Schreiben ein, dass die Mietergemeinschaft den nervigen Personenschützern Hausverbot erteilt habe. Die Lage war, gelinde gesagt, gespannt.

Nach einer sogenannten Güterabwägung stellte die Polizei fest: „Die Interessen der Gemeinschaft treten hinter höherwertigen Rechtsgütern und dem gesetzlichen Auftrag der Polizei zurück. Die Behörde wird die notwendigen Schutzmaßnahmen wie bisher durchführen."

Die Aufregung hatte sich schließlich gelegt. Man kam miteinander aus.

Dass die Scholzens zum Nachmittagskaffee mit Apfelkuchen und Schlagsahne einladen würden, hatte sowieso niemand erwartet.

Müller II stand startbereit vor der Haustür, öffnete dem Kanzler den Schlag und fand das Wetter großartig. Olaf reagierte mit seinem typischen Ja-sicher-aber-vielleicht-auch-nicht-Gesichtsausdruck und ließ sich in den feinen Ledersitz fallen.

Gerade wollte er seine Akten aus der Tasche hervorholen, da fiel ihm auf, was ihm sonst gar nicht mehr auffiel. Nämlich, dass Müller seinen Lieblingsschlagersender eingestellt hatte. Marianne Rosenberg sang *Marleen*.

„Aber natürlich!" Wie ein Blitz durchfuhr ihn die Erkenntnis, welche Frau die Paparazzi-Mizzi im Hotelgang fotografiert hatte. Marleen. Marlene Michelbach!

Kapitel 9

Alles, was man Wohlanständigkeit nennt,
ist nichts als schöner Schein.

Immanuel Kant

Dem Philosophen Immanuel Kant haben wir nicht nur den kategorischen Imperativ und allerhand schlaue Zitate zu verdanken, sondern auch etwas kulinarisch Wertvolles: das Überleben der Königsberger Klopse. Als Professor an der Königsberger Universität ließ er seinen Gästen gerne die altpreußische Spezialität servieren und rettete so die Besucher vor dem Verhungern und die Knödel vor dem Vergessen.

Olafs Königsberger Hackfleischbällchen mit Kapern und Sardellen dufteten bereits verführerisch aus der Küche, als Britta aus Bonn zurückkam. Ihr Mann platzte schier vor Stolz darüber, dass ihm seine Spezialität wieder einmal perfekt gelungen war.

Aber zuerst das übliche Ritual. Der Begrüßungskuss, bei dem sich Schröder dazwischendrängte und Zuwendung einforderte. Also spendierte Britta ein Leckerli, dann raus aus den Stöckelschuhen und rein in die bequemen Puschen. Endlich zu Hause!

Sie aßen in Ruhe. Britta berichtete von ihrem Vortrag und dass sie aus Höflichkeit zu Mittag schwäbische Maultaschen verdrückt habe, die aber keinen Vergleich aushielten mit den Klößen eines Bundeskanzlers. Olaf war geschmeichelt und ließ seinen vermeintlichen Kracher hochgehen.

„Schau dir das bitte an!"

Britta reagierte auf Mizzis Handy-Schnappschuss völlig anders als erwartet: „Ach du liebe Güte, du weißt es also auch schon. Woher hast du das Bild?"

Olaf erzählte vom nächtlichen Treffen mit der investigativen Kellnerin, von Müller II und Marianne Rosenberg, die ihn auf die richtige Fährte gebracht hatten.

Dass sich ihm außerdem der Verdacht aufdränge, der Hai habe die Hotelzimmerstunden gleich doppelt genutzt. Erstens für Sex und zweitens, um die Frauen zum Plaudern zu bringen. Über den Ehemann, seine Geschäfte, seine Pläne, sein Konto, über Auffälliges und Zwielichtiges. Material für Imhoffs gnadenlos hochmoralische Kolumne. Ehefrauen wissen oft mehr, als sie ahnen, man muss es ihnen nur entlocken. Der Hai wusste, wie.

Dann Olafs rhetorische Frage an seine Frau: „Du hast die Geschichte von Marlene selbst, richtig?"

„Ja. Sie hat sich bei mir ausgeweint und mir alles erzählt. Als bester Freundin ganz im Vertrauen. Nicht einmal dir hätte ich es sagen dürfen, aber jetzt weißt du es ja von deiner Spionin."

„Informantin", stellte Olaf richtig, „für das Spionieren habe ich den BND."

„Marlene verzweifelt fast an dem Seitensprung", fuhr Britta fort. „Sie meint, dass Elmar ihr draufgekommen ist, dass er in seiner Eifersucht kurzerhand den Hai umgebracht hat und dann mit der Schuld nicht leben konnte. Also ist er gesprungen."

„Das klingt einleuchtend, fast *zu* einleuchtend", resümierte Privatdetektiv Scholz. „Möglicherweise ist es tatsächlich eine heiße Spur. Wir müssen Joschi informieren. Gleich morgen früh."

„Ich kann es immer noch nicht glauben. Ein Vorzeigepaar, wie es im Buche steht, und dann so etwas!" Brittas Weltbild hing eindeutig schief.

Im Bett flüchtete sie sich in Ollibärs Arme und schlief Minuten später ein. Das war doch etwas viel gewesen in den letzten beiden Tagen.

Kapitel 10

Am meisten Dreck am Stecken haben jene, die mit allen Wassern gewaschen sind.

Friedrich Löchner, deutscher Schulleiter und Dichter

Joschis Leute hatten die Kolumne des Hais Ausgabe für Ausgabe durchforstet. Jeden einzelnen Artikel.

Der Geldfluss auf das Konto des Journalisten schien hauptsächlich durch Lobeshymnen zustande gekommen zu sein. Da wurden Filme oder Tourneen hochgeschrieben, Start-ups hoffähig gemacht, Nobodys ins Rampenlicht befördert. Die nötigen finanziellen Investitionen waren im besten Fall Gold wert, im Falle des Nichterfolgs aber kein ausreichender Anlass, einen hilfreichen Zeitungsmenschen gleich umzulegen.

Aber auch die Vertuschung von Schweinereien schien zum Geschäftsmodell gehört zu haben. Sofern bezahlt wurde, geriet die Sache nicht an die Öffentlichkeit; sofern keine Kohle floss, hatte das einen vernichtenden Artikel zur Folge. Sinn und Zweck war die Botschaft: „Kohle für den Hai, sonst wirst du versenkt!" Letzten Endes blieben drei Geschichten übrig, die für ein Mordmotiv gut waren.

Erstens der Skandal um die PLI, die *Perfect Living Immobilien*. Der Firmengründer, ein smarter Mittvierziger in Turnschuhen, lässigen Jeans, weißem Hemd und einem Sakko aus feinstem Zwirn, wurde vom Hai als neuer Messias des Wohnungsbaus gepriesen. Als unkonventioneller Wundertäter. Seine Mission: erschwingliches Wohnungseigentum für alle. Ein Jesus für Häuslebauer. Aber einer, der nicht Wasser in Wein verwandelte, sondern Beton in megaökologische, hypermoderne und supergünstige Reihenhäuschen.

Dass die Baugrundstücke auf Industriebrachen lagen, die mit Chemikalien verseucht waren, dass die Baumaterialien minderwertig waren, der Schimmel vorprogrammiert und die Kaufverträge ein Spinnennetz aus Fallstricken, kam weder in den Prospekten auf Recyclingpapier vor noch in den Lobeshymnen des Hais. Es würde allerdings dauern, alle Geschädigten zu durchleuchten und potenzielle Täter auszusieben.

Zwei weitere Mordmotive sahen zwar vielversprechend aus, taugten am Ende des Tages aber bloß für die Tonne. Denn die Verdächtigen – beide richtige Miststücke – waren wegen Todesfalls beziehungsweise Flucht ins Ausland nicht mehr greifbar.

Müll-Mogul Plochinger hatte dereinst Horden von grasgrünen Lkws durch Berlin geschickt und gegen gutes Geld jegliche Art von Sondermüll eingesammelt. Angeblich zur ökologisch astreinen Entsorgung. Er ließ sich als Umwelt-Guru feiern, bekam Auszeichnungen ohne Ende, flog im privaten Gulfstream-Jet zu Klimakonferenzen rund um den Globus, war aber wohl zu geizig, den Hai zu füttern. Worauf dieser ihn mit einer spektakulären Schlagzeile hochgehen ließ: „Plochinger stinkt zum Himmel!"

Der Prozess beherrschte wochenlang die Schlagzeilen. Der Abfall des Moguls war nämlich regelmäßig in der Dritten Welt gelandet, vornehmlich in Malaysia, der größten Müllkippe Europas. Erfreulicherweise schön weit weg von Europa und vom Land des Gelben Sackes. Der Dreck wurde natürlich nicht recycelt, sondern verbuddelt oder auf illegalen Halden verbrannt. Die Menschen und ihre Ländereien ringsum – egal. CO_2 in der Luft, giftiges Sickerwasser in den Flüssen – egal. Alles außer dem eigenen Profit – egal.

Für Herwig Attila Imhoff, den Hüter der Sittlichkeit, bedeutete dies, er hatte wieder einmal dem Unrecht die Stirn geboten und in einschlägigen Kreisen eine deutliche Warnung hinterlassen.

Plochinger, der gesellschaftlich und finanziell krachend auf die Nase gefallen war, verkam während des Prozesses immer mehr zum Schatten seiner selbst und verstarb, noch ehe er seine Haftstrafe angetreten hatte.

Zweiter Kandidat für ein Mordmotiv war eine Kandidatin gewesen: die Film- und Fernsehregisseurin Rita Edel, die der Hai quasi bis auf ihren Intimissimi-Slip ausgezogen und bloßgestellt hatte. Mit der alten, aber immer noch zeitgemäßen Geschichte von der berühmten Besetzungscouch. Engagement gegen Sex. Diesmal mit anderen Vorzeichen, aber dasselbe in Grün, besser gesagt in Regenbogenfarben.

Das Casting der jüngeren Schauspielerinnen verlief nach dem Motto: Erst in die Falle, dann in die Rolle. Männer und ältere Damen wurden dagegen nach objektiven Kriterien abgelehnt oder engagiert.

Die Edel wahr wohl nicht willens gewesen, zu blechen oder an den Pranger gestellt zu werden, und hatte sich rechtzeitig nach Südamerika abgesetzt. Dort führte sie jetzt Regie für eine Samba-Schule, die unter ihrer Ägide schon zweimal die Siegertrophäe beim Karneval in Rio abgeräumt hatte.

Joschi mutmaßte, die feine Dame würde im fernen Brasilien ihre Besetzungspraxis ungeniert weiterführen, und er dürfte damit wohl recht haben. Das hilft allerdings höchstens der deutschen Sensationslust weiter, nicht aber dem deutschen Justizwesen.

Summa summarum trübe Aussichten, in den Kolumnen des Hais tatsächlich seinen Mörder oder die Mörderin zu finden.

Die Nachforschungen im trauten Heim der Imhoffs waren erhellender gewesen. Doch bevor Joschi sie noch einmal überdenken konnte, spielte sein Handy *Killer Queen*, den SMS-Alarm.

Was er in der Nachricht las, verschlug ihm fast die Sprache. Mehr als ein „Ja bist du narrisch!“ brachte er nicht heraus.

Der war ja ein ganz gefinkelter Ermittler, dieser Kanzler! Hätte er ihm gar nicht zugetraut.

Wie auch immer, die Info war Zündstoff.

„Tausendschön,“ bellte Joschi ins nächste Zimmer, „antreten, es gibt Arbeit!“

KAPITEL 11

Geld ist nichts. Aber viel Geld, das ist etwas anderes.

George Bernard Shaw

Das Verhältnis von Olaf Scholz zu privaten Geldinstituten scheint, vorsichtig ausgedrückt, etwas speziell zu sein.

Warburg-Bank, Cum-ex-Geschäfte, Erinnerungslücken, alles weidlich bekannt.

In diesem Fall Schwamm drüber, denn jetzt war es Ehefrau Britta, die in einem Bankkontor saß, das vor Wohlhabenheit und sorgsam polierter Seriosität und Diskretion nur so strotzte. Der Raum, beeindruckend hoch, von der Decke schwang sich ein bedrohlich schwerer Kronleuchter, die Wände dunkel getäfelt und vollgehängt mit Ahnenporträts. Noch nicht bei den Ahnen Erich-Wilhelm Dobler, der amtierende Privatbankier in sechster Generation und in einem tadellosen Maßanzug. Kurzsichtig, mit dicken Brillengläsern, weitsichtig in allen Fragen der Gewinnoptimierung. Als Beherrscher des Mammons thronte er hinter einem überdimensionalen Schreibtisch, der die Kundschaft auf gebührendem Abstand hielt. Diese Kundschaft bildeten zur Stunde Marlene Michelbach und die Samariterin Britta, die als seelische Stütze zu Hilfe geeilt war.

Marlene fühlte sich alleine nicht in der Lage, jetzt auch noch den finanziellen Kram zu bewältigen, Entscheidungen zu treffen, die Elmar ihr immer abgenommen hatte. Mit Geld hatte sie bislang nur zu tun, wenn es ums Ausgeben ging. Das tat sie zwar mit Bedacht, aber darüber hinaus war sie wirtschaftlich überhaupt nicht eingebunden. Jetzt würde ihr wohl alles zufallen samt einer Verantwortung, der sie sich nicht gewachsen fühlte. Sie würde dringend einen Finanzberater brauchen, aber bis dahin war es schon einmal hilfreich, die beste Freundin an der Seite zu wissen.

Dobler hatte Kaffee und Trüffelpralinen bringen lassen und wickelte eine davon umständlich aus der schimmernden Verpackung.

„Ich darf noch einmal mein allergrößtes Bedauern über deinen Verlust ausdrücken, meine liebe Marlene“, begann er gestelzt, „dein Elmar war so vital, so voller Pläne, und dann dieses jähe Ende. Unfasslich!“

Eine Nummer kleiner hatte er es nicht, und genauso schwülstig ging es weiter: „Es ist nun an mir, dir in dieser deprimierenden Situation eine wichtige Mitteilung zu machen.“

Dobler der Sechste, der knallharte Geldsack, mimte die Niedergeschlagenheit in Person: „Die Wahrheit ist nun leider mal die Wahrheit. Und diese Wahrheit lautet, das Unternehmen Michelbach ist, ähem, insolvent. Das Kapital ist aufgezehrt, die Immobilien und das Betriebsvermögen sind bis zur Halskrause beliehen. Es ist schlicht und ergreifend nichts mehr da. Ich habe bis zur letzten Sekunde versucht, den totalen Zusammenbruch zu verhindern, aber mit Elmars bedauerlichem, ähem,

Ableben ist mir auch die letzte Chance genommen, noch etwas zu retten."

Der Banker besah mit traurigem Blick und fünf Dioptrien die Trüffel und steckte sie schließlich schicksalsergeben in den Mund.

Marlene erstarrte wie in Zeitlupe, schnappte nach Luft und fasste sich ans Herz.

Britta wandte sich zu ihr und griff augenblicks nach ihrem Handy.

Als die Ambulanz mit Blaulicht und Sirene davongerast war, setzte sich Britta auf einen Poller vor dem Bankpalast und heulte fassungslos in ihr Taschentuch.

Am anderen Ende der Stadt ein typischer Berliner Zeitungskiosk. Einer der wenigen achteckigen, die übrig geblieben sind. Mintgrün gestrichen mit einem spitzen Dach obendrauf, Reklameaufsteller für Cola davor. Es gab alle populären Presseerzeugnisse und Berge von Zigaretten. Natürlich auch elektrische, die man mit allerlei fürchterlichem Liquid füllen und dann dampfen konnte. Nehmen wir nur die Knallersorte *Aroma Berry Bomb*. Laut Hersteller „Eine Kreation aus eiskalten Blaubeeren, Himbeeren, Erdbeeren und Brombeeren, die mit etwas Anis umrundet wird". Humphrey Bogart wäre schreiend davongelaufen! Glücklicherweise führte der Kiosk auch Eis am Stiel mit Himbeergeschmack ohne Anis und ein Heißgetränk, das eine entfernte Ähnlichkeit mit Kaffee aufwies.

Rocco lehnte neben dem Büdchen an der Mauer, schlürfte die Koffeinbrühe aus einem Pappbecher und studierte die Zeitung. Großer Hintergrundbericht über die Michelbachs: *Der Schönheitskönig und seine Königin – ein unfassbares Drama!*

Rocco starrte fasziniert auf das Foto von Elmar und Marlene Michelbach. „Da schau her", dachte er bei sich, „das muss ich gleich der Mizzi erzählen."

Zur gleichen Zeit im Exzellent-Hotel. Mizzi säuberte gerade Zimmer 214. Die Toilette versaut, überall Chipsbrösel, dazu zwei leere Piccoloflaschen, Bettlaken mit Spermaspuren, also das Übliche. Die Tageszeitung, ein Service des Hauses, lag auf dem Schreibtisch. Der Bericht über die Michelbachs stach Mizzi ins Auge: *Der Schönheitskönig und seine Königin – ein unfassbares Drama!* Sie riss ungläubig ihre rehbraunen Augen auf: „Jessas, Maria! Das muss unbedingt der Kanzler wissen!"

Kapitel 12

Die Alternative zur Sackgasse ist der Holzweg.
Werner Mitsch, deutscher Aphoristiker

Potsdam hat nah am Wasser gebaut. Die Stadt ist praktisch eine Insel, umgeben und durchtränkt von der Havel und ihren Seen. Ein Hamburger ist da bestens aufgehoben. Wenn er Wassersportler ist, dann erst recht.

Als er noch Erster Bürgermeister der Hansestadt war, hatte Olaf das Rudern für sich entdeckt. Ehrlich gesagt hatte Ehefrau Britta es für ihn entdeckt. Bis dahin war er zu ihrem Missfallen ein begeisterter Nichtsportler gewesen, sein Bäuchlein gab Zeugnis davon. Aber er hatte die Kurve gekriegt, als Ruderer eher die Wende, und jetzt war er einer der schlanksten und fittesten Kanzler, die Deutschland je hatte. Nach Angie allerdings kein großes Kunststück.

Warum es gerade der Rudersport geworden war, kann nur vermutet werden. Es könnte mit der Politik zusammenhängen, wo rumrudern ja zum Tagesgeschäft gehört. Zurückrudern ebenfalls und baden gehen erst recht. Aber wie gesagt, das sind nur Spekulationen.

Die sportlichen Aktivitäten des Kriminalers Josef Wondratschek waren auf den Fernsehkonsum beim Fußball und bei Formel-1-Rennen beschränkt. Frei nach Rainhard Fendrich: „Explodieren die Boliden, ist das Publikum zufrieden."

Die Kompetenzen bei der morgendlichen Bootstour waren entsprechend verteilt. Olaf im flotten Wassersportlerlook legte sich in die Riemen, die Skulls genannt werden, Joschi mit Friesennerz und gelbem Südwester saß tatenlos und unausgeschlafen dahinter.

Dafür ging er beim Zwischenstopp einkaufen. Das Boot hatte auf den Steg von Aldi zugesteuert, einer Discounter-Filiale am Tiefen See, die tatsächlich einen Anleger vorzuweisen hatte. Hier konnten Freizeitkapitäne mal kurz vorbeischippern und im Supermarkt nach gnadenlos billigem Klopapier oder einem Imbiss angeln. Joschi kehrte mit zwei Boxen Sushi zurück. Etwas gewagt als Frühstückssnack, aber gut gemeint.

Kam auch gut an. Olaf war vor nicht allzu langer Zeit in Japan gewesen und hatte am Fischmarkt in Tokyo die Leidenschaft der Einheimischen für die Reisröllchen mitbekommen. Kaum geht die Sonne auf, stehen sie in Schlangen an, um die frischesten Exemplare zu ergattern. Woraus eindeutig folgt: Sushi in der Früh – schadet nie!

Britta war mit Marlene zur Bank gefahren, das Frühstück daheim war ausgefallen. Kein Schaden, denn jetzt saß Olaf neben Joschi zufrieden am Steg, futterte und genoss die Atmosphäre eines blitzblanken jungen Tages. Die Sonne schickte von Brandenburg her ihre Strahlen auf den See, wo sie flirrend um die Wette tanzten.

Am gegenüberliegenden Ufer ragte aus dem Babelsberger Park der neugotische Flatowturm heraus, so verspielt und märchenhaft, dass nur noch Rapunzel fehlte, die aus dem Fenster ihr langes Haar herunterließ.

Märchen war allerdings jetzt fehl am Platz. Es galt, knallhart reale Todesfälle aufzuklären. Das rätselhafte Ableben eines Klatschkolumnisten und eines Schönheitspapstes. Was möglicherweise zusammenhing. Oder auch nicht.

„Das Pantscherl von der Michelbach mit dem Hai ist ja eine echte Überraschung", konstatierte Joschi kauend. „Wo hast du die G'schicht eigentlich aufgeschnappt?"

Olaf berichtete vom nächtlichen Meeting mit der Mizzi, von Marianne Rosenberg und Marlenes Gewissheit, dass ihr Mann der Mörder sei.

„I glaub 's net, die Mizzi!" Joschi war entrüstet. „Mir steckt sie das natürlich nicht. Ich bin ja nur ein normaler Kriminaler und kein Bundeskanzler. Wurscht jetzt. Wir haben erst einmal eine Theorie ohne jeden Funken von einem Beweis. Aber Tausendschön rotiert schon. Wenn wo was ist, dann kriegt sie es heraus."

„Wer bitte ist Tausendschön?"

„Meine neue rechte Hand. Heißt eigentlich Clara Bischoff, kommt direkt von der Uni, ist mordsintelligent, ehrgeizig, schaut blendend aus. Aber anbaggern verboten."

„Verheiratet?"

„Verlobt. Mit einer Frau."

Olaf vertilgte sein letztes Sushi und widerstand der kindischen Versuchung, die Kunststoffbox als Schiffchen auf den See zu setzen. Brauchte ja nur ein Grüner im Ruderboot vorbeizukommen, der es der Presse steckt: „Kanzler verseucht Potsdamer See mit Plastikmüll!"

Also Scholz, benimm dich erwachsen, hier spricht die Polizei!

Hauptkommissar Wondratschek berichtete zuerst von der Analyse der Zeitungskolumne. Von Müll-Plochinger und der moralisch vermüllten Filmregisseurin. „Das war leider gar nix. Dafür war der Hausbesuch beim verblichenen Hai umso erhellender."

Sie waren in voller Mannschaftsstärke vor dem Backsteinhaus im Holländischen Viertel aufgetaucht. In einem der attraktivsten Wohnquartiere von Potsdam. Die putzigen Häuschen mit den roten Ziegelmauern und den geschwungenen Giebeln waren einst für holländische Handwerker gebaut worden, die König Friedrich Wilhelm I. damit nach Preußen locken wollte.

Wie der Hai an eines der raren Objekte gekommen war, lag auf der Hand. Ein nettes Artikelchen, und schon war der Mietvertrag unterschriftsreif. Olaf und Britta waren bei ihrem Umzug von Hamburg nach Berlin ebenfalls interessiert gewesen, aber schlicht und ergreifend gescheitert. Nichts frei, nichts zu machen. Auf die linke Tour nachzuhelfen, wäre den beiden nie im Leben eingefallen.

Der Hai aber war ein Meister in Nachhilfe gewesen. So bringt man es zu was, auch zu einem Domizil mit Seltenheitswert.

Jasmin öffnete dem Ermittlerteam bereitwillig Tür und Tor. Sie selbst wusste angeblich oder tatsächlich von gar nichts. Ihr Alibi war wasserdicht oder besser Veuve-Clicquot-dicht. Sie hatte zwei Damen der besseren Kreise zu Gast gehabt, man nippte am Schampus und besprach Einzelheiten für eine Benefizaktion zugunsten Not leidender Künstler. Sehr lobenswert, sehr zum Wohle!

Im Übrigen habe ihr Mann *seinen* Job gemacht und sie den ihren als Kinderbuchillustratorin. „Ich wollte gar nicht wissen, wie er an seine Themen kam, und er zeichnete dafür keine feuerspeienden Drachen."

Das konnte niemand widerlegen. Mehr hatte Tausendschön aus ihr nicht herausbekommen.

Blieben also noch die sauber sortierten weißen Ordner im Arbeitszimmer des Hais und der ebenso weiße Apple-Rechner. Diese Fundsachen wurden in Umzugskisten verstaut und ins Präsidium nach Berlin abtransportiert.

Die Auswertung des Rechners ergab – nichts! Die Suche nach Speichermedien wie CDs oder Sticks ergab – nichts! Der gewiefte Journalist hatte offensichtlich seine wichtigste Festplatte im Kopf gehabt. Wie er seinen Geschichten auf die Spur kam, was er gegen seine Opfer in der Hand hatte, das war wohl in grauen Zellen und nicht in Halbleiterkristallen gespeichert gewesen.

Die Auswertung der Ordner ergab dagegen jede Menge. Fantasievolle Rechnungen über Beraterhonorare, angebliche Werbekonzepte und andere Luftnummern. Adressiert an die ehrenwertesten Namen der Stadt, immer brav bezahlt.

Hieß auf gut Deutsch, die Herrschaften hatten sich vom Pranger freigekauft oder für Vorteile gelöhnt und damit keinen Nutzen vom Tod des erpresserischen Schreiberlings. Die Kohle war ja eh schon futsch. Auf „Nachzahlungen" hatte der Hai augenscheinlich verzichtet, da war er vorsichtig gewesen. Er hatte ja genügend frische Opfer auf Halde.

Joschi resümierte: „Das bedeutet, wir sind genauso schlau oder besser genauso blöd wie vorher. Wenn sich jetzt auch noch der Michelbach selbst umgebracht hat und niemand anderes seine Finger im Spiel hatte, dann stehen wir wieder am Anfang. Also auf dem Schlauch."

Olaf war weniger pessimistisch. „Wir kriegen das schon hin, auch wenn es mühsam ist. Oder wie der Hamburger Skipper sagt: Wo man nicht segeln kann, da muss man rudern."

„Aber nicht auf dem Tiefen See in Potsdam", dachte Joschi und nahm auf dem Boot gemütlich hinter Olaf Platz. Der legte sich die Riemen und schipperte in einen Tag, der faustdicke Überraschungen bereithielt.

Kapitel 13

Das Schönste, was wir erleben können, ist das Geheimnisvolle.
Albert Einstein

Pling!

Der Kanzler war dankbar für seine Schludrigkeit. So war die Wegwerfnummer fürs Handy weiter aktiv, die er Mizzi beim Treffen an der Kirche gegeben hatte. An diese Nummer war gerade eine kryptische SMS gegangen. Die Servicekraft aus dem Einstein liebte offensichtlich das Geheimnisvolle.

Neuigkeit! Einsatz 20.00 Uhr, Moltkebrücke.

Büroleiterin Jeanette war einiges gewöhnt und runzelte nur kurz die Stirn, ehe sie den Auftrag ihres Chefs erhielt, den sie umgehend an Müller II weitergab: „Erstens Trenchcoat und Hut aus der Garderobe der Kanzlerwohnung holen, zweitens Sonnenbrille kaufen."

Kurz vor Dienstschluss war der Fahrer zurück und lieferte das Bestellte ab. Jeanette brachte die Sachen in das Allerheiligste.

„Müller II kann Feierabend machen", beschied Olaf, „ich werde heute Abend privat unterwegs sein. Ich nehme den Hinterausgang zum Garten."

Die Bürochefin wollte gar nicht mutmaßen, was das wieder bedeuten sollte. Dass der Kanzler etwas am Laufen hatte, war ausgeschlossen, dafür liebte er seine Britta zu sehr. Also musste es irgendein anderer Unsinn sein. Hoffentlich ging das gut!

„Ich geh dann mal nach Hause", verabschiedete sie sich. „Passen Sie auf sich auf!"

„Ihre Fürsorge ehrt mich", grinste Olaf, „aber ich bin zum Glück in Obhut einer resoluten Dame."

Jeanette geriet jetzt erst recht ins Grübeln und entschwand mit skeptischer Miene durch die schallgedämpfte Türe.

Olaf verzog sich in die angrenzende Kanzlerwohnung und wunderte sich nicht zum ersten Mal, was Architekten einem deutschen Regierungschef zumuten. Das gesamte Gebäude war acht Mal so groß wie das Weiße Haus in Washington, aber die Dienstwohnung des Kanzlers unter dem Dach maß gerade 28 Quadratmeter. Da waren die Besenkammern von Joe Biden mit Bestimmtheit größer. Kein Wunder, dass seine Vorgängerin Angela Merkel das Mauseloch nie zum Wohnen genutzt hatte. Trotz des Picasso-Gemäldes an der Wand.

Für die Vorbereitung eines Undercover-Einsatzes reichte die Bude aber durchaus. Scholz stylte sich um auf Bogart, setzte die Sonnenbrille auf, sah damit aber nicht die Bohne und wäre beinahe gegen den Spiegel gelaufen. Also Brille wieder ab. Er verstaute sie in einer der unzähligen Taschen seines Agentenmantels und machte sich über die Hintertreppe davon.

Die 130 Jahre alte Moltke-Brücke aus roten Steinen führt vom Gelände des Kanzleramtes über die Spree Richtung Moabit und ist nach Helmuth Karl Bernhard von Moltke benannt. Chef des preußischen Generalstabs und einer der erfolgreichsten Feldherren seiner Zeit. Treppenwitz der Geschichte:

Über die Brücke des Generalfeldmarschalls, der Kriege gegen Dänemark, Österreich und Frankreich geführt hatte und als Experte für Vernichtungsschlachten galt, läuft heute die Willy-Brandt-Straße. Brandt wurde 1971 mit dem Friedensnobelpreis geehrt. Von „Make Love not War“ kündet auch eine bunte Galerie aus Liebesschlössern, die von Pärchen am Brückengeländer angebracht worden waren. Das Schloss befestigen und den Schlüssel in die Spree werfen. Damit ist er weg für immer, und die Liebe bleibt für immer. Trotz Moltke.

Mizzis gelbe Vespa stand blank geputzt auf dem Bauwerk des Generalfeldmarschalls und pustete graue Wölkchen in die Nacht. Die filigranen Brückenlaternen illuminierten die Szenerie. Olaf marschierte mit hochgestelltem Kragen durch die Lichtkegel auf den Roller zu. „Motor im Stand laufen lassen, geht gar nicht“, brummte er.

„Fahren ohne Helm auch nicht“, konterte Mizzi und reichte ihm ein kohlrabenschwarzes Exemplar mit Darth-Vader-Motiven.

„Na gut“, dachte Olaf, „jetzt also nicht Humphrey Bogart, sondern Star Wars.“ Er stopfte den Hut in eine der Manteltaschen, zog den Helm über und schloss den Kinnriemen. Alles passte wie angegossen. „Woher weiß die Frau so gut über meinen Kopf Bescheid?“, wunderte er sich und schwang sich auf den Sozius. „Okay, wir können, wohin auch immer.“

Mizzi war eine forsche Fahrerin. Zum Glück gab der Roller nicht so viel her, dass es zur Gefahr ausartete.

Olaf, der praktisch nie selbst Auto fuhr und meist in seine Akten guckte statt auf die Straße, hatte keine Ahnung, wohin es ging. Den neuen Berliner Hauptbahnhof erkannte er gerade noch, dann ging es endlos eine Straße lang, an der sich gesichtslose Gewerbebauten reihten, die in der Nachtstimmung noch trostloser aussahen als bei Tageslicht. Sie kamen an einem Streifenwagen vorbei, der scheinbar nutzlos am Straßenrand herumstand. Aber nur scheinbar.

Hundert Meter weiter tanzte ein rotes Licht in der Dunkelheit. Polizeikontrolle!

Verflixt noch mal! Da hatte er sich in etwas hineingeritten! Der Kanzler ertappt auf einem nächtlichen Motorrollertrip in den Fängen einer allwissenden Kellnerin mit österreichischem Migrationshintergrund. Dazu kam er auch noch als Darth Vader daher, Jedi-Ritter auf der dunklen Seite der Macht. Olaf sah schon das Misstrauensvotum im Parlament auf sich zurollen. Und er sah Saskia Esken, die sich als potenzielle Nachfolgekandidatin in Stellung brachte. Falsche Überlegungen, schalt sich der Kanzler selbst und zog den Kopf ein. Selbstschutz hieß das Gebot des Augenblicks.

„Ihre Kennzeichenbeleuchtung funktioniert nicht“, konstatierte der Hüter des Gesetzes pragmatisch, „Führerschein und Zulassung bitte.“

Mizzi kramte die Papiere hervor, überreichte sie dem Polizisten. Der studierte die Dokumente gründlich, hatte alle Zeit der Welt.

Die Nervosität des unfreiwilligen Jedi-Ritters Olaf Scholz stieg derweil mit jeder Sekunde.

Mizzi hatte anscheinend die Faxen dicke, stieg ab und stakste hinter den Roller. Olaf machte sich so klein wie möglich und hoffte inständig, dass er nicht enttarnt würde.

Aus dem Augenwinkel bekam er mit, dass Mizzi mit dem Fuß ausholte und kräftig gegen den hinteren Kotflügel kickte.

Siehe da: Die Kennzeichenleuchte ging an. „Wackelkontakt", erklärte sie entschuldigend, „wird schleunigst repariert. Ich habe schon einen Termin in der Werkstatt."

Der Beamte war gnädig gestimmt, ließ die Erklärung durchgehen und gab die Papiere zurück. Dabei streifte sein Blick den Kerl auf dem Rücksitz. Trenchcoat und Motorradhelm im Star-Wars-Look. Na ja, wer's tragen kann …

„Angenehme Fahrt noch", wünschte er.

Mizzi ließ den Motor an, das Italo-Schnuckelchen rollte los, der Albtraum war vorbei.

Berlin hat vierundzwanzig Häfen. Einer davon war offensichtlich das Ziel des Ermittlerduos *Lahnsteiner & Scholz*. Olaf sah ein ausladendes Hafenbecken und dahinter ein riesiges Speichergebäude samt Turm, verkleidet mit braunem Klinker. Typische Industriearchitektur aus den Anfängen des zwanzigsten Jahrhunderts. Hier war er schon einmal gewesen, erinnerte er sich.

„Westhafen. Gleich sind wir da", verkündete Mizzi.

Jetzt fiel es ihm wieder ein. Der Speicher war ursprünglich für die Berliner Getreidevorräte gebaut worden und beherbergte jetzt das *Geheime Staatsarchiv Preußischer Kulturbesitz*. Akten ohne Ende, die meisten überhaupt nicht geheim, sondern langweilige Zeugnisse der perfekten preußischen Bürokratie. Grundsteuerakten, Listen von Ordensträgern und so was. Insgesamt achtunddreißigtausend Meter Ordner und Aktenbündel. Also acht Mal um den Hockenheimring. Da war er als Bundeskanzler auch schon mal langmarschiert, hatte Interesse vorgegaukelt und selbstverständlich staatsmännisch geguckt.

Die Vespa hielt an einer schmuddeligen Ecke des Gebäudes vor einer rostigen Tür, hinter der sich mit Sicherheit keine preußischen Akten verbargen. Was aber dann?

Olaf nahm seinen Sternenkriegerhelm ab und setzte den Ermittlerhut auf. Mizzi ging voran, und sie betraten einen saalartigen Raum, der bis auf einen verhüllten runden Tisch komplett leer war. In der Luft hing der abgestandene Geruch von legalen noblen Gesellschaftsdrogen: Champagner, Zigarren, Zigarillos. Die Wände waren kahl, nur eine Nische war mit rotem Samt ausgeschlagen. Von der Decke hing ein protziger Kronleuchter. Der ging plötzlich wie von Geisterhand an und verbreitete gleißende Helligkeit.

Gut, wenn man da einen Trenchcoat hat mit einer Sonnenbrille drin! Die hilft, um nicht geblendet und um nicht erkannt zu werden.

Durch eine schmale Tür erschien ein schmaler, drahtiger Kerl in Lederkluft und Westernstiefeln. Er trug massiven Kettenschmuck, das ergraute Haar zu einem Knoten zurückgekämmt. Vertraut ging er auf Mizzi zu: „Servus, Schatzl!“

Dann wandte er sich zu Olaf. „Servus, Kanzler, ich bin der Rocco. Sie können die Brille abnehmen.“

Kapitel 14

Ein Bruder ist wie eine Schulter.

Aus Somalia

Der Lover von Mizzi war ein absoluter Sausack gewesen. Was sie mit ihrem verliebten Köpfchen aber erst begriff, als es zu spät war. PS-Bennie aus Berlin, Gebrauchtwagenhändler mit Schwerpunkt Osteuropa, supersmart, supergut aussehend, superhinterhältig.

Sie lernte ihn im Wiener Varieté-Club *Moulin Rouge* kennen, wo sie als blutjunge Tänzerin arbeitete. Er war eine willkommene Abwechslung zu den unsäglichen Geschäftsleuten, die ihr teuer erkauften, billigen Sekt ausgaben und sich dann Gott sei Dank doch nicht trauten, irgendetwas anzustellen, was der werten Ehefrau zu Hause missfallen könnte.

So kam sie recht anständig über die Runden. Der richtige Kick war bei der billigen Tanzerei aber ausgeblieben. Da erschien plötzlich Bennie auf der Bildfläche und spielte ihr alles vor, was sie vom Leben und der Liebe erwartete. Immer öfter stand sein Ford Mustang mit den roten Ledersitzen wie eine Einladung vor ihrer Tür. Eines Tages schmiss sie kurzerhand den Job hin – der Laden stand ohnehin auf der Kippe –, kündigte ihr Untermietzimmer, packte zwei Reisetaschen und fuhr mit ihrem Traummann und einem Berg von Hoffnungen in die ferne deutsche Hauptstadt.

Die Wirklichkeit dort war ernüchternd. Kaum waren sie angekommen, erkaltete Bennies Leidenschaft spürbar. Schon am zweiten Tag trafen sie „rein zufällig" auf einen seiner Geschäftspartner, der Mizzi einen Job anbot.

Der Ortstermin war eindeutig. Mizzi brach in Tränen aus und rannte einfach davon.

Eine ganze Nacht lang irrte sie ziellos und verzweifelt durch die fremde Stadt im fremden Land. Am nächsten Tag mietete sie sich in einer billigen Pension ein und rief ihren Bruder in Wien an.

Der Bruder stieg in seinen Opel Manta und bretterte mit einem Höllenspeed 676 Kilometer bis in den Berliner Stadtteil Marzahn. Dort suchte er den Gebraucht- und Unfallwagenhandel *Tipptopp* auf. Er fragte nach dem Chef.

Als der in dem kleinen Office erschien, wo es nach Reifengummi und Motoröl roch, holte der Bruder ohne Vorwarnung aus.

Zwei eingeschlagene Vorderzähne und die Mitteilung „Das ist für Mizzi" waren Argument genug. Der tief beeindruckte Autohändler rückte die Schlüssel zu seinem Appartement heraus, damit der Bruder Mizzis Sachen abholen konnte. Dann verarztete er seine Visage und ließ nie wieder von sich hören.

Im Etablissement von Bennies Geschäftspartner brach noch am selben Tag ein Feuer aus und verräucherte all die schönen pinkfarbenen Zimmer mit den Spiegeln über den Lotterbetten.

Es war eindeutig Brandstiftung, doch ein Täter wurde nie gefunden.

Der Bruder blieb als Mizzis Schutzengel in Berlin, brachte sie in einer anständigen kleinen Wohnung unter und hatte schließlich die geniale Idee mit dem Friedrichstadt-Palast. Für sich selbst fand er diverse Aufgaben, die seinen Fertigkeiten entsprachen. Mit *Dienstleistungen aller Art* feinsinnig umschrieben.

Das *Moulin Rouge* in Wien ist übrigens jetzt ein italienisches Selbstbedienungsrestaurant. Hie und da gibt es dort Spaghetti alla puttanesca, also nach Nutten-Art. Erfunden vor fast 200 Jahren in einem neapolitanischen Bordell. Aber das ist eine andere Geschichte.

Kapitel 15

Das Leben ist ein Spiel, wie alle Spiele sind.
Wer's nicht versteht, verliert,
und wer's versteht, gewinnt.
Johann Wilhelm Ludwig Gleim, deutscher Dichter

„Ich würde Ihnen gerne etwas anbieten", entschuldigte sich Rocco, „ein Bier zum Beispiel. Aber ich habe nicht einmal eine leere Kiste zum Sitzen. Das Etablissement ist gerade in Auflösung begriffen."

„Wo sind wir hier eigentlich?", knurrte der Kanzler aus dem aufgestellten Mantelkragen hervor, „und mit wem habe ich die Ehre?"

„Rocco ist mein Bruder", verkündete Mizzi stolz, „und das hier war einmal ein Spielcasino. Ein Roulettetisch ist noch da." Sie zeigte auf das verhüllte runde Möbelstück.

„Ein nicht ganz legales Casino", ergänzte Rocco mit einem Grinsen, „ich war hier Teilhaber. Das heißt, ich bin es immer noch. Wir ziehen bloß grade um. Weitsichtige Strategie, Sie verstehen? Bis die Polizei und das Finanzamt etwas spannen, sind wir längst wieder woanders!"

„Das hätten Sie mir erzählen müssen, als ich noch der zuständige Minister war. Jetzt habe ich für so etwas keine Zeit mehr." Olaf drängte: „Also, was geht hier vor?"

„Rocco und ich, wir haben beide die Zeitung gelesen. Sie wissen schon, die Story vom Schönheitskönig und seiner Königin. Als ich das Foto gesehen hab, wusste ich sofort, das ist das Flittchen vom Hai. Die ich mit dem Handy geknipst hab. Gut, was?"

„In der Tat gut", bestätigte Olaf, „ist mir aber schon bekannt."

„Und Sie?", wandte er sich an Rocco, während Mizzi ihre Enttäuschung verdaute.

„Ich hab, wie gesagt, auch die Zeitung gelesen. Und als ich das Foto gesehen habe, wusste ich sofort, das ist unser Stammzocker. Kam regelmäßig und verlor regelmäßig. Obwohl die Leute bei uns auch gewinnen können. Muss ja sein, sonst bleiben sie weg."

Jetzt war Olaf doch platt. Das hatte er nicht erwartet. Der großartige Elmar Michelbach ein notorischer Spieler! Und ein glückloser dazu. Ob Marlene das gewusst hatte? Und ob der Hai davon erfahren hatte? In besagtem Hotelzimmer eventuell? Ein Erpressungsgrund par excellence!

Der Kanzler hakte nach: „War Michelbach letzten Samstag auch hier?"

„Letzten Samstag?", Rocco strengte sein Gehirn an, „doch, da war er da. Hatte anfangs auch eine gute Strähne, aber wie gewonnen, so zerronnen. Bis Mitternacht hat er's probiert, dann ist er frustriert abgezogen."

„Bis Mitternacht", resümierte Olaf. „Sie haben ihm gerade ein Alibi verschafft, aber das nützt ihm nicht mehr viel. Er hat also den Hai nicht erschlagen."

„Sag ich doch“, triumphierte Mizzi, „das Flittchen war’s!“

„Möglicherweise“, stimmte der Kanzler zu, „die Kripo wird das überprüfen.“

„Eins würde ich gern noch wissen“, kam er auf Rocco zurück, „warum erzählen Sie mir das alles so bereitwillig?“

„Es kann mir ja nicht schaden, höchstens nützen. Sie werden niemals verraten, dass Sie sich nachts in fragwürdigen Schuppen herumtreiben und sich mit einem wie mir treffen. Und ich lerne gerne einflussreiche Leute kennen. Wer weiß, wann man sie braucht. Eine Hand wäscht die andere.“

Der Mann zückte ganz geschäftsmäßig eine Visitenkarte und überreichte sie dem Kanzler: „Bitte schön, stets zu Diensten!“

„Vielen Dank!“

Olaf war überrumpelt von so viel Chuzpe und steckte das Kärtchen widerstandslos ein. Dann beendete er das dubiose Treffen. „Falls sich noch etwas ergibt – Mizzi hat ja mittlerweile den direkten Draht. Wie komme ich jetzt hier wieder weg?“

„Wie wär’s mit einem BMW i4 vollelektrisch?“, fragte Rocco und schwenkte lässig seine Schlüssel, an denen ein buschiger Fuchsschwanz hing.

„Der Fuchsschwanz ist von meinem ersten Auto. Ein Manta. Damals waren wir noch jung und fesch, was, Herr Kanzler?“

Der Typ hatte echt keine Hemmungen, was sogar sympathisch rüberkam.

Sie verließen den Lagerraum, der für kurze Zeit als zwielichtige Spielbank gedient hatte. Der Cowboy schloss ab, Mizzi schwang sich auf die Vespa, der Kanzler stieg zu Rocco in das Sanremo-grüne Geschoss mit 544 PS.

„Vollelektrisch“, murmelte er dabei, „dieser österreichische Kleinganove ist ökologischer unterwegs als der deutsche Kanzler!“

Kapitel 16

Es ist ein Brauch von alters her:
Wer Sorgen hat, hat auch Likör.
Wilhelm Busch

Das italienische Restaurant gehörte zu einer Kette, war weit entfernt von irgendwelchen Sternen oder Hauben, aber es lag in Laufweite um die Ecke. Und es gab eine nette kleine Nische im hintersten Winkel, wo Olaf und Britta gerne mal einen Absacker nahmen.

Die Einrichtung war eine wilde Mixtur aus Industrieambiente und klassischer Möblierung. Rustikale Holztische, Bugholzstühle, an der Decke freiliegende Abluftrohre und wuchtige Kronleuchter mit Swarovski-Klunkern.

Filialleiter Salvatore gab sich jovial-familiär, als wäre er der Padrone persönlich. „Buona sera, Signori", grüßte er überschwänglich, „Signora Ministra, Signore Cancelliere, es ist mir eine Ehre!"

Für Salvatore war Britta immer noch Ministerin. Dass sie zurückgetreten war, akzeptierte er schlicht und ergreifend nicht. Basta!

Beflissen schob er die Stühle zurecht und zauberte ein *Pizza Pane* auf den Tisch. „Königsberge Klopse sind leider finito", scherzte er. Dann nahm er die Bestellung auf, die Antipasti della casa und eine Karaffe vom roten Hauswein, dazu stilles Wasser.

Als der Wein kam, stießen sie miteinander an, dann gestand Olaf seinen Abenteuertrip als Darth Vader auf Mizzis gelber Vespa.

Die Polizeikontrolle ließ er lieber weg, der Rest war schon genügend Stoff für Brittas empfindsames Gemüt.

Oder bemerkte er da gar ein stilles Lächeln, wenn sie sich ihren Ollibär als Agenten ohne Furcht und Tadel vorstellte?

Zwischen luftgetrocknetem Rohschinken, herzhaft gegrillten, platten Zwiebeln, Mozzarella und Vitello tonnato erzählte er weiter. Vom leer geräumten illegalen Casino im Westhafen und vom umtriebigen Wiener Schlawiner, der Michelbach als süchtigen Zocker entlarvt und ihm gleichzeitig ein Alibi verschafft hatte.

„Wenigstens ein kleiner Trost für deine Freundin."

„Wenn sie es noch erlebt", seufzte Britta und schilderte das ganze Drama vom Banker Dobler bis zum Notarzt.

Damit stand fest, dass Michelbach sein Unternehmen selbst in Schieflage gebracht und schließlich in den Ruin getrieben hatte. Den Grund für seine Spielsucht würde niemand mehr herausfinden.

Es gab Abende, die schöner ausklangen als dieser. Salvatore schien das Stimmungstief der beiden bemerkt zu haben und brachte mit der Rechnung nicht die üblichen Grappas, sondern zwei Gläschen besten Limoncello Amalfitano. Zitronenlikör von der Amalfiküste: „Garantiert echt, autentico, nix Aromastoffe!"

„Cincin, Schnuff!"

„Cincin, Ollibär!"

Kapitel 17

Die Menschen, die zu häufig von der Ehrlichkeit sprechen,
das sind die größten Lügner.
Karl Lauterbach

Die Hai-Kolumne war trotz des Mordes nahtlos weitergeführt worden.

Am Montag nach Imhoffs Tod erschien das Blatt mit einem schwarzen Kasten, der ein Konterfei des Journalisten zeigte, garniert mit hochtrabenden Worten: „Ehrlichkeit und Recht und Freiheit. Wir trauern um den Menschen und Kollegen Herwig Attila Imhoff."

Gleichzeitig brachten sich die Nachfolgekandidaten in Stellung. In nicht sehr pietätvoller Eile. Aber wenn es um einen gut dotierten Job geht, bei dem man beneidet *und* gefürchtet wird, ist Pietät der völlig falsche Ansatz. Da muss man einfach nur schnell sein.

Das Rennen machte niemand aus dem internen Redaktionszirkel, sondern Maja Tacke von der Kitschpostille *Herzenspost* aus demselben Verlag. Namenskürzel MaTa, deswegen in Kollegenkreisen Mata Hari genannt.

Mata Hari war der „Künstlername“ einer tanzenden Spionin gewesen, die im Ersten Weltkrieg als leicht bekleidete Revuedame britische und französische Staatsmänner an der Nase herumführte und für den deutschen Geheimdienst aushorchte. Die hinterlistige Schönheit trug schon lange vor Madonna Büstenhalter wie Madonna und darüber höchstens Schmuck und Schleier.

Sie landete schließlich wegen Hochverrats vor einem Exekutionskommando. Die Franzosen hatten zwölf Mann aufgeboten, um das zarte Wesen zu erschießen. Sicher ist sicher.

Maja Tacke landete auch. Nach einer typischen Berliner Partynacht beinahe im Bett des Hais. Die Festivität lief nach dem üblichen Schema. Irgendwas oder irgendjemand hatte irgendein Jubiläum. Vor einem Glaspalast von Hotel ein roter Teppich und eine rote Fotowand mit Sponsorenlogos. Die Horde der Fotografen veranstaltete das immer gleiche Blitzlichtgewitter. Vor der Linse etliche Prominenz aus der A-Klasse und gefühlt zehn Mal so viele aus der Billigkategorie, die der Ansicht waren, es sei ein Zeichen von Größe, die Zunge möglichst weit herauszustrecken.

Im Foyer boomten Gelaber und Getue, belangloser Small Talk, gebleachte Gebisse, Dekolletés bis ins Nirgendwo, sorgfältig inszenierte „zufällige“ Nippelblitzer. Fernsehteams sammelten die gängigen Statements ein, die besagten, dass alle alles megageil fanden. Dazu gesponsertes Besäufnis. Am Ende kollektives Koma. Summa summarum ein grandioses Nichts.

Maja hatte bei ihren Bemühungen dem Zufall etwas nachgeholfen, denn die Aktion sollte ja dem beruflichen Fortkommen dienen. Sie versorgte den namhaften Kollegen Imhoff so lange mit der Prickelbrause der französischen Witwe Clicquot, bis der nicht mehr ganz Herr seines Gleichgewichts war. Als er dann auf dem Zimmer aus seinen Hosen gestolpert war, schickte sie ihn ins Bad. „Ich bin da sehr etepetete", erklärte sie und leckte sich lasziv die Lippen, „wenn du weißt, was ich meine."

Er war felsenfest davon überzeugt, es zu wissen, und verschwand gehorsam.

Maja wartete einige Sekunden und nestelte dann an dem Schlüsselbund, der an der Gürtelschlaufe der Armani-Hose hing. Da baumelte ein vielversprechender Speicherstick dran. Irgendwann im Laufe der Fete hatte sie ihn blitzen sehen und daraufhin einen spontanen Plan gefasst. Sie holte ihr Tablet aus der Handtasche und kopierte den Inhalt des Sticks zur späteren Verwendung. Garantiert war darauf etwas Brauchbares zu finden. Warum trägt einer wie der Hai sonst irgendwelche Daten am Körper mit sich herum?

Im Badezimmer verstummte das Geräusch der Dusche. Jetzt aber schnell! Maja zog den Stick aus dem Tablet und fummelte ihn wieder am Schlüsselbund fest.

Dann malte sie mit ihrem Lippenstift eilig ein Herzchen auf den Ankleidespiegel und schrieb darunter: „Hi, mein Hai. Sorry, schlaf gut!"

Draußen ging gerade die Sonne auf.

Der Stick erwies sich als wahrer Segen. Mata Hari war es nämlich leid, Artikel zu schreiben wie „Die bitteren Tränen der Schlagerkönigin". Oder „Kronprinzessin Viktoria: Das schockierende Geständnis". Das angebliche Geständnis entpuppte sich dann als Ansammlung von Plattitüden, die einer Pressemitteilung des schwedischen Königshauses entstammten und so interessant waren, wie wenn in Stockholm ein IKEA-Regal umfällt. Aber bitte, wenn's die geneigte Leserin glaubt …

Olaf hatte diese Mata Hari schon länger auf dem Zettel. Schließlich war sie tagelang vor seinem Wohnhaus in Potsdam herumgeschlichen, hatte Nachbarn ausgequetscht, den Postboten befragt, sogar Salvatore vom italienischen Restaurant. Nur um hinter irgendeine private Story zu kommen.

Ergebnis war dann die Schlagzeile gewesen: „Beleidigende Attacke auf Ex-Bundeskanzler". Blöderweise war Mata Hari nämlich auf die Gräfin gestoßen, die soeben vom Gassigehen mit dem „First Dog" zurückkam. Als der auf der anderen Straßenseite eine Hundedame entdeckte und ausbüxen wollte, wies sie ihn streng zurecht: „Schröder, hierher!"

Anlass für einen entrüsteten Artikel über Olaf, der seinen Vorvorgänger zum Hund degradiert hatte. Dazu ein Porträt des Vierbeiners samt Gräfin, „die sich tagtäglich des alleingelassenen Tieres erbarmt".

Kanzleramtsminister Wolfi organisierte daraufhin eine kollegiale Stellungnahme von Gerhard Schröder. Der gab sich überhaupt nicht beleidigt, sondern amüsiert und geschmeichelt. Schließlich hätte er viele Eigenschaften, die auch einen Hund auszeichnen: Jagdtrieb, Schutztrieb, Wachsamkeit und Pflichtbewusstsein. „Und wie ein wohlerzogener Hund pinkle ich auch nicht in die Wohnung!"

Kapitel 18

Es gibt kein angenehmeres Geschäft,
als dem Leichenbegräbnis eines Feindes zu folgen.
Heinrich Heine

„A schöne Leich'!", bewunderte Joschi die eindrucksvolle Inszenierung, mit der Herwig Attila Imhoff zu Grabe getragen wurde. Gemeinsam mit Tausendschön stand er eingekeilt in der Masse der Gaffer, die sich das Spektakel nicht entgehen lassen wollten. Bekannte Gesichter gucken, das Smartphone vollknipsen und die Bilder dann posten: „Schaut mal, wo ich dabei war! Bitte liken!" Der Fortschritt ist unaufhaltsam, voller Pixel und kann erschreckend geschmacklos sein.

Der Hai wurde natürlich nicht irgendwo in seiner Geburtsstadt Berlin begraben, sondern auf dem Dorotheenstädtischen Friedhof in Reinickendorf. Dort sollte er die ewige Ruhe finden, wie viele Berühmtheiten aus der nahen oder ferneren Vergangenheit: der preußische Vorzeigearchitekt Karl Friedrich Schinkel, die Philosophen Georg Wilhelm Friedrich Hegel und Herbert Marcuse, der Dramatiker Bertolt Brecht, Bundespräsident Johannes Rau, Ernst Litfaß, Erfinder der gleichnamigen

Säule und Fritz Teufel, Mitbegründer der Kommune 1, also ein Seelenverwandter des jungen Attila Imhoff, als der noch ein finsterer Revoluzzer war.

Vor dem Friedhof war das Ordnungsamt bereits fleißig zugange und schmückte die Limousinen und Sportwagen der oberen Zehntausend mit Knöllchen. Parken auf dem Gehweg macht 35 Euro, zahlbar innerhalb einer Woche.

Gut, es traf nicht die Ärmsten. Da war der scheintote Opernbarde, den der Hai für eine entsprechende Zuwendung zum ewig jungen Heldentenor befördert hatte, der smarte Selfmade-Unternehmer, der durch etliche Steuerlöcher den Weg zu einer Villa in Dahlem gefunden hatte, die aufgepolsterte Kosmetik-Fabrikantin, täglich präsent auf den Shopping-Kanälen, samt den Schadstoffen in ihren Olivenöl-Antifalten-Jungbrunnen-Cremes. Mediengeile Lokalpolitiker waren zugegen, Vertreter von Hertha BSC, sogar der Geschäftsführer des Exzellent-Hotels, der den Hingang eines hochgeschätzten Stammgastes beklagte.

Auf dem Weg zur frisch ausgehobenen Grabstätte war Witwe Jasmin die trauernde Eleganz in Person. Ganz in Schwarz gekleidet. Schmal geschnittener Designermantel, dezente Stöckel, über dem blonden Haar ein wagenradgroßer Hut, Seidenhandschuhe. Eine Sonnenbrille machte das Gesicht fast unkenntlich, der Lippenstift so dunkelrot, dass er fast schwarz erschien. So schritt sie hinter dem Sarg her, in der Hand eine einzelne weiße Rose.

Tausendschön fragte sich, ob ihre Tränen echt waren oder nur Fassade. Hatte Jasmin Imhoff ihren Mann noch geliebt? Den notorischen Fremdgänger? Den ehemaligen Aufrührer, der seine Ideale abgelegt hatte wie ein altes verschwitztes

Freundschaftsbändchen? Und der dann unter dem Deckmantel der Wahrheitsfindung Menschenschicksale manipulierte, wie es ihm gefiel? War sein Tod für sie ein Verlust oder eine Erleichterung? Ein Ende oder ein Aufbruch?

Die Stimme des Priesters riss die Kriminalbeamtin aus ihren Gedanken. Sie hörte nur halb hin, denn die Worte waren vorhersagbar und wehten wie nutzlose Sprachfetzen an ihr vorüber: „Schmerzliches Ereignis … plötzlich und unerwartet … großer Sohn der Stadt … herausragende Persönlichkeit … wird in der Erinnerung immer unter uns … Trost im Gebet … der Herr möge … der Herr wird … in Ewigkeit. Amen!“

Schweigen.

In die Stille hinein begann eine Jazz-Formation zu spielen. Zur Melodie von „Can't Smile Without You“ wurde der Sarg feierlich langsam in die Grube gelassen. Vereinzelt erklang leises Schluchzen. Jasmin stand wie aus Stein und zeigte keine Regung. Als der Sarg in der Erde verschwunden war und die Seile eingeholt waren, trat sie als Erste an das Grab und warf die weiße Rose in die Tiefe.

Nach stummen Sekunden des Innehaltens wandte sie sich zum Gehen. Der Verleger ihres ermordeten Mannes bot ihr den Arm, sie ließ ihn wortlos stehen und ging hoch erhobenen Hauptes davon. Blitzlichter zuckten ihr hinterher.

Damit waren der gesellschaftliche und mediale Teil der Trauerzeremonie eröffnet. Die prominenten Gäste wurden von der Meute der Fotografen in Grüppchen oder Pärchen sortiert und mit den zur Schau getragenen Leichenbittermienen abgelichtet. Viele ganz Wichtige äußerten sich vor den Kameras der Fernsehmagazine tief betroffen, nannten den Heinrich liebevoll Henry, und überhaupt war er ein famoser Kerl gewesen. Sein

Verlust sei ein absoluter Verlust, das könne man nicht anders sagen.

In Wirklichkeit waren sie heilfroh, den Mistkerl endlich los zu sein, der ihre Karrieren wie auch ihre Bankkonten mit ein paar lapidaren Sätzen ins Nirwana schreiben konnte.

Sobald dem Kummer Genüge getan war, verabredete man sich in der hinterbliebenen Meute noch hier und dort auf ein Gläschen Champagner. „Man muss die bedrückenden Gedanken ja irgendwie runterspülen, findet ihr nicht?"

Tausendschön entdeckte auch die neue Machthaberin der Gesellschaftskolumne, Maja Tacke, die Mata Hari. Wie fühlte sie sich wohl auf dem Begräbnis des eigenen Vorgängers? Schuldig oder am Gipfel ihrer Wünsche? Oder beides? Hatte sie Angst, ihr könne Ähnliches widerfahren? Würde sie das einträgliche Geschäftsmodell weiterführen oder ihre Aufgabe *unbeeinflusst von persönlichen Interessen und sachfremden Beweggründen* wahrnehmen, wie der Ehrenkodex des Deutschen Presserat es forderte?

„Gemma!", eiste Joschi seine Assistentin von ihren Überlegungen los, „das hätten wir uns sparen können. Erkenntnisse hat es keine gebracht. Außer einer: Wenn ich einmal den Abflug mache, brauch ich so ein Remmidemmi nicht. Lieber lass ich mich irgendwo in aller Stille verstreuen!"

Was blieb, war ein offenes Grab. In der Grube der dunkle polierte Eichensarg, darauf das riesige, aber geschmackvolle Blumenarrangement, ringsumher die Wände aus feuchter Erde.

Zwei Friedhofsarbeiter rückten an. Einer von ihnen sah in der Tiefe etwas Silberfarbenes blitzen.

Ein Ehering? Nein.

„Kiek mal", schubste er seinen Kollegen an, „jetzt werfen die Leute sogar schon Computersticks ins Grab. Damit die Leiche alle ihre Daten dabeihat. Falls sie die im Himmel braucht."

„Oder in der Hölle", grinste der zweite.

Dann griffen sie zu ihren Schaufeln und begannen, das Grab aufzufüllen. Erdbrocken und Steine prasselten auf das Holz, zerdrückten die Blumen. Alles verschwand, der Sarg, die Rosen und Chrysanthemen, der winzige Speicher mit allem, was darauf festgehalten war. Niemand würde es je erfahren. So lange können Daten gar nicht halten.

Kapitel 19

Gott hat uns die Liebe geschenkt und nicht den Zölibat.
Transparent bei einer Protestdemonstration vor dem Dom in Fulda (gefunden bei KNA, Katholische Nachrichten-Agentur)

Diesen Sonntag waren noch alle Champagnertörtchen da. Kollege Lindner war schon zur Außenministerkonferenz in Paris. Jetzt saß er bestimmt im Wintergarten des „Café de Flore" im Künstlerviertel Saint-Germain-des-Prés. Draußen Morgensonne, auf dem Tisch ein Silberkännchen mit der besten heißen Schokolade der Stadt und ein buttertriefendes Croissant. So hatte schon die Schriftstellerin Simone de Beauvoir gefrühstückt, der Jahrhundertmaler Pablo Picasso, nicht zu vergessen der smarte Zopfträger Karl Lagerfeld, der ganz in der Nähe gewohnt hatte.

Das brave Potsdamer Backstubencafé von Agnes konnte da nicht mithalten, aber Olaf mochte es hier. Es war unprätentiös, roch nach frischem Brot, und man hielt ein Schwätzchen über die Theke hinweg. Gerade regte sich Agnes fürchterlich wegen der gestiegenen Energie- und Rohstoffpreise auf. Aber das war nun mal so, das konnte man nicht wegzaubern.

Britta hatte auch schon Sparmaßnahmen verordnet: „21 Grad im Wohnzimmer müssen genügen“, war ihre Ansage, „du kannst ja den ziegelroten Pulli mit dem Elch-Muster anziehen, den du auf der letzten Skandinavien-Reise gekauft hast.“

Bei dem Besuch war der Kanzler auf der Suche nach Energielieferungen abgeblitzt, so konnte man den Erwerb des Pullovers auch als Vorsichtsmaßnahme interpretieren.

Noch war die Heizperiode aber weit weg und Olaf in seinen Tchibo-Jogging-Klamotten luftig unterwegs. Er bezahlte die Mohnbrötchen und die Zeitung, dann trabte er flott davon nach Hause zu seiner Liebsten.

Ein gemütlicher Sonntagmorgen, wenn es nur irgendwie ging, darauf legten sie Wert. Mit dezenter Geräuschkulisse. Jazzmusik für Britta, Schröder kaute knurrend an seinem Korb herum, die hochpreisige Kaffeemaschine blubberte appetitanregend.

Sie teilten sich die Zeitung.

Mit einer Mischung aus kriminalistischem Interesse und purer Sensationslust stürzte Olaf sich auf die Seite mit der Kolumne. Jetzt verantwortet von Mata Hari. Die Überschrift versprach eine spannende Lektüre: „Grapscher im Talar?“ stand da zu lesen.

Olaf las vor: „Es mehren sich die Anzeichen, dass Jugendliche, Mädchen wie Jungen, sich von Vertretern des Klerus bedrängt und belästigt fühlen. Wie es Journalistenpflicht ist, habe ich die zuständigen Gremien um eine Stellungnahme gebeten und werde weiter berichten. Im Glauben an das Gute hoffe ich inständig, dass sich die Gerüchte als haltlos erweisen.“

Britta analysierte wie gewohnt präzise: „Ein Fragezeichen heißt immer, dass man etwas behauptet, von dem man selbst nicht weiß, ob es stimmt. Damit ist das Thema in der Welt, ohne dass üble Nachrede im Spiel ist. Uralter Zeitungstrick, wie wir beide nur zu gut wissen. Mata Haris Behauptung kann wahr sein oder ein Schuss ins Blaue. Da genügt ein einziges schwarzes Schaf, und die Anschuldigung stimmt. Nach den Enthüllungen der letzten Jahre ist das sogar wahrscheinlich. Gute Chancen also, dass man in den Führungskreisen des Klerus überlegt, wie die Dame besänftigt werden kann. Falls sie überhaupt die gleiche Strategie verfolgt wie der Hai. Vielleicht ist sie ja auch aus reiner Berufung an der Wahrheit interessiert – ohne finanzielle Absichten."

„Das glaubst du doch nicht wirklich." Olaf erinnerte sich an die fragwürdige Story mit dem Hund und der Gräfin und blieb skeptisch.

„Mit dieser Tussi bin ich noch lang nicht fertig", grummelte er in sich hinein.

Kapitel 20

Man kann nie so kompliziert denken,
wie es plötzlich kommt.
Willy Brandt

Es war noch früh am Tag, kaum Verkehr auf der Strecke durch den Grunewald, der Panzer-Daimler glitt mit angemessener Eleganz dahin.

Man hätte hinter den getönten Scheiben einen Unternehmer vermuten können, der zu den Klängen eines Sinfonieorchesters seine Strategie für die nächste Firmenübernahme entwarf. Aber es war der Kanzler höchstpersönlich, der drinsaß. Er entwarf auch keine Strategie, sondern hing seinen Gedanken nach.

Müller II hatte am Autoradio den Schlagersender eingestellt, Udo Jürgens sang mit seiner Tochter Jenny *Liebe ohne Leiden*. Olaf musste an Marlene Michelbach denken. Hoffentlich überstand sie das alles!

Es war ein Herzinfarkt gewesen. Die Sanitäter hatten sie auf der Fahrt zum Krankenhaus stabilisieren können. In der Klinik bekam sie dann einen Stent eingesetzt. Ein Röhrchen, das die Ader weitet und offen hält, damit das Blut ungehindert fließen kann. In den meisten Fällen geht das gut, und die Patienten kommen wieder auf die Beine.

Für Marlene keine einfache Aussicht. Überleben und dann mutterseelenallein vor dem Scherbenhaufen aller Träume zu stehen, das ist nicht die angenehmste Perspektive.

Olaf griff zum Kryptohandy, klingelte bei Joschi durch und schlug ein weiteres Treffen vor. Es gebe Neuigkeiten: „Am besten in erweiterter Runde. Britta ist an der Geschichte ja auch nicht unbeteiligt."

„Im Einstein?", kam die eher rhetorische Frage.

„Im Einstein", bestätigte Olaf.

„Gut", befand Joschi, „also bis heut auf d' Nacht!"

Olaf legte auf und wunderte sich über die Route, die Müller II genommen hatte: „Wo fahren wir denn hin?"

„Umleitung", beschied der Fahrer. „An der ‚Gold-Else' ist alles blockiert. Klimakleber!"

Gold-Else, das ist die vergoldete Statue der Göttin Viktoria oben auf der Siegessäule. Eine riesige Statue, fast achteinhalb Meter hoch, Schuhgröße 92. Rund um die Säule führt der große Kreisel. Ein Kreisverkehr mitten in der Stadt, immer nahe am Verkehrsinfarkt.

„Vollidioten", schimpfte Olaf. „Das darf ich bloß nicht laut sagen. Ich habe mich ja schon in die Nesseln gesetzt, weil ich es als bekloppt bezeichnet habe, sich an ein Bild festzukleben oder auf der Straße. Da ist man Kanzler und muss um den heißen Brei herumreden! Wie finden Sie das, Müller?"

„Es gibt schlimmere Schicksale", brummte der Chauffeur mitleidlos.

Im Radio sang Unheilig *Geboren um zu leben*. Olaf grinste in sich hinein: *Geboren um zu „kleben“* wäre in diesem Moment passender gewesen.

Tausendschön war ein echter Gewinn für die Abteilung. Leider hatte sie eine nervige Angewohnheit. Sie erzählte Romane, wo eine Schlagzeile reichen würde. Immer schön ganz vorne anfangen, am besten bei Adam und Eva!

Joschi stellte sich also seelisch auf einen längeren Monolog ein und hatte das Pech, dass es wirklich so kam.

Tausendschön nahm Anlauf: „Wenn jemand ein Alibi hat und das nicht zugibt, frage ich mich natürlich, warum. So lange, bis ich es herausgefunden habe. Bei Strauss war das *sehr* lange. Ergebnis: Er ist nicht verheiratet, kann also liebestechnisch tun und lassen, was er will. Er hat kein Verhältnis mit einer Frau, die kein Verhältnis haben sollte. Oder mit einem Mann. Keine Hinweise auf Drogen oder pikante Hobbys wie Fesselsex, kein Hang zu Verschwörungstheorien. Die möglichen Verdächtigungen waren mir fast schon ausgegangen, da hatte ich eine Idee. Ich telefonierte also die einschlägigen Firmen ab, und bei Gourmerando machte es bingo!“

Joschi verstand Bahnhof: „Wo bitte schön machte es bingo?“

„Lassen Sie mich doch ausreden! Bei Gourmerando. Wie Lieferando! Nur vornehmer und teurer. Essen auf Rädern. Statt auf Fahrrädern mit Kühllastern. Unverdächtig weiß lackiert, ohne Firmenaufschrift. Laster bringt Fertigmahlzeit, Starkoch wärmt auf, kleckert Balsamico oder Trüffelspäne drüber und serviert alles zu einem horrenden Preis. Ich also los zu Gourmerando. Frage mich durch und lande bei einem Mitarbeiter, der erst heute wieder aus dem Urlaub zurück ist. Er hat also von dem Feinschmeckerskandal nichts mitbekommen. Und gesteht ganz unschuldig, dass Strauss am Samstagabend bei ihm in der Firma war. Sie haben neue Menüs für die kommende Saison ausgetüftelt. Unter Zuhilfenahme von reichlich Alkohol. Ende offen beziehungsweise nicht erinnerlich, aber bestimmt nicht vor 22 Uhr."

Der Hauptkommissar verstand: „Strauss würde mit diesem Alibi endgültig bestätigen, dass er in seinem Lokal trickst. Also hängt er es nicht an die große Glocke. Und wir hängen weiter in der Luft."

„Aha, schon wieder Geheimkonferenz!"

Mizzi erschien aufgeräumt am Tisch ganz hinten im Einstein und verteilte die Speisekarten. Dazu bot sie mit einem strahlenden Lächeln ihren Beistand an: „Wenn Sie Fragen haben, ich helfe gern. Bei der Menüauswahl wie auch bei der Verbrechensbekämpfung."

„Ich darf dir vorstellen", wandte sich Olaf an Britta, „Mizzi Lahnsteiner, unsere Mitarbeiterin des Monats!"

Dabei zwinkerte er Mizzi zu, und die schwebte wie auf Wolken von dannen.

Britta musste zugeben, dass es eine interessante Person war, mit der sich ihr Olaf die Nächte um die Ohren schlug.

„Also, was hamma?", eröffnete Joschi die Zusammenkunft und gab gleich selbst die erste Antwort, „Wir haben einen gemeuchelten Journalisten, einen gefallenen Schönheitschirurgen, von dem wir nicht wissen, ob er vielleicht gefallen *wurde*, und ansonsten haben wir keine Ahnung."

„Doch, haben wir", triumphierte Olaf, „es sind allerdings nicht die schönsten Neuigkeiten, vor allem nicht, was Michelbach betrifft."

„Magst du anfangen?", fragte er seine Frau, „natürlich nur, wenn es dir nicht zu schwerfällt."

„Geht schon", behauptete Britta tapfer und fing an zu berichten. Sie schilderte ausführlich den Termin beim kurzsichtigen Pralinen-Banker. Wie er Slalom gefahren war zwischen gespielter Betroffenheit und kaltschnäuziger Sachlichkeit. Seine niederschmetternde Nachricht von der Pleite und wie Marlene daraufhin zusammengebrochen war.

„Das tut mir leid für deine Freundin und für dich."

Im Gegensatz zum Geschwurbel von Dobler dem Sechsten war aus Joschis Worten echtes Mitgefühl herauszuhören. Der XXL-Bär hatte tatsächlich einen weichen Kern.

„Das alles bedeutet", überlegte er laut, „es kann bei Michelbach durchaus Suizid gewesen sein und hat mit dem Hai überhaupt nichts zu tun. Da ist ein Lebenswerk zusammengefallen, durchaus ein Grund, ans Springen zu denken. Aber wie geht so einer pleite? Sein Laden war doch vom Feinsten, die Kundschaft stinkvermögend, und die Schönheitsbranche boomt. Sogar Teenager lassen sich heute optimieren, was ich übrigens völlig beknackt finde."

„Jetzt bin *ich* dran", mischte sich Olaf ein. „Kennst du vielleicht einen gewissen Rocco? Österreicher und ziemlich durchtrieben."

„Aber natürlich. Der gewisse Rocco ist der Bruder einer gewissen Mizzi und durchaus polizeibekannt. Arbeitet quasi in Stereo. Auf der einen Seite betreibt er undurchsichtige Geschäfte, auf der anderen Seite ist er den Behörden dienlich. So hält er das Risiko in Balance. Sehr schlau, der Strizzi. Aber wie kommst du jetzt auf ihn?“

Olaf holte aus, und als er gerade bei Mizzis gelber Vespa war, kam ihm die Dame persönlich in die Quere und brachte die Getränke.

„Der Kanzler spricht von dir, du machst Karriere“, frotzelte Joschi. Mizzi quittierte den Spruch mit einem hochnäsigen Blick und goss dem Kriminaler wie zufällig den Veltliner über den Ärmel.

Als Mizzi wieder abgerauscht war, fuhr Olaf fort. Er führte seine Zuhörer in die vergammelte Ecke im Westhafen, ging mit ihnen durch die rostige Tür in die ausgeräumte Spielhölle und schilderte, was Rocco geschildert hatte.

„Elmar Michelbach hat regelmäßig hoch gepokert und am Ende alles verloren. Er hat um sein Leben gezockt. Übrigens auch an dem Samstagabend, als der Hai erschlagen wurde. Ich sehe keinen Grund, warum Rocco lügen sollte. Davon hat er nichts. Aber Michelbach hat jetzt ein Alibi – nach seinem eigenen Tod.“

Britta nahm einen Schluck vom Wasser, nach Wein war ihr heute überhaupt nicht. „Vielleicht war es ja doch Strauss, der Nobelgastronom“, warf sie in die Debatte.

Die weitere Diskussion musste verschoben werden, das Essen kam.

Als die Teller leer waren, ging Joschi noch einmal auf Brittas Idee ein, Strauss könnte der Mörder des Hais sein.

„Schöner Ansatz, Gnädigste, aber leider falsche Fährte. Strauss steht als Killer nicht zur Verfügung. Tausendschön hat das herausgekriegt. Er war zur fraglichen Zeit bei dem Gastronomie-Service, der sein Restaurant beliefert. Mit vorgefertigten Edelmenüs aus dem Lkw. Gourmerando heißt das schicke

Unternehmen, ein Lieferando für Profis. Natürlich will Strauss nicht, dass dieser Geschäftstermin öffentlich wird. Damit würde er die Vorwürfe des Hais endgültig bestätigen, sein feiner Q-Damm-Laden sei ein *Knack und Back* für dicke Brieftaschen!“

Kapitel 21

Am Ende wird alles gut. Wenn es nicht gut ist,
ist es noch nicht das Ende.
Oscar Wilde

Als die drei vom Detektivbüro *Scholz, Ernst & Wondratschek* längst im Bett liegen, verläuft auf der Intensivstation des Klinikums alles scheinbar in geordneten Bahnen.

Ein großer Raum, die Betten durch blassgrüne Vorhänge voneinander separiert, die Luft gegen Infektionsgefahr heruntergekühlt, alles in bleiches Licht getaucht. Neben jedem Bett ein weißer Turm aus hochtechnischen medizinischen Apparaten. Überwachungsmonitore zeigen die Werte der Patienten, Blutdruck, Herzfrequenz, Sauerstoffsättigung. An fahrbaren Ständern hängen Beutel mit Flüssigkeiten für die intravenöse Gabe von lebenserhaltenden Medikamenten, von Schmerzmitteln, Beruhigungsmitteln und Elektrolyten. Regelmäßige Signaltöne künden in der Stille von Leben. Wehe, sie verstummen!

Gespenstische Technik, die Menschen rettet.

Eine Person tritt lautlos ein und nähert sich einem Bett. Die Person macht sich an einem Infusionsschlauch zu schaffen, der zum zentralen Venenkatheter in der Hüfte des lebenden, aber regungslosen Körpers führt.

Der Körper weiß nicht, was mit ihm geschieht. Die Nadel der Injektionsspritze blitzt bedrohlich auf, ein Tropfen Flüssigkeit quillt heraus. Die Spritze wird am Schlauch angesetzt, ein Stich, und der Inhalt entleert sich in den Schlauch.

Die Person zieht die Nadel wieder heraus, steckt die leere Spritze ein, schaut sich um. Niemand zu sehen, alles in Ordnung. Die Person atmet auf. Sie hat ihr Werk vollendet. Sie hat getan, was sie tun musste, was ihr die Rache befahl. Durch die schwere Glasschiebetür verlässt sie den Raum, der Rettung birgt wie auch den Tod. Niemand hat etwas bemerkt, niemand wird je etwas bemerken.

Später werden die Maschinen Alarm schlagen, weil die Kurven der Vitalfunktionen flacher werden. Die Pfleger und Ärzte werden an das Bett stürzen. Es wird laut werden und hektisch. Eine verzweifelte Hektik. Sie werden versuchen, die Frau mit Herzmassage und Stromstößen zu reanimieren. Es wird vergeblich sein.

Marlene Michelbach wird nie wieder aufwachen.

Der Tag darauf verging zäh, es war ein Tag zum Abhaken. In der neuesten Meinungsumfrage hatte die SPD Federn lassen müssen, auch Olaf war in der Beliebtheitsskala überholt worden. Ausgerechnet vom mittelfränkischen Lederhosenpolitiker Markus Söder. Der auch noch ein Hundeliebhaber war. Wenn das der Schröder wüsste!

Der Kanzler tröstete sich bei schlechten Umfragen gerne mit dem alten Churchill und seinem Spruch: „Ich traue keiner Statistik, die ich nicht selbst gefälscht habe.“ Ein guter

Grund, um darüber hinwegzukommen. Zweiter Grund war Jeanette.

Als hätte sie es geahnt, brachte Olafs Büroleiterin selbst gebackenen badischen Kirschplotzer mit. Einen Kuchen aus zermahlenen altbackenen Brötchen mit Mandeln und ganzen Kirschen drin. Auch Spuckkuchen genannt. Schließlich musste man die Kirschkerne vor dem Schlucken loswerden.

Olaf griff entgegen seiner üblichen Bescheidenheit zum größten Stück, klatschte einen ordentlichen Batzen Schlagrahm drüber und kleckerte dabei zur Strafe die ganze blöde Umfrage mit der fettigen Sahne voll. Am Ende erledigte er auch noch den Umfragewert von Söder mit einem gezielten Kirschkernschuss.

Was sein muss, muss sein!

Richtig schlimm war dann leider Brittas Nachricht auf der Mailbox. Vor lauter Tränen war sie kaum zu verstehen. Olaf hätte sie am liebsten ganz fest in die Arme genommen, aber er konnte nur zuhören.

Sie hatte in der Klinik angerufen, um zu fragen, wie es ihrer Freundin geht. Da hatte sie es erfahren: „Frau Michelbach hat es nicht geschafft. Es tut uns sehr leid, aber das kommt vor. Manchmal ist es auch besser so."

Die üblichen Worte, die Trost spenden sollen und es nicht können.

Olaf saß wie versteinert und hörte die Nachricht weiter ab. „Ich verstehe es nicht", schluchzte Britta, „es war doch alles gut verlaufen, und dann mitten in der Nacht …"

Sie brach abrupt ab. „Bitte komm nicht zu spät heim heute Abend."

Als Olaf für Kanzlerverhältnisse früh zu Hause war, wechselte er erst einmal brav die Straßenschuhe gegen die Puschen.

„Du machst sonst den Fußhocker dreckig, Olli!"

Britta lag schon schlafend im Bett. Auf dem Nachttisch ein Fläschchen mit einem pflanzlichen Beruhigungsmittel. Olaf konnte es verstehen, küsste sie sacht aufs Haar und marschierte ins Wohnzimmer. Dort ließ er sich in seinen Relaxsessel nieder.

Er zappte durch die Sender. Das gefühlt hundertste XXL-Quiz, auf dem nächsten Kanal unsäglich dämliche C-Promis beim Fummeln, dazu eine Pilcher-Schmonzette, eine Tatort-Wiederholung, eine Talkshow. Natürlich mit Lauterbach.

Der Kanzler resignierte und legte *Schwanensee* auf. Tschaikowsky. Ein Russe zwar, aber der konnte nichts für den Präsidenten, der dort heute das Sagen hatte.

Im Hause Scholz gab es noch einen richtigen Plattenspieler für große schwarze Vinylscheiben. Da hatte man etwas zum Anfassen wie früher mal. Nur war es damals Led Zeppelin gewesen oder Pink Floyd und kein Klassiker der Romantik.

Olaf entspannte sich und begann über den Tod von Marlene nachzudenken. Er hatte ein seltsames Gefühl bei der Sache. Außerdem hatte er kürzlich einen Krimi gelesen, in dem ein ähnlicher Fall vorgekommen war. Das Opfer war nach einem Herzinfarkt mit einer Insulinspritze umgebracht worden. Konnte das bei Marlene auch der Fall gewesen sein?

Aber wie kommt ein Mörder in eine Intensivstation? Und funktioniert so ein Verbrechen wirklich oder nur in der Fantasie eines Schriftstellers?

Er musste Lauterbach anrufen. Wenn einer Bescheid wusste, dann Corona-Karl. Der war bestimmt jetzt zu Hause, saß vor der Glotze und guckte sich selbst im Fernsehen. Die meisten Talkshows sind ja aufgezeichnet.

Tatsächlich hörte Olaf im Hintergrund den Fernsehton, als Lauterbach beflissen sein Fachwissen ausbreitete: „Einen Herzstillstand kann man tatsächlich mit Insulin herbeiführen, aber auch mit einer Überdosis Betablockern beispielsweise. Der Täter kann sogar durchkommen, wenn der Arzt keinen Verdacht schöpft und eine natürliche Todesursache annimmt. Nur wenn im Totenschein *Todesursache unbekannt* steht, beantragt die Staatsanwaltschaft eine Leichenschau. Dann könnte es für einen Mörder eng werden."

„Interessant", ließ sich Olaf vernehmen.

Lauterbach hakte neugierig nach: „Warum willst du das wissen?"

Olaf blieb unkonkret: „Das hängt im weitesten Sinn mit dem Hai zusammen, du weißt schon. Ich gebe dir Bescheid, was herauskommt. Falls was rauskommt. Und jetzt guck dir weiter selbst zu. Danke und bis morgen bei der Kabinettssitzung!"

Hatte er es doch gewusst! Der Kanzler war mit sich und seinem Verdacht äußerst zufrieden und beschloss, gleich morgen Joschi zu informieren. Der musste dem Staatsanwalt Beine machen!

Jetzt schaute er doch noch den Rest vom Pilcher-Film.

Tatort war ihm in den letzten Jahren zu eigenartig geworden. Die Bilder waren durchgehend grünstichig, immer mehr Figuren hatten einen an der Waffel, die Brutalität war oft unerträglich. Die Welt wurde gerne noch schlimmer dargestellt, als sie ohnehin schon war. Warum sollte man so etwas angucken? Dagegen hatte er sich köstlich amüsiert, als noch Götz George alias Horst Schimanski über den Bildschirm fuhrwerkte. Der

Ruhrpott-Rambo, ein Kriminalrüpel. Er fluchte wie ein Bierkutscher, prügelte sich, trat Türen ein, soff gerne einen zu viel, war unangepasst, aber er war ein Mensch.

Heute sind viele Tatorte selbst ernannte Milieustudien der Hölle. Kein Wunder, dass die Leute schlecht schliefen, die sich nach einem anstrengenden Tag so etwas freiwillig antaten.

Rosamundes Rührschinken dagegen war genau richtig, um herunterzukommen. Dabei döst sogar ein Kanzler ein.

Kapitel 22

Lasst euch die Kindheit nicht austreiben!
Erich Kästner

Ein Doppelminitrampolin nicht zu kennen ist keine Schande. Die Dinger sind zu Recht nicht gerade populär.

Man braucht schlappe sechstausend Euro für den Kauf und dazu einen Fitnessraum, mindestens dreißig Meter lang und vierzehn Meter hoch. Sonst geht gar nichts.

Aber dann! Anlauf nehmen, ein Sprung auf den ersten Teil des Trampolins, man wird hochgeschleudert, vollführt in der Luft möglichst artistische Drehungen, dann geht's bergab auf den zweiten Teil des Gerätes, noch mal hops und mit einem turnerisch wertvollen Abgang in hohem Bogen zurück auf den Boden der Tatsachen. Wer das kann, kriegt eine Bronzemedaille bei den Deutschen Meisterschaften und heißt Annalena Charlotte Alma Baerbock.

Als Olaf damals im Bundestagswahlkampf davon erfuhr, sinnierte er hinterhältig, welche Sprüche sich daraus ziehen ließen, um über die Konkurrentin für den Kanzlerposten herzu ziehen. Das Ergebnis war nicht schlecht. Dass das Kanzleramt nun mal keine Hüpfburg sei, wo man kurz auf einen Sprung vorbeischaut, und Baerbocks Kandidatur sowieso eine Luftnummer mit einer programmierten Bauchlandung am Ende.

Die Bauchlandung war tatsächlich eingetreten, gestern war es eher eine Landung auf dem falschen Fuß gewesen. Die fliegende Außenministerin war beim Training in der kommunalen Sporthalle heftig heruntergekommen und lag nun mit einer formidablen Fersenprellung flach. Eine Achillesferse quasi.

Der Tag heute war ein Feiertag, sogar ein Kanzlerfeiertag. Es gibt auch Feiertage, da hat ein Kanzler nichts zu lachen. Denn die Gewerkschaft oder die Geschichte fordern ihren Tribut. Der Regierungschef ist dann zugeknallt mit Terminen, wird mit dem Heli kreuz und quer durch die Republik geflogen, hält Reden, nimmt Stellung, ist kämpferisch und schaut neidvoll auf den entspannten Teil der Bevölkerung, der nebenan im Biergarten dem Nichtstun frönt.

Ein Kanzlerfeiertag aber ist Freizeit pur. Wäre da nicht die dem Samaritertum verfallene Ehefrau, die sofort zugesagt hatte, als Baerbocks Ehemann Daniel um Asyl für die beiden Mädchen bat. Die Mama bewegungsunfähig, der Papa hatte gestern angefangen, die Wohnung zu streichen. Notsituation.

„Natürlich kannst du die Mädels vorbeibringen, Olaf wird sich freuen!"

Britta brachte es ihrem Mann schonend bei, sie selbst hatte heute einen anderen Kindertermin. Auf einem Bio-Bauernhof in Berlin-Gatow. Sie fühlte sich auch nach ihrem Ministeramt immer noch für die Kleinen zuständig und freute sich darauf, den Kids zu zeigen, dass es mehr gibt als das virtuelle Metaversum des Herrn Zuckerberg. Nämlich das ganz normale Universum von Frau Mutter Natur. Da sind die Schafe und die Käfer nicht animiert, sondern echt, es blökt und krabbelt, es wächst, gedeiht, verdirbt, riecht mal lecker und mal bäh.

„Also tschau, Olli, und viel Spaß mit der grünen Rasselbande!“

Der Kanzler brachte gerade den Müll runter, als die Baerbock-Sisters das Haus stürmten. „Hallo, alter Scholzomat“, tönte die Jüngere fröhlich, was Daniel mit hochrotem Kopf zu relativieren versuchte: „Keine Ahnung, wo sie das wieder herhat.“

Dabei war es eindeutig baerbockscher Familiensprech, genauso wie sie Friedrich Merz Don Krawallo nannten und den Gesundheitsminister Klabauterbach. Bevor Daniel wieder abzog, versprach er noch, seine Frau liebevoll gesund zu pflegen, damit sie bald wieder am politischen Leben teilnehmen könne.

Olaf dachte still bei sich: „Das hat nun wirklich keine Eile.“

Schröder war hellauf begeistert von dem Besuch. Die Mädels stürzten sich sofort auf den Hund und balgten sich mit ihm um die rote Socke.

Olaf und Britta hatten keine Kinder.

Deshalb fühlte er sich im Lachen und Toben der Mädchen ein wenig sentimental: Wie das wohl gewesen wäre, er als Papa? Kinderwagen schieben, später Drachen bauen, Mathe üben, englische Vokabeln abfragen, unberechenbare Teenies durch die Pubertät begleiten?

Er schob die Gedanken beiseite. Hie und da Ersatzpapi war auch nicht schlecht.

„Was wollt ihr später essen?“, fragte er in das Knäuel aus Hund und Kindern.

„Burger!“, kam es unisono.

„Meint ihr, eure Mama wäre damit einverstanden?"

Ganz schlechte Frage, fand die Ältere: „Mama hat einmal gesagt: Jeder kann essen, was er will, in diesem Land."

Alles Fiepen und Betteln half nichts. Schröder war dazu verdammt, das Haus zu hüten. Die Mädels versprachen, ihm Leckerlis mitzubringen, dann fegten sie lautstark die Treppe hinunter.

Die Gräfin fand das ungezogen, so etwas wäre zu ihrer Zeit einfach nicht vorgekommen. Sie musste sich aber eingestehen, dass das niemanden interessierte, und wandte sich wieder der Schwarzwaldklinik im Fernsehen zu, wo die jungen Leute noch Manieren hatten.

Auf dem Weg zum Burger-Restaurant hatten Kinder „Himmel und Hölle"-Felder auf den Bürgersteig gemalt. Olaf erinnerte sich dunkel an das Hüpfspiel. Die Mädchen waren vom Fach und eroberten sofort das Spielfeld.

Einen Stein in eins der Kreidekästchen werfen, dann auf einem Bein loshüpfen. Liegen zwei Kästchen nebeneinander, dann mit beiden Beinen. Bis ans obere Ende. Auf dem Rückweg dieselbe Prozedur, unterwegs den Stein aufheben und damit zurück zum Start. Fertig. Aber bloß nicht ins Höllenfeld treten, damit ist man raus.

„Das können auch alte Männer!"

Dieser Motivation hätte es gar nicht bedurft. Olaf spürte plötzlich eine kindliche Lust, die Hopserei selbst zu probieren, und legte los.

Der Regierungschef der Bundesrepublik Deutschland hüpft auf einem Bein durch Potsdam! Die Passanten trauten ihren Augen nicht. Sie sahen dem Schauspiel ungläubig zu und zückten ihre Smartphones. Es entstanden einzigartige Fotos, wahre Dokumente der Zeitgeschichte.

Dem Kanzler war es piepegal, er hatte schon lange keinen solchen Spaß mehr gehabt!

Der Abend war entspannt. Alle drei hatten sie einen wunderschönen Kindertag gehabt, Britta, Olaf und Schröder. Der pennte völlig geschafft in seinem Korb. Herrchen und Frauchen waren im Bad beim Zähneputzen. Britta sah ihren Mann von der Seite an, wie er hingebungsvoll schrubbte, und kleckste ihm einen Tropfen ihrer Zahnpasta auf die Nasenspitze.

„Weißt du, wie du aussiehst?“, fragte sie amüsiert.

„Keine Ahnung.“

„Gar nicht wie ein Bundeskanzler, sondern wie ein ganz normaler Olli. Ich liebe dich!“

Kapitel 23

Gott schuf das Böse, damit die Hölle nicht leer steht.
Aus Georgien

Die Staatsanwältin erwies sich als harter Brocken. Sie könne keinen Handlungsbedarf erkennen, beschied sie. Der Totenschein sei ausgestellt, die natürliche Todesursache bestätigt und ihre Behörde überlastet.

„Wenn wir da auf jeden Pups eines Besserwissers eingehen, sind wir blockiert bis ins nächste Jahrhundert, mein lieber Herr Wondratschek."

Jetzt hatte er sie! Der liebe Herr Wondratschek erklärte – ganz im Vertrauen selbstverständlich –, dass der pupsende Besserwisser an höchster Stelle sitze und dass es der Karriere mit Sicherheit förderlich sein würde, wenn man seinem Wunsch entsprechen könne. Widrigenfalls möge er sich die Folgen gar nicht ausdenken.

Diese unwiderlegbaren Argumente stimmten die Staatsanwältin schlagartig um. Sie stimmte einer Leichenbeschau zu und war dem sehr verehrten Kollegen von der Kriminalpolizei höchst verbunden: „Falls Sie ein offenes Ohr brauchen, jederzeit! Haben Sie eine schöne Woche, lieber Herr Wondratschek!“

„Wien ist überall“, stellte Joschi befriedigt fest, „wenn du das richtige Schmiermittel hast, läuft alles reibungslos.“

In der Klinik war man nicht begeistert über die Anordnung der Staatsanwaltschaft. Sie stellte schließlich die Kompetenz der Ärzte infrage, eine Todesursache zweifelsfrei zu erkennen. Aber so ist nun einmal das Recht, es ist nicht jedem recht.

Im Polizeirevier zwei Straßen weiter erschien gegen Mittag eine Frau. Sie wolle eine Aussage in der Sache Michelbach machen, aber nur vor dem leitenden Beamten.

Der Diensthabende forschte in seinem Rechner nach und fand heraus, dass die Sache beim LKA 1 lag, zuständig für Delikte am Menschen. Ziemlich hoch angesiedelt für einen offensichtlichen Selbstmord.

„Josef Wondratschek“, erklärte er, „das ist der zuständige Hauptkommissar. Ich schreibe Ihnen den Namen und die Adresse auf, unter der Sie ihn finden.“

Vor Joschi stand eine gut aussehende Frau mittleren Alters. Hochgestecktes Haar, geschmackvoll gekleidet, teures Seidentuch über dem Kleid, Yves-Saint-Laurent-Handtasche, passende Schuhe. Trotz ihrer Attraktivität wirkte sie fahrig, verhärmt, als stünde sie neben dem Leben.

„Wenn Sie bitte Platz nehmen möchten“, Joschi war ganz Gentleman.

Die Frau ließ sich auf der Stuhlkante nieder und umklammerte ihre Tasche mit beiden Händen, als müsste sie sich daran festhalten.

„Ich habe Marlene Michelbach getötet!“

Alles hatte er erwartet, nur nicht das.

Die Frau sprach weiter, monoton wie eine Maschine, seltsam unbeteiligt.

„Es war ganz einfach, eine Dosis Insulin hat gereicht. Das Herz hat die Unterzuckerung nicht verkraftet. Nach außen hin sah es aus wie eine Spätfolge des Infarkts. Keine Fremdeinwirkung. Ich habe selbst den Totenschein ausgestellt.“

Die Frau holte Luft und bat um ein Glas Wasser. Joschi brachte es wortlos und ließ sie weitererzählen.

„Es war purer Zufall, dass die Michelbach bei uns eingeliefert wurde und dass ich am fraglichen Abend Dienst hatte. So konnte ich ihr alles heimzahlen. Ich bekam unverhofft meine Chance zur Rache. Schließlich war es auch ihre Firma. Sie war die strahlende Unternehmergattin, das Aushängeschild des Unternehmens, hoch angesehen, skandalfrei. Von wegen! Billigimplantate haben sie mir in der feinen Klinik eingesetzt. Ich habe nichts bemerkt, es ist nicht mein Fachgebiet. Dann kamen die Schmerzen, die Implantate waren undicht geworden. Sie wurden ausgewechselt, es gab Komplikationen. Jetzt bin ich für immer entstellt, mein Körper ist zerstört, meine Seele auch. Ich wollte nur noch Vergeltung. Ich habe den Herrn Schönheitspapst aufgesucht. In seinem Penthouse. Ich habe ihm ein Skalpell unter die Nase gehalten.“ Die Frau fasste ihre Tasche noch fester, die Fingerknöchel traten weiß hervor.

„Du wirst springen“, habe ich gesagt, „du wirst über dein blank poliertes silbernes Balkongeländer klettern und dich fallen lassen. Sonst zerschneide ich dir dein Gesicht. Ich verstümmele dich, so wie du es mit mir gemacht hast, Kollege.

Entweder du läufst bis zu deinem Tod als Zombie herum oder du machst vorher Schluss. Jetzt!"

Sie hielt noch einmal den Atem an und fuhr dann fort: „Er hat gejammert, er hat gestammelt, dass er selbst schuld sei. Dass er sein Geld verzockt habe, dass er die Kosten drücken wolle, deswegen das Billigzeug aus Asien. Er hat um sein Leben gebettelt, ich habe es genossen. Und ich habe den Teufel getan, nachzugeben. Dann ist er auf das Geländer gestiegen, dann hat er losgelassen. Schweigend, ohne auch nur den kürzesten Schrei ist er gefallen. Niemand hat etwas bemerkt, es war schon später Abend und dunkel. Nehmen Sie mich fest."

In der Folge gingen bei der Staatsanwaltschaft immer mehr Strafanzeigen wegen vorsätzlicher Körperverletzung ein. Michelbach hatte den Betrug offensichtlich schon länger und systematisch betrieben.

Belangt werden konnte niemand mehr. Er hatte die Operationen immer selbst durchgeführt, die angestellten Ärzte der Klinik hatten nichts gewusst oder wollten nichts gewusst haben.

Es gab eine erwachsene Tochter der Michelbachs, die auf einem Hausboot in Holland lebte. Als Kunstmalerin kam sie gerade so über die Runden. Das Erbe schlug sie aus, es war ihr nicht zu verdenken. Ende eines Imperiums.

Für Pralinenbanker Erich-Wilhelm Dobler aber fügte sich alles zum Guten. Er hatte nun das Sagen über eine verpfändete Immobilie in bester Berliner Lage samt hochmoderner Klinikeinrichtung.

Die USA-Kette *BBD – Best Beauty Docs* hatte bereits Interesse angemeldet, er brauchte nur noch einen zweiten Bieter, um den Preis nach oben zu treiben.

Eine Pleite hat eben auch ihre Vorteile. Man muss nur auf der richtigen Seite des finanziellen Abgrunds stehen. Doblers Kranz für das Begräbnis von Marlene war dem erwartbaren Profit angemessen.

Kapitel 24

Gewinnen löst jedes Problem.
Tiger Woods, erfolgreichster Golfer der Sportgeschichte

Olaf klopfte sich in Gedanken auf die Schulter. Er hatte das richtige Gefühl gehabt, was Marlenes Tod anging. Ein gelöster Mordfall dank seiner Mitwirkung. Von einhundert gemeldeten Tötungsdelikten in Deutschland werden vierundneunzig aufgeklärt, und in dieser Statistik war er jetzt auch vertreten. Wieder einmal Klassenbester!

Zu seinem Bedauern sah er sofort einen virtuellen Joschi vor sich und hörte ihn dozieren: „Fabelhafte Zahl, typisch für Computerhengste, an jeder Realität vorbei. Schließlich muss ein Mord erst einmal als solcher erkannt werden. Nicht registrierte Morde gibt es ohne Ende, und die Gründe sind vielfältig. Der Leichenbeschauer kann einen schlechten Tag haben, vielleicht Restalkohol vom letzten Kneipenbesuch, oftmals wird auch gar nicht obduziert. Weil das Ableben ganz natürlich ausschaut. Beispielsweise wenn der gewiefte Nachkomme es schafft, die Vergiftung der Erbtante als einen Fall von Altersschwäche darzustellen. Kein Verdacht auf eine Straftat, kein

Eintrag in irgendwelche Listen, die ganze schöne Aufklärungsquote versaut. Dieser Tabellenkram ist pure Augenwischerei, eine großartige Seifenblase."

Der Kanzler war dennoch stolz auf seine Spürnase. Blieb als Wermutstropfen, dass der Tod des Hais weiter in den Nebel der Freundschaftsinsel gehüllt war. Sie hatten im Grunde keine Verdächtigen mehr übrig. Oder etwa doch?

Eine Idee blitzte in ihm auf. Wie war das eigentlich mit der Erbin der Kolumne? Vielleicht hatte *die* ja ein wenig nachgeholfen? „Corriger la fortune" nannten das die Franzosen feinsinnig, „das Glück berichtigen". Im Abenddunkel ein kleiner Ausflug auf die idyllische Freundschaftsinsel, und mit einem Schlag war die ehrgeizige Dame am Ziel ihrer Wünsche. Reichlich rabiat, aber immerhin möglich.

Er griff zum Hörer: „Jeanette, geben Sie mir bitte den Wondratschek!"

Maja stand, ganz Mata Hari, nur mit hautfarbenen Nylonstrümpfen und High Heels bekleidet, am Fenster und sah ihrem neuen Freund nach, der gerade ins Auto stieg. Ihr Herz pochte noch vor Lust und gleichzeitig vor Neugier auf die Zukunft. Vielleicht würde ja diesmal mehr daraus als nur die übliche Bettgeschichte mit vorprogrammiertem Ende. Er war zwar älter als sie, aber er war ein Kerl nach ihrem Geschmack. Kein glatter Businesstyp, eher ein Desperado, unkonventionell, aber einfühlsam und amüsant. Völlig anders als der vermeintliche Traummann, den sie vor drei Monaten in der plüschigen 20er-Jahre-Bar kennengelernt hatte. Und dem sie jetzt den Laufpass geben würde.

Hoffentlich reagierte er halbwegs zivilisiert und nicht so aufbrausend wie bei ihren vielen kleinen Streitereien. Er konnte in die Luft gehen wie Sprengstoff, und sie wusste, das abrupte Ende würde ihn treffen. Mitten ins Herz und mitten ins Ego.

Aber sie würde es hinter sich bringen. In letzter Zeit hatte sie schließlich eine ganze Menge hingekriegt. Mit vollem Risiko, aber sie hatte es hingekriegt.

Sie hatte den Job, den sie wollte, und es war einfacher gewesen als gedacht. Sie hatte eine neue Beziehung am Start, und es fühlte sich besser an als gedacht. Sie war dabei, ein neues Kapitel in ihrem Leben aufzuschlagen, und das ging furioser los als gedacht.

Maja legte eine CD ein und drehte die Lautstärke fast auf Anschlag. Klassische Stereo-Anlage, satter Sound setzte ein. „The Winner Takes It All" füllte die Wohnung bis in den letzten Winkel. Maja tanzte dazu mit der halb leeren Champagnerflasche im Arm. Sie tanzte über ihre Klamotten, die verstreut auf dem Boden lagen, sie wühlte sich noch einmal durch die zerknautschten Kissen, sie ließ sich durch das Zimmer wirbeln wie ein bunter Drachen im stürmischen Herbstwind.

Nach der Dusche stand sie vor dem Kleiderschrank und besichtigte die endlose Auswahl. Was könnte sich eignen für heute Abend? Was war angemessen? Es würde kein einfaches Treffen werden. Schließlich wählte sie ein schlichtes neutrales Outfit in harmlosem Beige. Sie musste ja kein Öl ins Feuer gießen, die Geschichte war brisant genug.

Jeanette, Olafs Büroleiterin, war der pure Gegensatz zu diversen Figuren im politischen Berlin. Die *fühlten* sich unersetzlich, Jeanette war es tatsächlich. Sie hatte den Chef und seine Termine im Griff, hatte allerlei charmante Lügen für Absagen bereit, sie schmiss den Laden reibungslos, und ihre schwäbisch-badischen Kuchen waren die pure Verführung. Eine knifflige Begabung wegen des Bäuchleins, das der Kanzler abtrainiert hatte und das nicht wiederkommen sollte.

Jeanette wusste von Olafs kriminalistischen Sehnsüchten und ahnte, dass es ihn voll erwischt hatte. Die Sache neulich mit dem Motorradhelm und der Sonnenbrille sowie die zahlreichen Telefonate mit dem massiven Herrn Wondratschek waren deutliche Anzeichen. Und jetzt war der schon wieder in der Leitung.

„Servas, Olli, stets zu Diensten", trompetete der Kriminalist zuvorkommend ins Telefon, „was hast du auf dem Herzen?"

Olaf schilderte ihm seinen Verdacht, Mata Hari könne hinter dem Mord am Hai stecken.

„Hamma schon gecheckt. Ihr Alibi ist eine windige G'schicht. Ein bisserl ja, ein bisserl nein. Eine Filmfete in den Babelsberger Studios. Sie ist von vielen Leuten gesehen worden, aber niemand konnte die Zeit eingrenzen. Sie hätte durchaus nach Potsdam zischen können, dem Hai auf den Kopf hauen und wieder zurück. Reine Fahrzeit insgesamt eine halbe Stunde. Man munkelt außerdem, sie hätte mal was mit dem Kollegen gehabt. Einen One-Night-Stand angeblich. Aber ich traue diesen Filmfuzzis nicht über den Weg. Die wollen immer eine Rolle spielen und erzählen dir viel, wenn der Tag lang ist. Oder die Nacht."

„Will heißen, nix Genaues weiß man nicht", fasste Olli zusammen.

„Du sagst es. Gratuliere übrigens noch zu deinem siebten Sinn in Sachen Michelbach. Kannst gerne bei uns anheuern, wenn dir die Politik irgendwann zum Hals raushängt."

Olaf musste lachen: „Ich kenne einige, die würden sich drüber freuen."

Kapitel 25

Die Laster tragen Masken, und schreckliche Ungeheuer verbergen sich in schönen Fellen.

Francesco Petrarca, italienischer Dichter

East Side Gallery. Das sind die kunterbunt bemalten letzten Reste der Berliner Mauer. Einer Mauer, die von einem Regime hinbetoniert worden war, dem das eigene Volk abhandenkam. Weil es eben nicht das eigene Volk war. Menschen gehören sich selbst und nicht irgendwelchen krassen Ideologien oder greisen Staatschefs.

Heute ist der Rest vom Schandmal die größte Open-Air-Galerie der Welt. Im Vordergrund die Spree, im Hintergrund wie ein Haifischmaul die Mercedes-Benz-Arena. Stromaufwärts die Oberbaumbrücke mit ihren Türmchen und Türmen, die aussieht, als hätte ein Märchenkönig sie errichten lassen.

Mittendrin die Mühlenstraße. Früher ein trostloses Pflaster direkt am Todesstreifen, heute Touristenattraktion. Bei Tag flanieren hier Scharen von Schaulustigen entlang. Sie kommen in doppelstöckigen Sightseeingbussen, manche auch mit einem Stretch-Trabi, einem rührenden Witz der Automobilgeschichte.

Die Standard-Touris gaffen, wollen nur Selfies vor den Bildern, aber nichts hinterfragen, und werden weitergejagt zum nächsten Programmpunkt. Kein Innehalten beim Straßenmusikanten mit der Gitarre, obwohl der Kerl ziemlich amtlich singt. Aber er ist in der Tour nicht vorgesehen, Trinkgeld erst recht nicht.

Die mit etwas mehr Grips tauchen fasziniert ein in das Kaleidoskop aus 104 Werken von Künstlern aus aller Welt. Die Gemälde und Graffitis sind Gegenwartskunst und Mahnmal zugleich. Erinnerung an ein Regime von starrsinnigen alten Männern, die geglaubt haben, ein ganzes Land einsperren zu können.

Die Ironie dabei: Der laut DDR-Sprachregelung „antifaschistische Schutzwall" wäre wohl über kurz oder lang auch von selbst gefallen, so lausig war der volkseigene Beton, aus dem er gebaut worden war. Schon sieben Jahre nach der Wiedervereinigung musste mit der aufwendigen Sanierung der Mauerreste begonnen werden, sonst wären von der East Side Gallery heute nur noch Brösel übrig.

Auch der Kapitalismus hatte schon an der Beton-Galerie genagt. Ein Immobilieninvestor schickte schweres Gerät los, um ein Teilstück der Mauer zu versetzen. Wegen eines Wohnturms mit Luxus-Appartements. 6 000 Berliner gingen auf die Barrikaden. In den fernen USA stieg der bekannteste Bademeister der Welt ins Flugzeug, um sich dem Protest anzuschließen. David Hasselhoff gab sogar seinen Megahit *Looking for Freedom* zum Besten. Aber weder die Demonstranten noch „The Hoff" konnten etwas ausrichten. Der Baulöwe – looking for money – obsiegte. Die abgeräumten 34 Mauersegmente wurden nicht weit entfernt, im Spreepark, wieder aufgestellt.

Wenigstens das hatte der legendär verpeilte Berliner Senat hinbekommen.

Jetzt ist es Nacht. Die Touristen sind verschwunden, der Straßenmusiker auch. Den ganzen Tag lang hatte er Country-Songs rauf und runter gesungen und in seinem offenen Gitarrenkoffer Münzen aus aller Welt eingesammelt. Bisweilen sogar einen Schein. Es gibt auch noch andere Touristen als die pauschalen.

Nun ist die schnurgerade Straße am Spreeufer still und verwaist. Einzig der Wind pfeift vor sich hin, als wolle er die Angst vertreiben, die einst über dem Todesstreifen lag. Honecker und Breschnew knutschen wie immer in gruseliger sozialistischer Brüderlichkeit. Erich, der mörderische Hanswurst, und Leonid, der Held der Sowjetunion, der laut Helmut Schmidt „Wodka aus Wassergläsern trank". Feine Freunde! Nahe dem Bruderkuss bricht wie eh und je der weiße Trabant mit dem Kennzeichen NOV 9-89 lautlos durch die Mauer. Die Atmosphäre ist trotz der grellen Bilder bedrückend und grau, als wäre der abgehalfterte, farblose Oststaat wieder auferstanden.

Der Streit eskaliert. So war es nicht geplant gewesen. Es sollte einfach darum gehen, die Reviere abzustecken. Ein für alle Mal.

Jetzt wirbelt das Böse hoch wie im Auge des Hurrikans. Verletzungen, Neid, Hass, Wut. Drohend hebt sich ein Arm, holt aus, schlägt zu, Worte laufen Amok, ein Leib geht zu Boden, rafft sich wieder auf, noch ein Schlag, ein gellender Schrei und schließlich das Geräusch eines Körpers, der auf dem Was ser aufschlägt.

Mühlendammschleuse am Rolandufer der Spree. Die Stadt ist noch im Dämmerzustand, es ist kurz vor sechs Uhr morgens. Das Tankmotorschiff *Albatros* wartet auf die Passage. Stefan, genannt Steppke, der schlaksige Azubi des Kapitäns, hat es sich am Bug gemütlich gemacht und raucht seine Frühstückszigarette. Als der Stängel heruntergequalmt ist, schnipst er den Rest in hohem Bogen ins Wasser. Seine Augen folgen der roten Glühwürmchen-Spur, und dabei sieht er etwas. Das Etwas ist am geschlossenen Schleusentor hängen geblieben. Steppke schaut genauer hin. Das Etwas ist ein undefinierbares Bündel und hat blonde Haare. Steppke gruselt es – Bündel haben keine blonden Haare!

Kapitel 26

Wenn Du lange genug an einem Fluss wartest,
schwimmen die Leichen Deiner Feinde an Dir vorbei.
Aus China

Das Bündel mit den blonden Haaren lag auf einem Stahltisch. Rechtsmediziner Herzinger deckte es gerade mit einer weißen Plastikplane zu. Joschi hatte sich in dem unterkühlten Sektionsraum mit den gekachelten Wänden und dem Geruch nach Desinfektionsmittel noch nie wohlgefühlt. Er wollte so schnell wie möglich wieder raus. Also ganz rasch den Katalog abarbeiten!

„Haben Sie einen Todeszeitpunkt für mich?"

Herzinger sah Joschi von der roten Fliege oben bis zu den roten Sneakers unten an und witzelte: „Wenn Sie so weiteressen, spätestens in 20 Jahren."

„Haha!" Joschi war bei Anspielungen auf seine Leibesfülle höchst empfindlich.

Herzinger grinste: „Falls Sie die Leiche meinen, dann gestern zwischen 22 und 24 Uhr."

Herzinger hievte mit Mühe die eingewickelte Tote vom Sektionstisch auf den Rollwagen. Auch schlanke Leichen sind schwer.

„Todesursache?"

„Die Frau hat schwache Hämatome im Gesicht wie auch am Oberkörper und eine Platzwunde am Kopf. Es sieht aus, als wäre sie geschlagen und gestoßen worden, und dann ist sie irgendwo dagegengeknallt, ehe sie baden gegangen ist. Bewusstlos in die Spree gefallen, Wasser in die Lunge, Exitus."

Joschi fasste nach: „Und der Tatort?"

Der Rechtsmediziner zuckte mit den Schultern. „Wir wissen nicht, wie lange sie schon am Schleusentor festhing. Wir haben keine Chance, den Ort festzumachen, wo sie ins Wasser gelangt ist. Kann zwanzig Meter weg gewesen sein oder zwei Kilometer. Das Wasser hat auch alle Spuren weggewaschen, die vielleicht da waren. Der einzige Rat, den ich geben kann: Suchen Sie nach Blutflecken an einer Säule, einem Pfosten oder an Ähnlichem."

„Super Tipp", motzte Joschi, „wir suchen kilometerweit beide Ufer der Spree ab. Bis wir damit fertig sind, ist Gottschalk Bundespräsident!"

Herzinger schob die Tote ins Kühlfach und knallte die Tür zu: „Wetten, dass nicht?"

„Den Emir von Katar oder den Wondratschek vom LKA. Wen wollen Sie zuerst?", fragte Jeanette übers Telefon.

„Eigentlich lieber den Wondratschek, aber der Emir hat die besseren Karten", seufzte Olaf, „also, bringen wir ihn hinter uns."

Joschi war leicht indigniert, als Olaf sich erst nach einer Dreiviertelstunde zurückmeldete. „Willst du, dass es in Deutschland bald so kalt wird wie in deiner Rechtsmedizin, wenn wir zu wenig Flüssiggas kriegen?", gab Olaf zurück.

„Natürlich net“, lenkte Joschi ein, „aber was Kaltes habe ich trotzdem für dich. Eine Wasserleiche. Die Mata Hari hat's erwischt! Wir haben sie heute früh aus der Spree gezogen. Laut Herzinger hat es einen Kampf gegeben, sie hat eine Kopfwunde davongetragen und ist wohl bewusstlos ins Wasser gefallen. Tod durch Ertrinken. Der Fall wird immer rätselhafter, und die Klatschreporter werden immer weniger.“

Olaf war perplex: „Da war doch kürzlich ihr Artikel über die Kirche in der Zeitung. Könnte das der Grund gewesen sein?“

„Die Kirche hat zwar schon Leute verbrannt, aber dass sie jetzt auch welche ertränkt, kann ich mir nicht vorstellen“, erwiderte Joschi.

„Habt ihr schon nähere Erkenntnisse?“

„Todeszeitpunkt gestern vor Mitternacht, keine Zeugen, Tatort unbekannt, eventuelle Spuren vom Wasser weggeschwemmt. Das Einzige, was wir wissen: Sie hat es vor dem Ableben noch schön gehabt. Der Rechtsmediziner hat Sperma gefunden.“

Kapitel 27

Sorgen ertrinken nicht in Alkohol. Sie können schwimmen.
Heinz Rühmann

Die Goldenen Zwanziger, das waren jene unwiederbringlichen Zeiten, als Berlin die drittgrößte Stadt der Welt war. Ein Sehnsuchtsort der Ekstase, ein Moloch der Lust, ein lärmendes Sündenbabel, gespickt mit unzähligen Amüsierbetrieben, gehüllt in Champagner-Nebel, elegant, faszinierend, obszön, ein brodelnder Vulkan, eine Metropole im Aufbruch; nur keiner wusste, wohin. Nacht für Nacht brannte die Luft. Spärlich bekleidete Revuegirls spreizten ihre endlosen Beine, Josephine Baker trug unten Banane und oben nichts, der junge Schriftsteller Carl Zuckmayer dealte in der Tauentzienstraße mit Kokain, lange bevor er mit dem *Hauptmann von Köpenick* berühmt wurde. Last, but not least jobbte der spätere Hollywood-Produzent Billy Wilder im feudalen Eden-Hotel als Eintänzer.

An die Dekadenz von einst und die Schwülstigkeit der damaligen Etablissements erinnert heute die Provocateur-Bar in der Nähe des Kurfürstendamms.

Der Typ am Tresen allerdings störte die nostalgische Plüsch-Aura der Roaring Twenties enorm. Er hatte schon etliches im Tee, war aber darauf nicht trainiert wie die Feierbiester aus den Zwanzigern. Bemitleidenswert hing er auf seinem Hocker, das pure Häuflein Elend. Ein wenig weißes Pulver von Zuckmayer hätte ihm sicher gutgetan.

Plötzlich fegte es wie ein Orkan durch den Laden. Die Gäste hielten überrascht inne, die Gespräche und das Lachen erstarben. Ein Kerl pflügte mit langen entschlossenen Schritten Richtung Bar und riss das Häuflein Elend von seinem Hocker. „Du hast sie auf dem Gewissen“, schrie der Kerl, „du hast sie mir genommen, du Stück Scheiße. Das wirst du büßen, ich mach dich kalt!“

Der Angegriffene versuchte, sich zu wehren, der Hocker schwankte und fiel, beide gingen zu Boden und rangen miteinander. Der Eindringling war sichtlich im Vorteil, der Schluckspecht dank des Promillepegels auf der Verliererstraße. Ein unschönes Ende war absehbar. Inklusive Blutspritzern auf den Plüschmöbeln. Die Barkeeperin rief die 110.

Kapitel 28

Es kommt im Leben nicht darauf an, wie viel du austeilst, sondern darauf, wie viel du einstecken kannst.
Sylvester Stallone

Olaf Scholz war nicht der einzige deutsche Bundeskanzler mit einem außergewöhnlichen Hobby.

Konrad Adenauer, das Schlitzohr aus dem Rheinland, erster Kanzler der jungen BRD, war ein heimlicher Daniel Düsentrieb gewesen.

Seine Erfindungen kann jedermann in einem kleinen Museum im Adenauer-Haus in Rhöndorf bei Bonn besichtigen. Da hatte *der Alte* gelebt und getüftelt. Unter den Exponaten ein elektrischer Insektentöter aus dem Jahr 1935, eine *Vorrichtung zur Verhinderung des Überfahrenwerdens durch Straßenbahnen* sowie ein Rezept für eine Sojawurst. Erdacht am Ende des Ersten Weltkrieges, wo es wenig zu beißen gab. Die Wurst wurde in fünf europäischen Staaten sogar amtlich patentiert.

Ob es jemals ein Olaf-Scholz-Kriminalmuseum geben wird? Mit dem Humphrey-Bogart-Hut, der Sonnenbrille, Mizzis gelber Vespa und anderen Raritäten? Es ist noch nicht ausgemacht, aber die Chancen stehen gut. Schließlich arbeitete sich der Kanzler richtig ab an seinem ganz persönlichen Fall.

Auch im Regierungshubschrauber nach Brüssel zum Treffen der europäischen Staats- und Regierungschefs.

Ein Berg von Themen stand auf der Agenda: Russland, Energiekrise, Flüchtlingsfragen, um nur drei davon zu nennen. Alles lief dabei wie immer auf *einen* Begriff hinaus, und der hieß Kohle. Wer soll das bezahlen?

Schon im Vorfeld hatte es darüber Knatsch mit dem Nachbarn Frankreich gegeben. Der Stress mit dem Oberdynamiker Macron würde sicherlich gleich bei der Sitzung weitergehen. Madame Brigitte hatte ihn garantiert noch angestachelt: „Zeig den Deutschen mal richtig, was eine Grande Nation ist, Chéri! Ich zähl auf dich, Küsschen, bon voyage, ich muss jetzt zum Lifting!"

Lifting, Michelbach, der Hai, schon war Olaf wieder zurück bei seinem Kriminalfall.

Wenn Mata Hari den Hai wirklich auf dem Gewissen hatte, wer hatte dann *sie* in die Spree befördert? Noch jemand, der die erfolgreiche Kolumne übernehmen möchte? Unwahrscheinlich.

Jasmin, die Ehefrau des Hais, die Rache nahm für den Tod ihres Mannes? Eine Kinderbuchillustratorin als kaltblütige Mörderin? Schwer vorstellbar.

Doch jemand aus dem Umfeld der Kirche, der verhindern wollte, dass ein weiterer Skandal ans Licht kam? Du lieber Gott, das fehlte noch!

Der Helikopter begann zu sinken und Olafs Stimmung auch. Ermitteln war einfach cooler als Brüssel und Macron. Aber einem Kanzler bleibt halt nichts erspart.

Der Typ, der die Schlägerei in der Provocateur-Bar begonnen hatte, war auf der Wache zu keiner Aussage bereit gewesen. Er würde nur mit Josef Wondratschek vom LKA sprechen und mit sonst niemandem.

Als der Raufbold am nächsten Tag in Joschis Büro geführt wurde, fiel der Hauptkommissar fast aus seinen tagesaktuell himmelblauen Sneakers: „Rocco, ich fass es nicht!"

Sein Beinahe-Landsmann sah erbärmlich aus. Das war nicht der raffinierte Rocco, der sich nie erwischen ließ und zur Sicherheit bei der Polizei Fleißkärtchen sammelte.

Der korrekt gebürstete Zopf mit Haarknoten hatte sich in eine strähnige offene Hippie-Matte verwandelt, Rocco hatte dunkle Ringe um die Augen und ließ die Schultern hängen. Trotzdem brodelte es in ihm wie Lava.

„Er hat meine Maja umgebracht. Wenn er Wut hatte, war er unberechenbar, das hat sie mir selbst gesagt."

Joschi ließ eine Tasse mit Kaffee volllaufen und griff in seine Schublade zur eisernen Reserve. Ein Schuss Cognac und das Koffein, vielleicht würde das helfen.

„So, jetzt setz dich hin, trink das und erzähl! Von Anfang an bitte."

Rocco nahm einen Schluck, atmete durch und begann mit der Geschichte von Roman Konrad Lahnsteiner und Maja Tacke.

„Angefangen hat es rein geschäftlich am Potsdamer Platz. Volles Rohr Goldener Bär, die Preisverleihung. Ich hatte die Security unter mir. Nicht einfach, ein ganzer Haufen Weltstars war im Angebot.

Maja ist wie ein bunter Vogel durch die Gegend geflattert und hat mich einfach angequatscht. Ob ich denn nur ein Wachhund sei oder ob ich auch andere Jobs erledigen würde. Ich habe ihr meine Karte gegeben, du weißt schon: *Dienstleistungen aller Art.*"

„Auch verdeckte Ermittlungen?", hat sie gefragt.

„Auch verdeckte Ermittlungen", hab ich gesagt.

„In dem Moment hat irgendein durchgeknallter Fan einen wichtigen Menschen belästigt, da musste ich hin, und wir haben uns aus den Augen verloren.

Drei Tage später hat sie mich angerufen. Gott sei Dank. Ich habe schon gedacht, die meldet sich nie. Wir sind auf einen Kaffee gegangen. Sie hat mir erzählt, was sie macht. Welchen Schwachsinn sie für ihr Blättchen schreibt und was sie viel lieber machen würde. Sie wollte Geschichten raushauen wie der Hai. Richtige Knaller-Geschichten. Ich sollte ihr dabei helfen. Mich umhören, Gerüchten nachgehen, im Dreck der feinen Leute wühlen, Beweise für Schweinereien finden.

Eins war ihr dabei wichtig. Sauberer Journalismus, nicht so eine Abzocke wie beim Imhoff."

„Die Geschichte mit den Geistlichen sah aber nicht sehr sauber aus", warf Joschi ein.

„Da war sie befangen. Sie hat selber etwas Ähnliches erlebt und hatte es schon fast verdrängt", erklärte Rocco, „aber dann hat sie Notizen gefunden auf dem Stick vom Hai …" Er biss sich auf die Zunge, aber da war es schon raus.

„Da schau her", triumphierte Joschi, „es gibt also doch einen Stick! Wo ist der denn jetzt?"

„Keine Ahnung", Rocco nahm den letzten Schluck vom Kaffee mit Schuss, „sie hat den Stick auf ihr Tablet kopiert. Sie musste ihn nicht mitgehen lassen aus dem Hotel."

„Okay, das klären wir später. Jetzt weiter im Text!"

„Ist nimmer viel Text", gab Rocco müde zurück und rieb sich die roten Augen. „Ich war eh seit dem ersten Moment in Maja verliebt, dann hat es auch sie gepackt, wir haben uns gefunden. Ich habe angefangen, für sie zu arbeiten, jemand hat den Hai eliminiert, und Maja war dort, wo sie hinwollte.

Der Ex hat wohl gemerkt, dass es vorbei ist, er wollte es aber nicht wahrhaben. Vorgestern hat sie sich dann aufgerafft und mir versprochen, reinen Tisch zu machen. Dabei muss er ausgerastet sein.

Ich hab aus der Zeitung erfahren, dass sie tot ist, hab eins und eins zusammengezählt, dann bin ich los, um mir den Kerl zu greifen. Weil er es war!"

„Das ist noch die Frage, ob er es war."

Tausendschön war um die Ecke gekommen.

„Der Ex hat eine Art von Alibi. Nicht ganz wasserfest, dafür ziemlich alkoholhaltig."

Sie wedelte mit der Akte in ihrer Hand: „Hier ist das Protokoll! Mata Hari hat ihm den Laufpass per SMS verabreicht. Nicht elegant, vermeidet aber die direkte Konfrontation. Die Nachricht hat ihn an seinem Arbeitsplatz in einer Werbeagentur erwischt. Daraufhin ist er raus und hat sich eine Flasche Whisky besorgt. Gleich im Erdgeschoss des Bürohauses ist ein Lidl. Praktisch für einen enttäuschten Lover. Dann hat er sich im Büro die Kante gegeben. Die Putzfrau hat ihn am nächsten Tag gefunden. Sie sagt, er hätte wie ein nasser Sack in seinem schicken Drehstuhl gehangen, total verkatert."

„Also ja, aber nein", stellte Joschi fest, „kann stimmen, muss aber nicht." Er wandte sich an Rocco: „Wo warst *du* eigentlich an dem Abend?"

Rocco fuhr hoch: „San Sie narrisch? Ich bring doch meinen Schatz nicht um! Außerdem hätte ich ein Alibi, aber das ist leider nicht legal. Wobei …“

Er sah den Hauptkommissar verschwörerisch an: „Sie haben da einen gewissen Kollegen, dem ich hin und wieder abends begegne. Das war vorgestern auch so.“

„Moment“, Joschi griff zum Telefon und wählte eine interne Nummer, „das hamma gleich!“

„Sternecker, mein werter Freund“, der Hauptkommissar war die Liebenswürdigkeit pur, „Sie sollen vorgestern Abend ganz zufällig einem gewissen Rocco Lahnsteiner begegnet sein. Darf ich davon ausgehen, dass diese Information korrekt ist?“

Joschi lauschte: „Aha, das ist korrekt. Längere Begegnung, für Sie leider verlustreich, oh je, trotzdem äußerst sachdienlich, bin Ihnen sehr verbunden, schönen Tag noch!“

„Schwein gehabt, Rocco! Aber eine Anzeige wird es geben. Tätlicher Angriff mit Körperverletzung. Allerdings wird sich die Staatsanwaltschaft bestimmt verständnisvoll zeigen. Ich habe gute Gründe für diese Vermutung.“

Der Hauptkommissar lehnte sich zurück. „Damit wär die Sache erst einmal erledigt. Jetzt geh nach Hause und versuch, mit deinem Schmerz zurechtzukommen. Ist nicht leicht, ich weiß. Kopf hoch!“

Als Rocco in seinem Appartement ankam, war Mizzi bereits da. Sie hatten schon als Kinder aufeinander aufgepasst, als der Vater im Wirtshaus war und die Mutter bei der Arbeit in der Schnapsfabrik. Ihr Bruder hatte sich für sie mit PS-Bennie geprügelt, jetzt brauchte *er* Hilfe, also stand sie bereit. Sie hatte sein Bett aufgeschüttelt und sorgte dafür, dass er sich hinlegte.

„Du musst den Schmerz wegschlafen", lautete der liebevolle Befehl, „wenn was ist, ruf mich an. Ich geh jetzt zur Arbeit, aber ich bin ja nicht aus der Welt. Wir kriegen das hin, wir kriegen den Mörder von deiner Maja. Garantiert! Schließlich haben wir Verbindungen in höchste Kreise. Ich drück dich, Bruderherz!"

Die höchsten Kreise würden betrübt zur Kenntnis nehmen müssen, dass schon wieder potenzielle Täter abhandengekommen waren.

Der Regierungsflieger war zurück in Berlin, Macron war weniger schwierig gewesen als gedacht, was man von der Causa Imhoff-Tacke nicht behaupten konnte.

Egal, jetzt erst einmal nach Hause.

„Müller, haben Sie die Schokosachen?"

Müller hatte. Er war extra in Brüssel bei den besten Chocolatiers am Grand Place gewesen und hatte im Auftrag des Chefs raue Mengen der weltberühmten belgischen Schokoladen eingekauft. Wobei er natürlich vorher Kostproben genommen hatte, man gönnt sich ja sonst nichts. Nach Brüssel kommen und die Schokolade links liegen lassen, geht nämlich gar nicht!

Der erschlankte Olaf und seine ernährungsbewusste Ehefrau sprangen an diesem Abend über alle ihre Schatten. Sie zogen die Schlafanzüge an, dimmten das Licht, kuschelten sich im Bett aneinander und leerten gemeinsam ein ganzes Ballotin. Ein typisches belgisches Pralinenpäckchen, voll mit einem Pfund Sünde und lecker ohne Ende.

Kapitel 29

Gehen Sie niemals ins Bett, um sich dort Fragen zu stellen,
die Sie nicht beantworten können.
Snoopy, American Beagle

Olaf schwitzte. Er hatte vollen Stress und das untrügliche Gefühl, dass ihm der Fall entgleiten könnte. Viel zu viele Leute interessierten sich plötzlich dafür.

Angefangen von Joe Biden. Der US-Präsident war wie aus dem Nichts im Kanzleramt aufgetaucht und hatte Inspektor Columbo im Schlepptau.

„I am fascinated by murders", erklärte Joe und zog einen Revolver, „may I help you?"

„Tut mir leid, Chef", ging Jeanette dazwischen und wirkte ausnahmsweise hilflos, „aber die beiden haben sich nicht angekündigt, mit keinem Wort. Ich bin genauso überrascht wie wir alle. Jill Biden weiß auch nicht, was los ist."

Dann fand sie ihre Sicherheit wieder und fuhr Columbo an: „Rauchen ist hier nicht gestattet, und Zigarren schon gar nicht!" Dabei zeigte sie mit spitzem Finger auf den qualmenden Stumpen.

„I beg your pardon, Ma'am", entschuldigte sich der Inspektor, linste hinüber zu seinem Präsidenten, nahm die Zigarre in den Mund und forderte Biden auf: „Shoot, Buddy!" Joe nahm seine Knarre und schoss die Zigarre gekonnt lässig aus. Danach verfehlte die Kugel einen unschuldigen Gummibaum nur um Millimeter. Da konnte Donald Trump mal schauen, wo er blieb, der Angeber!

Das gammlige Peugeot-Cabriolet hatte Columbo passenderweise vor der rostigen Skulptur abgestellt, wo Müller II soeben mit einem Putzeimer eintraf, um die vermüllte Karre wenigstens etwas sauber zu kriegen.

Aber nicht mit Cem Özdemir! Der Parade-Öko mit türkisch-schwäbischem Migrationshintergrund war auf seinem Fahrrad erschienen und erklärte dem Berliner Kanzler-Kutscher unmissverständlich, dass privates Autowaschen eine Gefahr für das Grundwasser berge und deshalb unstatthaft sei. Dank der Grünen, selbstredend.

Putzteufel Müller II zog frustriert wieder ab und verpasste so einen gewaltigen Medienauflauf. Die Hauptstadtpresse samt Fernsehen hatte die Sensation nämlich ruckzuck spitzgekriegt und war in hellen Scharen angerückt. Keiner hatte eine Ahnung von irgendwas, aber alle mussten berichten. Die Theorien der pausenlos reportierenden Reporter spannten sich von einem perfiden Streich der Reichsbürger bis zu einem undurchsichtigen Manöver von Wladimir Putin. Rudi Cerne von *Aktenzeichen XY* versprach eine beträchtliche Belohnung für sachdienliche Hinweise, falls irgendein Zuschauer darauf hinweisen könnte, was hier eigentlich los ist.

Kevin Kühnert war natürlich wieder einmal nicht da. Und das genau dann, wenn man ihn brauchte! Bestimmt hatte er sich hinter Hubertus Heil versteckt! Hinter den passten ja drei Kühnerts.

Columbo fragte derweil nach Olafs Agenten-Mantel. Ganz unverbindlich. Sein eigener sei ja schon schwer mitgenommen, erklärte der Inspektor mit dem Glasauge, und die Größe könne passen.

Könnte dir so passen, dachte Olaf.

Und noch etwas dachte er: „Wer ist eigentlich die Frau mit den blonden Haaren? Anton Hofreiter? Nein, der war ja eher dunkelblond. Aber natürlich, es war Ursula von der Leyen als Engel für Charlie!"

Als dann noch Friedrich Merz in kugelsicherer Weste auftauchte und einen Untersuchungsausschuss forderte, war das zu viel. Der Kanzler schmiss die ganze Rasselbande aus seinem Büro, wählte Steinmeiers Nummer und erklärte seinen Rücktritt.

Britta hatte Mühe, ihren Olli zu beruhigen. Er hatte offensichtlich einen wilden Traum gehabt, der Arme. Oder zu viele belgische Pralinen.

Kapitel 30

Wer glaubt, ein Christ zu sein, weil er die Kirche besucht, irrt sich. Man wird ja auch kein Auto, wenn man in eine Garage geht.

Albert Schweitzer

Der Priester hatte seinen Frieden gemacht mit der Vergangenheit. Mit seinen Verfehlungen. Er hatte seine Teufel gezähmt, er war durch ein sengendes Fegefeuer gegangen, Gott hatte ihn bestraft, er hatte gebüßt.

Die junge Frau aus dem Teenagertreff war außergewöhnlich hübsch gewesen und hatte gerne mit ihren Reizen kokettiert. Sweet Little Eighteen. Jemandem schöne Augen machen, das hatte sie perfekt drauf. Und wenn dieser Jemand unerreichbar schien, dann erst recht. Oder wenn es verboten war. Am besten beides.

Ihre Nähe roch süß, ganz anders süß als der schwere Duft von Weihrauch in den alten Kirchenmauern. Ihre Blicke verhießen Freiheit statt Enge, in ihrer Nähe verwandelte sich die Sünde von einer Verfehlung in Verzauberung.

Sie stellte kluge Fragen, war wissbegierig, nicht oberflächlich, und hatte dennoch alle Leichtigkeit und Verspieltheit der Jugend.

Er mochte sie, er mochte ihre Nähe. Sie ließ das Leben flattern wie einen bunten Schmetterling.

Eines Tages hatte er sie einfach eingeladen und mitgenommen hinaus zur Hütte am See. Dichtes hohes Schilf verbarg die kleine Datscha. Ein Steg aus schiefen morschen Bohlen führte hinaus in die sanften Fluten, wo Seerosenblätter badeten und die Wellen silberne Muster auf den Wasserspiegel zauberten.

Am Steg dümpelte sein Boot, das *Forelle* hieß. Es war alt und unansehnlich, der Name kaum noch lesbar, die himmelblaue Farbe bis auf wenige Reste abgeblättert. Aber es lag noch auf dem Wasser, hielt sich fest an seinem Tau, unsinkbar und zufrieden schaukelnd.

Er hatte es – genau wie die Hütte – von seinen Eltern geerbt. Von Vater und Mutter, die stolz waren auf den Sohn, der ein Geistlicher geworden war, ein ehrbarer Diener Gottes. Und der sich hier von seinem wichtigen Dienst am Menschen ausruhen konnte auf einem Fleckchen, das der Herr extra schön geschaffen hatte am Rande Berlins. So dachten es sich die Eltern und starben irgendwann.

Nun saß er da mit diesem Gottesgeschöpf in Gottes Natur auf dem hölzernen Steg, die Beine im Wasser. Sie planschten, sie spritzten einander nass, sie lachten.

Etliche Male geschah es so, ohne dass etwas geschah. Beide wussten, dass sie ein Nein oder ein Ja brauchten. Dass die Fahrten an den See nur eine Flucht waren, eine Flucht vor der Entscheidung, es zu wagen oder nicht.

Also wagte sie einen ersten Schritt. Zwischen verlegener Fröhlichkeit und ratlosem Schweigen legte sie entschlossen zärtlich ihre Hand auf seinen Schenkel und drehte sich zu ihm. Er sah das Rot ihres Mundes, Verheißung und Warnung zugleich, er spürte ihren Atem ganz nah, dann ihre weichen Lippen, ihre fordernde Zunge. Er spürte, was er noch nie erlebt hatte. In keinem Gebet, in keiner Kasteiung, in keinem Gotteslob. Er spürte Liebe. Liebe, die nichts mehr so sein ließ, wie es vorher war.

Es war so weit.

Der riesige Fernseher im Kanzlerbüro lief ohne Ton wie meistens. Eingestellt war einer der Nachrichtensender, die am unteren Bildrand noch einmal hinschreiben, was man oben ohnehin sehen kann.

Noch mehr Informationen sprinten ständig in einem Crawl von rechts nach links durchs Bild. Dazu in einer Ecke die Börsenwerte. Und damit uns nichts entgeht, poppen auch noch Werbefenster auf. Fernsehen ist Multitasking.

Als der Mann mit dem weißen Priesterkragen auf dem Schirm erschien, knipste Olaf den Ton an.

„… haben wir unverzüglich Untersuchungen aufgenommen und gehen den Behauptungen in aller Entschiedenheit nach. Seien Sie versichert, dass wir nichts unversucht lassen, um die Wahrheit ans Licht zu bringen. Mehr kann ich beim augenblicklichen Kenntnisstand nicht sagen. Bei einer Änderung der Sachlage werden wir die Öffentlichkeit zeitnah informieren."

Olaf lieferte sich gleich selbst die Übersetzung. Schließlich laufen Stellungnahmen immer nach demselben Muster ab. In der Politik wie in allen gesellschaftlichen Gruppierungen, sprich Interessengemeinschaften. Sämtliche Kirchen eingeschlossen.

Wichtig ist, mit wohlgesetzten Worten und einer vor Verantwortung triefenden Stimme Folgendes klarzumachen: „Erstens, wir haben sofort reagiert. Zweitens, wir werden alles aufklären, falls es überhaupt etwas aufzuklären gibt. Drittens, was es aufzuklären gibt, entscheiden wir selbst. Viertens, was wir von unseren Erkenntnissen preisgeben, das auch. Und fünftens, nichts wird so heiß gegessen, wie es gekocht wird. Man muss es nur kalt werden lassen. Mehr kriegen Sie aus mir nicht raus, das war's!“

Olaf wusste Bescheid. Bis auf die windelweiche Erklärung von eben hatte der Artikel der ermordeten Mata Hari bislang nichts hervorgerufen, was man wissen durfte. Die Kirche hatte unmissverständlich erklärt, man solle die Kirche im Dorf lassen. Basta.

Was intern abging, fiel natürlich unter das Beichtgeheimnis.

Kapitel 31

Man sollte seinen Feinden vergeben,
aber nicht, bevor sie aufgehängt sind.
Heinrich Heine

Mööp! Das Handy mit der Wegwerfnummer meldete eine SMS.

Rocco anrufen! Er hat was. Bussi, Mizzi.

Wienerinnen durften das. Einem Kanzler ein Bussi schicken.

Summ! Das Telefon auf dem Schreibtisch gab einen Laut.

„Chef, Kabinettssitzung!"

Büroleiterinnen mussten das. Dem Boss auf die Nerven gehen. Aber sie hatte ja recht.

Olaf verließ sein Reich, verkniff sich den Lift und ging die eine Etage nach unten zu Fuß. Kaum war er durch die Tür des Kabinettsaales marschiert, vergaß er Mizzi, Rocco und alle Morde dieser Welt. Denn was er tat, das tat er gründlich. Auch das Regieren.

Rocco ließ nicht locker. Auch er machte das, was er machte, gründlich. Wer auch immer die Liebe seines Lebens getötet hatte, er würde ihn – oder sie – kriegen. Rocco wusste, dass immer irgendjemand irgendetwas weiß oder gesehen oder gehört hat. Jede Stadt hat Augen und Ohren, vor allem bei Nacht. Es sind diejenigen, die in den dunklen Stunden ausschwärmen, die ihren Tag beginnen, wenn er für andere endet. Er kannte diese Leute, wenigstens einige davon. Und die wiederum kannten andere. Zusammen waren sie eine ganze Armee. Mit dieser Armee würde er in den Krieg ziehen gegen den Mörder seiner Maja. Bis der Gerechtigkeit Genüge getan war. Und der Rache.

Rocco telefonierte, jagte WhatsApp-Nachrichten raus, fuhr nächtelang kreuz und quer durch Berlin bis in die entlegensten Winkel. Er spendierte in verkommenen Kneipen Schnäpse, rüttelte Penner aus ihren Fuselträumen, bohrte in fremden Erinnerungen, drohte, erinnerte an geleistete Gefälligkeiten, an Schulden, die er jetzt einzutreiben gedachte. Er ließ nichts aus, er schlief kaum, jede verdammte Sekunde konnte ihm den entscheidenden Hinweis liefern. Er musste wach sein. Hellwach!

Die verdammte Sekunde kam in Kreuzberg am Kottbusser Tor. Eine der fragwürdigsten Ecken der Stadt, abgefuckt und trendy, Goldgrube für Dealer, No-go-Area, Sin City und Szeneviertel zugleich, tausendmal totgeschrieben, trotzdem unkaputtbar.

Heruntergekommen von einem hochoffiziellen Stadttor mit Zollstation zum brodelnden Brennpunkt. Graffitis, Tauben, Stadtratten, Stadtstreicher. Ein 70er-Jahre-Sozialbauklotz mit vermüllten Treppenhäusern, in denen die Junkies bis zum nächsten Schuss dahindämmern. Aber auch schicke kleine Cafés, Teestuben und Galerien für die neue Kreuzberger Elite, die ringsum in schnieken Altbauwohnungen residiert.

Drei U-Bahn-Linien treffen hier zusammen, zwei in einem Hochbahnhof, eine unterirdisch. Dazwischen hausen die Obdachlosen.

„Kilometer-Jenny erzählt seit ein paar Tagen, dass sie an der Spree einen Mord gesehen hat", berichtete der Informant als Gegenleistung für eine Packung *Camel* und ein Sixpack.

Rocco verstand nicht: „Wer ist Kilometer-Jenny?"

„Sie lebt seit Jahren am Kotti", der Informant zog an seiner Zigarette, „gehört praktisch zum Inventar und ist so was wie die ungekrönte Königin hier. Früher zufriedene Durchschnittsbürgerin, geregeltes Einkommen, hat irgendwas mit Computern gemacht, Eigentumswohnung, beamteter Ehegatte. Bis der Herr Beamte sich als untreues Arschloch herausstellte. Enttäuschung, Trennung, Absturz, Krankheit, Rollstuhl. Mit dem fährt sie Tag für Tag durch die Gegend. Deswegen auch der Spitzname. Was willst du von ihr?"

„Gehört nicht zum Deal", beschied Rocco knapp, „wann kann ich sie treffen?"

Ein Zug an der Camel, ein Schluck aus der Bierdose: „Lass einen Zettel da, ich zeig dir ihre Matratze. Schreib einfach eine Uhrzeit und einen Treffpunkt auf, sie wird dann dort sein." Der Informant grinste: „Sprechstunde nur nach Vereinbarung."

Kapitel 32

Von der großen Stadt Berlin kannst du viel erwarten,
solltest nur kein Weichei sein, Berlin ist mit den Harten.
Robert Gernhardt, deutscher Schriftsteller und Zeichner

Müller II war etliches gewöhnt von seinem Chef. In letzter Zeit aber übertraf der sich selbst. Jetzt, um kurz vor zehn am Abend, ließ er sich nach Kreuzberg chauffieren. Mit einer Reisetasche, aus der er seine seltsamen Klamotten hervorholte. Den Hut, den Trenchcoat, die Sonnenbrille. Müller beobachtete im Rückspiegel die Verwandlung, soweit es der Verkehr zuließ. Perfekte Camouflage, er würde den Kanzler so wahrscheinlich nicht wiedererkennen.

Der ließ sich am Segitzdamm im Schutz der Bäume absetzen: „Parken Sie irgendwo, gönnen Sie sich einen Kaffee auf meine Kosten. Ich melde mich per Handy, sobald ich fertig bin."

Müller war diensteifrig auf dem Sprung, um dem Verkleidungskünstler die Tür zu öffnen.

„Lassen Sie bitte das mit der Tür. Das ist kein Staatsbesuch, wirklich nicht."

Müller blieb dienstbeflissen sitzen.

Er ließ den Kanzler aussteigen, der die Türe zuschubste, seinem Fahrer freundlich zuwinkte und mit hochgestelltem Kragen in der Dunkelheit verschwand.

Müller hätte sich noch mehr gewundert, hätte er gesehen, wer auf seinen Boss wartete. Ein Kerl mit Haarknoten und Western-Boots, der nicht gerade den Eindruck eines Heiligen machte.

„Hallo, Kanzler! Pünktlich wie ein Uhrmacher", lobte Rocco hemdsärmelig. „Dann gemma's an."

Vor dem orientalischen Imbiss wartete wie vereinbart Kilometer-Jenny in ihrem Rollstuhl. An dem altersschwachen Gefährt hingen zwei Plastiktüten mit Pfandflaschen, die sie unterwegs eingesammelt hatte. Jenny hatte eine feuerrote Mähne und ein nettes Gesicht. Aus dem schauten Augen heraus, die schon viel zu viel gesehen hatten. Trotzdem war sie fröhlich.

„Herrenbesuch, und gleich zwei Stück auf einmal!", stellte sie fest. „Mit wem habe ich die Ehre?"

„Ich bin Rocco, und das ist ein Freund von mir."

„Kommt mir irgendwie bekannt vor, der Herr Freund", grübelte Jenny, „den habe ich schon mal gesehen."

In Olaf stieg das ungute Gefühl hoch, seine Tarnung könnte gleich auffliegen.

Aber Jenny wechselte das Thema: „Ich schlage vor, wir bleiben an einem Tisch hier draußen. Ist netter und luftiger als drinnen." Die Bestellung schob sie gleich nach: „Ich nehme das Hähnchenschnitzel-Menü."

Rocco erbot sich, das Essen zu holen.

„Fleisch oder vegetarisch?", fragte er den Kanzler.

Olaf entschied sich sicherheitshalber für vegetarisch. Die Hähnchen, die es hier gab, hatten vermutlich nicht im Paradies gelebt.

Als Rocco im Imbiss verschwand, hatte Kilometer-Jenny die Erleuchtung: „Jetzt weiß ich es. Sie sehen aus wie Humphrey Bogart. Schade, dass meine Zeiten als Ingrid Bergman vorbei sind!“

Olaf wusste nicht so recht, wie er mit dieser Frau umgehen sollte. Sie war angenehm, schien klug zu sein, trug das Stigma der Gescheiterten mit Würde.

Als könne sie Olafs Gedanken lesen, sagte Jenny: „Sie fragen sich bestimmt, wie ich hier gelandet bin. Ganz einfach: dumm gelaufen. Von der gutbürgerlichen Eigentumswohnung mit Fußbodenheizung direkt ins zugige Freiluftquartier. Und selbst schuld bin ich auch. Hab meinem Mann zur Weihnachtsfeier in meine Firma mitgenommen. Da verknallt der sich prompt in eine Kollegin. Der Satansbraten lässt mich von heute auf morgen sitzen. Aus der Traum. Zwanzig Jahre Ehe wie weggeschmissen, mein ganzer schöner Lebensplan ein Haufen Altpapier. Einziger Trost: Das kann jedem passieren. Ihnen auch. Sie sind doch verheiratet, oder?“

Olaf bejahte.

Gleichzeitig stellte er sich eine Weihnachtsfeier im Willy-Brandt-Haus vor, bei der sich Britta in Hubertus Heil verliebte. Ein sehr unwahrscheinliches Szenario, stellte er zufrieden fest und grinste in sich hinein.

Dazu war er unendlich dankbar für seine Schnuff. Zwischen ihr und ihm, da passte kein Blatt dazwischen. Keine Weihnachtsfeier der Welt würde das je ändern. Liebe und Respekt, das war es, was sie füreinander empfanden.

Rocco riss ihn aus seinen Gedanken. Er war mit einem schwankenden Tablett an den Tisch getreten und verteilte die Spezialitäten des Hauses. Das panierte Hähnchenschnitzel bildete mit einer Dose Cola Jennys Menü, dazu hatte er noch zwei Teller Falafel angeschleppt.

„Vegetarisch", erklärte er und stellte jeweils eine Dose Pils dazu. „Auch vegetarisch. Meine Einladung übrigens!"

Olaf murmelte einen Dank, die Situation war skurril genug.

Jenny machte sich hungrig an ihr Hähnchen, der Kanzler kostete vorsichtig die Kichererbsenbällchen, die mit Reis und Hummus daherkamen. Gar nicht schlecht, stellte er fest.

„Warum sind wir eigentlich hier?"

Jenny wollte endlich wissen, wozu das Treffen gut sein sollte. Außer für ein Hähnchenschnitzel-Menü.

Rocco navigierte geschickt um die wahren Hintergründe herum und schoss schließlich die Frage aller Fragen ab: Was für einem Mord wollte Jenny beobachtet haben und vor allem, wann und wo.

„Ich *wollte* nicht, ich *habe* beobachtet", korrigierte Jenny eingeschnappt, „ich bilde mir nichts ein. Am Sonntag war's, da bin ich zur East Side Gallery. Dort liegt nachts einiges an Währung herum von den Touris. Währung heißt, zwei Flaschen sind ein Brötchen, ihr wisst schon. Nein, ihr wisst natürlich nicht."

Als Jenny weitersprach, zuckten auf der gegenüberliegenden Straßenseite bläuliche Lichtblitze auf. Kurz darauf ein paar Meter weiter wieder welche. Und noch einmal. Rocco fand nichts dabei – am Kotti wusste man nie –, Olaf bemerkte die Lichter gar nicht und Jenny war in ihr Menü und ihre Erzählung vertieft.

„Ich mache also meinen Job, da höre ich auf der anderen Seite der Mauer aufgeregte Stimmen. Also nicht in der Mühlenstraße, sondern auf der Seite zur Spree hin. Ich düse mit Vollgas ans Ende der Mauer und linse um die Ecke. Da sind zwei Figuren am Kämpfen. Genaues sehe ich nicht, sie sind zu weit weg von mir. Aber sie geraten immer näher ans Ufer. Eine Person schlägt auf die andere ein, sie fallen hin, stehen wieder auf, eine Frauenstimme schreit um Hilfe, die Hand schlägt weiter, die andere Person weicht zurück, knallt mit dem Kopf gegen ein Schild, taumelt und fällt ins Wasser. Das war exakt um elf Uhr dreizehn."

„Woher die genaue Uhrzeit?", wollte Olaf wissen.

Kilometer-Jenny schob den Ärmel ihres Pullis hoch und zeigte stolz eine sehr goldene Uhr mit einer sehr verdächtigen Herkunft.

„Echt falsche Daytona! Hat mir Rolex-Manni zu Weihnachten geschenkt. Er verkauft die Dinger an dämliche Touristen. Geht aber astrein."

Damit waren Jennys Kenntnisse erschöpft, ihr Hähnchenschnitzel verputzt. Rocco sammelte die Teller und Dosen ein und brachte sie zurück an den Tresen.

„Sie haben uns sehr geholfen", stellte Olaf fest, „ich würde mich gerne revanchieren. Brauchen Sie etwas? Haben Sie einen Wunsch? Kann ich helfen?"

„Nicht böse sein, aber ich helfe mir selbst", erwiderte Jenny. „Das Essen hat mir geschmeckt, das Reden hat mir gefallen. Und Sie haben mich ernst genommen. Das ist genug. Es gibt viele Wege zum Glück. Einer davon heißt, aufhören zu jammern."

Später beim Zubettgehen fragte Olaf seine Britta: „Kennst du das Kottbusser Tor?"

„Nur vom Hörensagen", antwortete Britta, „ich war noch nie da."

„Musst du auch nicht", meinte Olaf, „Gott sei Dank!"

Zwei Tage danach war am Kotti Highlife. Ein schwarzer Mercedes war aufgetaucht. Der Fahrer hatte Warmhaltekisten mit Hähnchenschnitzeln aus dem Kofferraum geholt samt Bergen von knusprigen Pommes. Dazu zwei Kartons Cola.

Die Obdachlosen von der U-Bahnstation feierten ein fröhliches Fest, und in der Bundestagskantine waren die Hähnchen alle.

Kapitel 33

Nur wer sein Ziel kennt, findet den Weg.
Laotse

Mit Tränen in den Augen stand er vor dem großen Bild. Er war zeit seines Lebens nie in einer Galerie gewesen. Er hatte nie erfahren, wie sehr ein Gemälde das Herz berühren kann, so als ob es nicht aus Farben, sondern aus den eigenen Gefühlen gemalt wäre.

Der Morgen hieß das Bild. Eine Frau mit bunten Flügeln hält einen Mann in ihren Armen und trägt ihn aus einem schwarzen Nichts zum Himmel empor ins Licht.

Das Bild an der Betonmauer der East Side Gallery war von seinem Schöpfer als Symbol für den Aufbruch gedacht, für die Zeit nach dem Mauerfall. Ein Symbol der Hoffnung. Auch für Rocco hätte es das sein können. Jetzt aber war es ein Symbol der *zerstörten* Hoffnung. Maja, sein geflügelter Engel, hatte ihn gerade in die Arme genommen, um mit ihm zum Horizont der Gefühle zu schweben und weit darüber hinaus, da war die federleichte Reise, Körper an Körper, Herz an Herz, auch schon vorbei. Brutal zerstört von jemandem, den er finden musste. An dem er sich rächen musste, weil er ihm den Engel genommen hatte, den blauen Himmel, den neuen Morgen an jedem Tag.

Rocco wischte mit dem Ärmel über seine Augen, eiste sich von dem Gemälde los und ging langsam, wie in einem schlechten Traum, auf die andere Seite der langen Mauer. Dorthin, wo es geschehen war.

Er suchte nach Spuren. Für sein Herz wäre es besser, er würde keine finden. Nichts, was in die Wunde fahren könnte wie ein Dolch. Für seine Rache aber *musste* er Spuren finden. Und das könnte durchaus möglich sein. Es waren milde Tage gewesen, seit es passiert war, kein Sturm, der alles verweht, kein Regen, der alles verwischt.

Nach ungezählten suchenden Schritten fand er tatsächlich eine Spur. Sie war grausam, denn sie war aus Blut gezeichnet. Direkt an der steinernen Uferkante zur Spree fand er die massive metallene Infotafel einer Spreeschifffahrt. An einer der scharfen Kanten war ein Blutfleck. Blut auch auf dem Asphalt genau darunter. Hier war sie wohl dagegen gestoßen und dann benommen oder schon bewusstlos ins Wasser gefallen.

Er sah noch einmal hin und noch einmal, kein Zweifel! Rocco wäre am liebsten weggelaufen wie ein Kind. Er, das Mannsbild, der harte Knochen, der Kerl, der sich schon in den brenzligsten Situationen behauptet hatte.

„Reiß dich zusammen!“

Er überwand sich und machte mit seinem Smartphone Fotos. Fotos von der Tafel, vom Asphalt. Fotos von getrocknetem Blut. Blut, das seine Maja am Leben gehalten hatte bis zur letzten fatalen Sekunde.

Dann rief er die Polizei an und hielt regungslos Wache.

Hauptkommissar Josef Wondratschek, heute mit knatschgrüner Fliege und ebensolchen Schuhen, fand endlich den Rapport über den Bauskandal auf seinem Schreibtisch. Die vom Hai in seiner Kolumne aufgespießte *Perfect Living Immobilien* hatte insgesamt dreiunddreißig Häuschenkäufer um ihr Geld und zur Verzweiflung gebracht.

Der Firmenchef hatte sich mit der ergaunerten Kohle in die Türkei abgesetzt. Auf wessen Rat auch immer, der Rat war dummes Zeug gewesen. Das Land am Bosporus gehört zwar nicht zur EU, ist aber Mitglied des Europarates und somit dem europäischen Auslieferungsabkommen verpflichtet. Sprich: Flucht umsonst, die deutsche Justiz bezahlt den Rückflug.

Der umfangreiche Prozess endete mit einer saftigen Haftstrafe für den Übeltäter. Das unterschlagene Geld blieb allerdings verschwunden, kein Cent mehr da für eine Entschädigung. Panama, die Cayman-Inseln, Macau, es gibt vielerlei Möglichkeiten, das Recht zu linken.

Die meisten betrogenen Käufer fanden sich mit der Situation ab, sie wollten ein Häuschen haben, jetzt hatten sie es und gaben es nicht mehr her. Zähneknirschend zahlten sie für die Sanierung oder ließen den Schrott, wie er war. My home is my castle.

Ein freiberuflicher Musiker, der nach einem One-Hit-Wonder gleich drei Häuser erworben hatte, um im Alter von den Mieten zu leben, hatte sich umgebracht. Die Witwe konnte die Zinsen für die Kredite nicht bedienen und musste Stütze beantragen. Die Häuschen gehören jetzt der Bank. Ein weiterer Käufer war eines natürlichen Todes gestorben, mehrere hatten die gammligen Hütten mit enormen Verlusten abgestoßen.

Wenn die Leute sauer waren, dann auf den Bauunternehmer, aber der hatte ja sein Fett weg. Er saß ein. Den Hai hatte niemand mehr im Visier, die unterschwellige Beeinflussung in seinem Artikel war längst verdrängt. Ein Einziger hatte sich per Leserbrief beschwert, worauf Imhoff solidarisch und mitfühlend erklärte, er habe nie Zweifel gehabt an der Glaubwürdigkeit des Unternehmers und sei pesönlich bitter enttäuscht über so viel Niedertracht.

Summa summarum eine eiskalte Spur. Die betrogenen Käufer waren entweder tot oder als gestrafte Einfaltspinsel noch am Leben, aber sie waren keine Mörder.

Joschi klappte den Aktendeckel zu, um Olaf zu informieren, da klingelte der gerade selbst durch.

„Servas, Olli, was gibt es Neues? Bei mir gibt's nix Neues beziehungsweise das Neue ist unbrauchbar. In Sachen Abzocke bei den Reihenhäusern hat sich kein Verdacht ergeben. Schade, aber Fakt."

„Dir fehlt eben ein Ermittler von meinem Kaliber", flachste Olaf und berichtete von seinem Ausflug an den Kreuzberger Hotspot.

Er erzählte von Roccos Hartnäckigkeit, die sie zum orientalischen Imbiss geführt hatte, wo die Falafel fast so gut schmeckten wie damals in Marrakesch, als Joschi und er in den Semesterferien nach Marokko getrampt waren.

„Ergebnis", verkündete er stolz, „Ergebnis ist der Tatort von Maja Tackes Ermordung. Kilometer-Jenny hat einen Kampf zwischen zwei Personen beobachtet, bei dem eine ins Wasser gestürzt ist. Sonntagnacht um exakt dreizehn nach elf. Auf Höhe der East Side Gallery."

Tausendschön kam in Joschis Büro gestürmt und fuchtelte mit den Händen.

„Jetzt nicht", blaffte der Kommissar.

„Jetzt doch", bockte Tausendschön, „wir haben den Tatort von der Wasserleiche!"

„Hab ich auch", konterte der Kommissar, „East Side Gallery."

„Das ist gemein", beschwerte sich die Assistentin, „wer hat Ihnen das gesteckt?"

„Ach, nur ein leidlich talentierter Amateur, der mir ab und zu Tipps gibt."

Prompt tönte es aus dem Telefon: „Das habe ich gehört."

Kapitel 34

Wo viel Gefühl ist, ist auch viel Leid.
Leonardo da Vinci

Die Nachrichten-App auf dem Handy hatte sich gemeldet. Sie brachte in einem kurzen Film die Erklärung des Mannes mit dem Priesterkragen. Ein Push, und die Vergangenheit war zurück. War mit einer unfassbaren Wucht zurück aus den tiefsten Winkeln der Gefühle, wo alles versteckt war, was sich vor langer Zeit ereignet hatte.

Damals hatte sie es gemocht, in der Kirche zu sein. Sie hatte die monumentale Geborgenheit gemocht, die Gotteshäuser ausstrahlen können, den Ruf der Glocken, die Rituale, die mächtige Orgelmusik, den betörenden Duft des Weihrauchs aus dem Orient.

Sie hatte die Stille gemocht. Ganz für sich zu sein auf einer der harten Holzbänke unter dem Himmel des Kirchgewölbes. Wo sie manchmal das Gefühl hatte, Gott zu hören und zu spüren.

Sie hatte die Gemeinschaft gemocht, die feierlichen Hochämter am Sonntag, den Teenagertreff am Mittwoch. Da waren Gleichgesinnte mit den gleichen Problemen, den gleichen Ängsten, den gleichen Sehnsüchten. Da war sie aufgefangen in den Armen von vielen.

In den Armen ihrer großen Liebe aber war sie nicht aufgefangen gewesen. Im Gegenteil, da war ihre Seele gestorben.

So eine Zeit hinter sich zu lassen, das kann man sich wünschen, aber man wird es nie schaffen. Gelebtes Unglück vergeht nicht. Es ist da für immer. Wie in der Büchse der Pandora. Wehe, sie wird geöffnet!

Der Leiter der Teenie-Gruppe war ein Kaplan gewesen. Ein sehr gut aussehender Kaplan. Immer super drauf, wenigstens nach außen, immer für jeden da. Viel schöner hätte sie es allerdings gefunden, er wäre nur für sie da gewesen. Sie wusste, dass sie Möglichkeiten hatte, das zu ändern. Sie spielte ihre Trumpfkarten aus, zeigte sich attraktiv, zeigte Interesse an dem, was ihm wichtig war.

Er fasste Vertrauen, sie genoss das. Die Gespräche zu zweit nach der offiziellen Gruppenstunde wurden immer länger, immer schöner, immer vertrauter. Nähe entstand, Zuneigung, Innigkeit.

Je weiter alles fortschritt, umso deutlicher ahnte sie seine Gewissensbisse, über die er nie sprach, wenigstens anfangs nicht. Er war kein Bischof, kein Kardinal, er war nur ein kleines Rädchen im großen Getriebe der allmächtigen Kirche. Auf sich gestellt, allein gelassen im Zölibat, sollte er Bruder sein, Freund, Hilfe und Stütze für die Menschen, die ihm anvertraut waren. Er, der selbst nach einer Stütze suchte. Er tat seine Pflicht, er meinte es gut, aber manches gelang einfach nicht.

Vor allem durfte nicht sein, was da zwischen ihnen wuchs und immer drängender wurde. Was nicht sein durfte und doch war. Sie wusste um seine seelische Not. Er hatte den irdischen Gefühlen abgeschworen, es gab nur eine Hingabe, die er leben durfte. Die zu Gott. Aber Gott war weit, sie war ihm näher, viel näher.

Noch näher kamen sie sich draußen am kleinen See, wo er eine Datscha hatte. Wo das kleine Boot vertäut lag, das *Forelle* hieß und das sie hie und da losmachten, um hinauszufahren, ganz weit weg vom festen Boden der Prinzipien.

Die Prinzipien hielten lange stand. Sie konnte förmlich hören, wie sie ihn anschrien: „Stopp! Nein! Lass es! Das Höllenfeuer wird dich verschlingen, die Strafe wird unerträglich sein, das Leid tausendmal schlimmer als eine unvollendete Versuchung!"

Aber er wollte es nicht hören. Das Verlangen war stärker als jede Drohung und stärker als jede Vernunft.

An einem heißen Sommernachmittag flogen sie aufeinander zu wie zwei weiße Schwäne mit ausgebreiteten Schwingen. Ausgehungert vom Alleinsein, bereit für den schönsten Tanz ihres Lebens. Es war, als würde Musik aufbrausen, um sie zu begleiten, eine Sinfonie der Erfüllung.

Wie im Rausch fielen sie einander in die Arme, und dann liebten sie sich. Bedingungslos, hemmungslos, schwerelos, beide zum ersten Mal in ihrem Leben.

Der Vulkan war ausgebrochen. Die Gefühle waren in den Himmel geschossen wie eine glühende Eruption von Millionen Sternen. Jetzt war Stille eingekehrt, die zwei Liebenden umfloss eine heiße Lava aus Befriedigung und Erschöpfung.

Ringsum war alles, wie es sich gehörte. Die Vögel schlugen mit ihren Schwingen, der See schlug mit seinen Wellen. Der altersschwache Steg knarzte leise, das Boot schaukelte an seinem Gängelband, die Wolken machten sich im Abendwind auf den Weg zur untergehenden Sonne.

Aber in seinem Herzen war nichts mehr, wie es sich gehörte. Das lang Ersehnte war eingetreten. Nein, nicht eingetreten, sie hatten es herbeigezwungen. Voller Lust und auch voller Unsicherheit vor dem, was es auslösen könnte.

Jetzt war seine Erregung einer federleichten Zufriedenheit gewichen, aber die Unsicherheit stellte Fragen, auf die er keine Antwort wusste.

Konnte es weitergehen?

Wenn ja, wie würde es weitergehen? Als lebenslange Geheimnistuerei oder als ehrliche, offen gelebte Liebe mit allen Konsequenzen?

Würde er die Soutane weghängen für immer?

Würde die Kraft der Gefühle reichen für immer?

Würde er verflucht sein oder gesegnet für immer?

Auch in ihrem Herzen war nichts mehr, wie es sich gehörte. Das lang Ersehnte war eingetreten. Nein, nicht eingetreten, sie hatten es herbeigezwungen. Voller Lust und auch voller Unsicherheit vor dem, was es auslösen könnte.

Jetzt war ihre Erregung einer federleichten Zufriedenheit gewichen, aus Unsicherheit war Überzeugung geworden. Es gab keine Fragen mehr, denn sie hatte die Antworten schon bekommen.

Würde es weitergehen? Ja!

Wie würde es weitergehen? Genau wie in ihren kühnsten Träumen! Als ehrliche, offen gelebte Liebe mit allen Konsequenzen!

Er würde die Soutane weghängen für immer.

Die Kraft der Gefühle würde reichen für immer.

Sie würden nie mehr verflucht sein, sondern gesegnet für immer.

Sie würden eine Wohnung finden, ein Nest für zwei, mit ausreichend Platz für später, wenn die Zweisamkeit Früchte tragen würde. Sie würden ein Paar sein wie so viele Paare. Nicht großartig, aber doch besonders. Ausersehen von Gott, seine weltumspannende Vision von Liebe zu leben.

Sie griff nach ihm.

„Alles wird gut“, sagte sie.

„Wir müssen los“, sagte er.

Kapitel 35

Bei leerem Magen sind alle Übel doppelt schwer.

Christoph Martin Wieland, deutscher Dichter

„Signora Ministra, Signore Cancelliere, che bello, wie schön, dass Sie uns beehren!"

Salvatore gab sich beglückt, als hätte er im Lotto gewonnen. Beflissen führte er Britta und Olaf zu ihrem Lieblingstisch ganz am Ende des Lokals.

„Completamente indisturbato, ganz ungestört", versicherte er. „Ich bringe Vino e Aqua wie immer und ein Pizza Pane. Empfehlen kann ich heute die Gnocchi erbe fini, feine Kräuter, mit Rosmarin, Salbei, Basilikum und Knoblauchöl in einer Zitronen-Sahnesoße. Molto delizioso!"

Sie waren einverstanden und Salvatore enteilte subito, um die Bestellung aufzugeben.

Endlich allein, tauschten sie sich aus, wie der Tag gewesen war. Es war ein wohltuendes Ritual. Jeder wusste vom anderen, was der getrieben hatte, was ihn genervt hatte, was gut gelaufen war. Und jeder spürte, der andere hört wirklich zu.

Dann skypten sie Joschi an.

Der saß noch in seinem Büro und gab sich freundlich neidisch: „Aha, die hohen Herrschaften schlemmen beim Italiener, und der Kriminalsklave darf arbeiten!"

Olaf korrigierte: „Das, mein Lieber, ist kein Schlemmen, das ist ein Arbeitsessen zur Aufklärung von ruchlosen Verbrechen. Nächstes Mal machen wir das bei uns zu Hause, und du bist eingeladen. Hoffentlich können wir dann die Lösung des Falles feiern."

Britta übernahm: „Jetzt aber bitte deine Neuigkeiten! Olaf hat mir erzählt, wo er sich mit diesem Rocco herumgetrieben hat. Kottbusser Tor, ich bin fast nach hinten gefallen! Sicherheitshalber hat er erst danach gebeichtet."

„Ich bin Kanzler *aller* Deutschen, egal ob sie am Starnberger See leben oder am Kotti!" Der Zwischenruf musste sein.

„Darf ich auch was sagen? Das wär äußerst zuvorkommend", ließ sich Joschi vernehmen, „ich hab nämlich Ergebnisse."

Er durfte offensichtlich, also fuhr er fort.

„Der Abgleich war positiv, die Blutspuren an der East Side Gallery stammen von Mata Hari. Der Tatort ist damit bestätigt. Die Zeitangabe dieser Jenny passt in die Spanne, die Herzinger angegeben hat. Wir haben sämtliche Taxizentralen angefragt, ob es im fraglichen Zeitraum Fahrten zur East Side Gallery gegeben hat. Es hat, aber der Fahrgast war das Opfer, nicht der Täter. Mata Hari hat mit Karte bezahlt, es ist also amtlich. Der Fahrer hat sie abgesetzt, er sollte nicht warten, deshalb ist er weiter zum nächsten Taxistand. Nachts in der Mühlenstraße findet man keine Fahrgäste. Wir haben Kilometer-Jenny noch einmal ausgequetscht. Sie hat das Taxi gesehen, aber nicht weiter drauf geachtet. Ein weiteres Auto, ein mögliches Täterfahrzeug, sei nicht vorbeigekommen, sagt sie aus."

„Wir wissen also mehr, aber nicht *viel* mehr", fasste Britta zusammen.

„Der Tod der Mata Hari muss ja auch nicht unbedingt mit dem Tod des Hais zusammenhängen", ergänzte Olaf.

„So ist es in der Tat", stimmte Joschi zu, „ich werde die Dame und ihr Leben noch einmal genauestens durchleuchten. Und zwar höchstpersönlich. Aber erst morgen. Jetzt hab ich nämlich Hunger!"

Joschi hatte wohl auf seinem Bildschirm gesehen, wie Salvatore die Gnocchi servierte. Und wenn der Herr Wondratschek Hunger hatte, konvenierte ihm das gar nicht, wie der Wiener sagt. Aber das wurde ja schon erörtert.

Das Essen war leicht und köstlich gewesen. Olaf und Britta spazierten die paar Schritte durch die Dunkelheit nach Hause und klingelten bei der Gräfin, um Schröder auszulösen. Gegen eine Portion Tiramisu von Salvatore, das die Nachbarin liebte. Natürlich mit Panna, also Schlagsahne. Eine süße Bestechung, die einem harmonischen Zusammenleben äußerst dienlich war.

Schröder lag im Wohnzimmer auf dem Täbris-Teppich vor dem Fernseher und guckte fasziniert *Ein Hund namens Beethoven*. Er war ganz wild auf den Streifen, weshalb Britta extra bei Tchibo einen DVD-Player im Angebot besorgt hatte. Der stand nun bei der alten Dame auf einem Häkeldeckchen und diente der cineastischen Befriedigung des Kanzler-Kläffers.

„Vorhin haben wir die Lokalnachrichten angeschaut", ließ die Gräfin in wichtigem Tonfall wissen, „diese Zeitungsreporterin ist ermordet aufgefunden worden. Sie wissen schon, die damals hier herumgeschlichen ist und den unsäglichen Artikel geschrieben hat. Jetzt hat sie ihre Strafe!"

„Na ja", meinte Olaf, „so ein harmloses Artikelchen ist mit Sicherheit kein Mordmotiv. Außerdem wäre dann ja *ich* verdächtig. Aber das trauen Sie mir doch nicht zu, oder?"

Die alte Dame wandte ihren Blick kurz zu Britta und lächelte: „Ihre Frau ist viel zu klug und sensibel, um einen schlechten Menschen zu heiraten. Sie haben also das beste Alibi, das Sie sich wünschen können."

Olaf war geschmeichelt: Schon wieder Klassenbester!

Kapitel 36

Sagen Sie mir, warum erntet man Kummer,
wenn man Liebe sät?
Heinrich Heine

Überall in den Gängen zwischen den gläsernen Großraumbüros standen Displays mit alten und neuen Ausgaben der *Herzenspost.* Die Blätter kündeten in schreienden Farben vom Freud und Leid der Königshäuser, der Schlagerstars, der Film- und Fernsehpromis: „Überraschende Glücksnachricht", „Traurige Tage im Palast", „Sensationeller Liebes-Geheimplan", „Hurra, ein Stammhalter", „Gemeiner Verrat" et cetera pp.

Dazu Fotos von gekrönten Häuptern, tatsächlichen und selbst ernannten Superstars, nicht zu vergessen die unvermeidliche traurig dreinschauende Gattin des Monaco-Fürsten: „Tapfer trägt sie ihre Last!"

Hauptkommissar Josef Wondratschek war erschlagen von so viel wahrem Leben, da konnte er mit seinen paar Morden im Jahr kaum mithalten. Aber was soll's, aufgeklärt werden musste trotzdem. Also folgte er dem Chefredakteur in dessen

Büro, um sich in Sachen Maja Tacke alias Mata Hari tiefgründig schlauzumachen.

Welche Schlagzeile würde wohl dabei herauskommen? „Gewissenloser Mord an einer Wahrheitssuchenden“ oder „Die Neugier trieb sie in den Tod“?

Der Chefredakteur namens Grossmann war, ganz anders als sein Blatt, ein stylisher Typ in Polohemd und Chinos. Der glaubte garantiert keine Silbe von dem, was er verantwortete, aber irgendwie muss man ja Karriere machen.

„Sie hat hier im Haus mit einem Ferienjob angefangen“, erinnerte er sich, „Konkurrenzblätter durchforsten, Zuliefern von Informationen, so Sachen halt. Dann wurde die Redakteurin krank, die das Horoskop betreut hat. Maja ist eingesprungen und war als Ersatz besser als das Original. Horoskope sind eine knifflige Angelegenheit. Sie werden nicht gelesen, weil sie gebraucht werden, sondern weil sie da sind, Neugier hervorrufen und Befriedigung erzeugen. Die Leser freuen sich, wenn sie sich selbst erkennen. Da muss alles stimmen. Die Situation muss so allgemein sein, dass sie jeden betreffen kann. Dazu ein optimistischer oder leise mahnender Tipp, und alles ist im Lack.

Beispiel: ‚Wieder einmal will jemand klüger sein als Sie. Lassen Sie sich nicht beirren, am Ende werden Sie garantiert die Nase vorn haben.‘ Sagt wenig, hebt die Stimmung, Kundschaft zufrieden. Das Pippi-Langstrumpf-Prinzip: *Mach dir deine Welt so, wie sie dir gefällt!* Maja hatte das perfekt drauf. Sie konnte quasi in die Menschen hineinschreiben.

Angesichts dieses Talents lag es für uns auf der Hand, einen Kummerkasten ins Blatt zu heben: *Frag Maja*. Leser haben ein Problem, Maja hilft.

Das Ding ging ab wie eine Rakete. Wie im letzten Jahrtausend Dr. Sommer in der Bravo. Wir sind in Zuschriften beinahe erstickt.

Majas Meisterstück war die Geliebte des Priesters. Die Story war ein Dauerbrenner. Geheimnisvolle junge Frau liebt einen Priester und hat ein schlechtes Gewissen. Maja stellte sich unmissverständlich auf die Seite der Frau, sprach ihr das Recht zu, zu lieben, wen sie will. Entgegen allen verknöcherten Ansichten, die das Gegenteil von Liebe fordern, nämlich Unterwerfung, das Zerbrechen eines Menschen."

Joschi war erstaunt. Der Chefredakteur der Kitschpostille schien klüger zu sein, als seine Stellung vermuten ließ. Wahrscheinlich musste er das auch. Wenn du nichts weißt, kannst du niemandem etwas weismachen.

Grossmann hatte sich in Fahrt geredet: „Maja zog alle Register, zitierte die Bibel: ›*Wer nicht liebt, der kennt Gott nicht. Denn Gott ist Liebe.*‹ Und aus dem ersten Korintherbrief: ›*Alle eure Dinge lasst in Liebe geschehen!*‹

Die Kirche reagierte empört, goss literweise Öl ins Feuer, sehr zum Wohle der Auflage, die Geschichte lief von Woche zu Woche besser."

Bei Joschi klingelten die Alarmglocken. Da war was! Da war eine Verbindung zur Kolumne, die Maja vom Hai übernommen hatte. Eine Verbindung zu ihrem ersten Artikel von den „Grapschern im Talar".

„Wissen Sie, wer die Briefschreiberin war?", fragte der Kommissar nach.

Grossmann verneinte: „Das läuft grundsätzlich anonym, sonst würden sich die Leute ja nicht anvertrauen."

„Haben Sie noch Unterlagen?"

„Wir haben natürlich alle Ausgaben archiviert, digital und als Print. Mehr heben wir nicht auf. Vielleicht hat Maja selbst irgendetwas behalten, aber das entzieht sich meiner Kenntnis."

Wäre auch zu schön gewesen.

Der Chefredakteur fuhr fort mit seinen Lobeshymnen. Dass sich Maja, längst fest angestellt, zur Allzweckwaffe entwickelte und auch noch die drögeste Presseerklärung in einen herzzerreißenden Aufmacher umbiegen konnte. Die Storys liefen wie geschnitten Brot.

„Leider ließ sich dann der Imhoff umbringen, und Maja krallte sich die vakante Kolumne. Schön für sie, schlecht für die *Herzenspost*. Shit happens!"

„Wie würden Sie Maja Tacke als Journalistin charakterisieren?", fragte Joschi abschließend.

„Sie war eine Jägerin, ehrgeizig, erfolgshungrig. Und sie war ein Chamäleon. Ihre Worte konnten samtig wie Sirup sein oder bedrohlich wie ein scharfes Messer. Vielleicht musste sie deswegen auch sterben. Wer weiß?"

Kapitel 37

Ich glaube nicht an Horoskope. Ich bin Schütze,
und wir Schützen sind Skeptiker.

Arthur C. Clarke, britischer Physiker und
Drehbuchautor von „Odyssee im Weltraum“

Als Olaf an diesem Morgen der Kanzlerlimousine entstieg, empfing ihn strahlender Sonnenschein. Der Waschmaschinenbau schimmerte in makellosem Weiß, der Rasen grünte so grün wie bei *My Fair Lady*. Das Gras war zudem perfekt geschnitten. Jedes Hälmchen exakt getrimmt auf maximal fünf Zentimeter, so wie es im Vertrag mit dem Gartenbaubetrieb stand. Ordnung muss sein, dem Staat wächst eh schon genug über den Kopf.

Fröhlich marschierte der Regierungschef in seine heiligen Hallen, da erschien auch schon Jeanette mit dem Starter-Espresso und sorgenvoller Miene: „Der ChefBK bittet zum Kickern.“

Oh je, das bedeutete Stress. Erstens, weil Olaf meistens verlor, zweitens, weil Wolfi Schmidt, Chef des Bundeskanzleramtes, mit der Kickerei versuchte, unangenehme Besprechungen aufzulockern. Aber der Kanzler war heute gut drauf und begab sich federnden Schrittes in den Kampf.

Hobby-Tischfußballer Wolfgang Schmidt wartete schon an seinem Kickertisch. Als bedingungsloser Fan des 1. FC St. Pauli hatte er die ehemals rot-weißen Spielfiguren auf der einen Seite eigenhändig auf Braun-Weiß umlackiert. Seltsame Vereinsfarben. Man vermutet heute, dass 1910 alle attraktiven Farbkombinationen bereits vergeben waren. Die blau-weißen Holzkicker auf der gegnerischen Seite hatte Schmidt hinterhältig so gelassen, wie sie waren. Schließlich waren es die Farben des Erzgegners HSV. Als Ex-Oberbürgermeister kannte sich Olaf mit den Rivalitäten in der Hamburger Sportszene bestens aus.

Der Anstoß wurde ausgelost: „Kopf oder Zahl?" Olaf gewann und versenkte prompt nach wenigen Sekunden die Kugel zum ersten Treffer. Schien sein Tag zu werden heute. Der FC St. Pauli sollte sich vorsehen. Und der Söder und der Merz und der Putin und überhaupt alle erst recht!

Als Wolfi aber zum Problem kam, war es nicht mehr so der Tag des Kanzlers: „Wir müssen die Fotosession wiederholen. Für die Homepage, du weißt schon!"

Blöd, aber zu verkraften. Olaf hatte dennoch keine Lust: „Was ist der Grund, wenn ich fragen darf? Ich hab doch alles mitgemacht und ständig staatsmännisch geguckt."

„Frag lieber, *wer* der Grund ist. Es ist Teletubbie."

Teletubbie war ein freiberuflicher Pressefotograf von rundlicher Bauart. Deswegen und wegen des Teleobjektivs ein treffsicherer Spitzname.

„Wir müssen einen Deal mit ihm machen. Er kriegt die neue Session und vergisst dafür die peinlichen Fotos, die er von dir hat."

„Von mir gibt es keine peinlichen Fotos.“

Wolfi versenkte bereits seinen vierten Treffer und erklärte trocken: „Doch, die gibt es! Liegen auf meinem Schreibtisch. Der Kanzler der Bundesrepublik Deutschland vor einem Asia-Imbiss am Kottbusser Tor. Verkleidet mit Trenchcoat, Sonnenbrille und Hut. Tut, als wäre er Bogart, fehlt nur noch die Fluppe. Bei entsprechendem Zoom ist er trotz Verkleidung eindeutig zu erkennen. Und er befindet sich in seltsamer Gesellschaft: eine rothaarige Rollstuhlfahrerin mit einer Menge Plastiktüten an ihrem Gefährt und ein Cowboy-Verschnitt mit massivem Silberschmuck und einem silbergrauen Haarzopf. Die drei scheinen sich zum Essen getroffen zu haben. Die rothaarige Lady erzählt, die ehrenwerten Herren hören fasziniert zu. Ich vermute zu wissen, was da abgeht, aber wie bitte soll ich das deinen Wählern erklären?“

Die Kugel flitzte klackernd hin und her, Olaf kassierte einen Treffer nach dem anderen, geriet hoffnungslos auf die Verliererstraße und in Erklärungsnotstand: „Ich vermute, du vermutest richtig, und den Wählern kann man das echt nicht plausibel machen. Also soll Teletubbie halt noch eine Session fotografieren, und ich werde gnadenlos staatsmännisch gucken. Gebongt?“

„Gebongt!“

Wolfi peilte ein letztes Mal den richtigen Winkel. Peng – der Schuss saß.

„10:3, Kanzler, und danke für dein Einverständnis!“

Olaf war entlassen.

Zurück in seinem Büro schmiss Joschi den Rechner an, gab „Horoskop“ ein und ein Geburtsdatum. Er klickte sich durch etliche Treffer und kopierte schließlich grinsend eines der Ergebnisse heraus.

Dann rief er bei Olaf an. Der knabberte immer noch an seiner sportlichen Niederlage und an der Tatsache, dass er in flagranti erwischt worden war. Was Tarnung und detektivische Feinheiten anging, musste er noch heftig an sich arbeiten. Für den Moment war er froh um die Ablenkung. Er tat, als wäre nichts gewesen, und wollte wissen, was los sei.

„Aus rein beruflichen Gründen bin ich gerade auf das Thema Horoskope gestoßen", fing der Kommissar an, „und da will ich dir eine Information nicht vorenthalten. Aus deinem Horoskop für heute. Da steht: *Beruflich geht es stetig bergauf, und Sie spüren, dass Sie noch nicht am Zenit aller Möglichkeiten angekommen sind. Machen Sie weiter so, denn die Chancen, auf der Karriereleiter noch weiter nach oben zu klettern, stehen gut.*"

„Das freut mich", kommentierte der Kanzler, „aber dem Steinmeier sag ich das besser nicht. Und jetzt raus mit der Sprache, weshalb rufst du wirklich an?"

Der Hauptkommissar berichtete von seinem Gespräch mit dem Zeitungsmenschen und dass der Tod der Mata Hari durchaus mit den Kirchengerüchten zu tun haben könnte.

„Dann kommen wir möglicherweise doch weiter", freute sich Olaf. „Übrigens, ich glaube nicht an Horoskope. Der Geburtstag allein kann es nicht sein, der einen Menschen bestimmt. Ich bin schließlich am 14. Juni geboren. Und Donald Trump auch!"

Kapitel 38

Ein Geschenk ist genauso viel wert wie die Liebe,
mit der es ausgesucht worden ist.
Thyde Monnier, französische Schriftstellerin

Jeanette stand in der Türe und präsentierte ein Päckchen, das in grünes Geschenkpapier gewickelt war, säuberlich verschnürt.

„Das hat gerade ein Bote vom Außenministerium gebracht. Für Sie persönlich. Ich habe es sicherheitstechnisch checken lassen, man weiß ja nie. Alles in Ordnung."

„Dass mir die Baerbock eine Bombe schickt, ist ja auch äußerst unwahrscheinlich. Legen Sie das Päckchen bitte auf den Besprechungstisch."

Olaf tat uninteressiert, war aber in Wahrheit schwer neugierig, was für Geschenke die Außenministerin so auf Lager hatte.

Als Jeanette wieder in ihrem Vorzimmer verschwunden war, ging er gleich hinüber zur Sitzgruppe, ließ sich in einen der cremeweißen Sessel fallen und packte sorgfältig aus. Geschenkpapier kann man ja wiederverwenden, selbst wenn es grün ist.

Aus dem Papier schälte sich eine leicht zerknautschte Playmobil-Schachtel, darin fanden sich zwei Zettel, ein Kauknochen, eine Schachtel mit bunter Kreide und ein weiß-grau marmorierter Stein. Zweifellos ein sehr schöner Stein, liebevoll ausgesucht.

Auf dem ersten Zettel stand eine Botschaft: „Hallo, Onkel Olaf! Vielen Dank für den spitzenmäßigen Tag, wir denken noch immer daran. Der Knochen ist für Schröder, alles andere ist für dich. Auf dem Plan findest du die Vorlage, wie du *Himmel und Hölle* zeichnen musst. Mama hat gesagt, du hast ein großes Büro. Die Farbe von der Kreide kannst du dir aussuchen. Den Stein haben wir bei einem Ausflug gefunden. Viel Spaß, deine Baerböckchen!"

Total süß von den Gören! Olaf war gerührt. Allerdings: Ein „Himmel und Hölle"-Feld auf der feinen Auslegeware im Kanzlerbüro war schon eine gewagte Idee!

Unwillkürlich stellte er sich Angela Merkel vor. Die Rauten-Kanzlerin im vergissmeinnicht-blauen Hosenanzug auf einem Bein hüpfend! Ein berauschender Gedanke.

Oder Helmut Kohl!

Bei Schröder wäre es eher denkbar gewesen, aber der war ja Hobbyfußballer und hätte wahrscheinlich eine Fernsehtorwand im Büro aufgestellt. Beträchtlicher Sachschaden am Mobiliar inklusive.

Er griff zum Telefon: „Jeanette, bitte finden Sie heraus, ob man Kreide aus einem Teppichboden wieder entfernen kann."

Falls ja, wäre es doch noch sein Tag geworden.

Kapitel 39

Die höchsten Kilometerkosten von allen Wagentypen hat immer noch ein Einkaufswagen im Supermarkt.

Lothar Schmidt, deutscher Politikwissenschaftler

Der neue Supermarkt hatte Britta gleich gefallen. Modern, weitläufig, wenn auch vom Design an mancher Stelle übertrieben. Über dem Obst ein Arrangement aus funkelnden Kronleuchtern in einem Dickicht von künstlichen Hängepflanzen. Die pure Übertreibung, sah aber opulent aus, kein Grund zu meckern. Hier konnte sie gut Kunde sein und in Ruhe aussuchen, schließlich war sie für die Besorgungen zuständig. Olaf war für solche Dinge die Fehlbesetzung schlechthin, er würde unter Garantie das Falsche mitbringen und das Nötige vergessen. Glücklicherweise lehnte er es ohnehin ab, umringt von den Personenschützern, einen Einkaufswagen zwischen Sonderangeboten hindurchzubugsieren, so wie seine Vorgängerin das zelebriert hatte.

Angela Merkel war regelmäßig in einem *Hit*-Markt nahe dem Brandenburger Tor aufgekreuzt. Seither weiß die Welt, dass eine Kanzlerin nebst Klopapier auch *Sebamed*-Duschgel braucht und Wein vom Gut Ricossa aus dem Piemont. Die Einkaufstüten trug sie selbst, nicht etwa ein Personenschützer. Die sollten einfach nur aufpassen. Leichter gesagt als getan. Als Angie bereits in Rente und von Olaf abgelöst worden war, hatte ein Dieb ihr im Supermarkt das Portemonnaie gezogen. Samt Personalausweis, EC-Karte, Führerschein und Bargeld. Der Personenschützer vom BKA, der sie auch im Ruhestand begleitete, hatte nichts mitgekriegt.

Britta hatte ihre Geldbörse noch, legte den Einkauf auf das Band, zahlte und marschierte zum Packtisch, um alles zu verstauen.

Dabei fiel ihr Blick auf das Schwarze Brett mit den unterschiedlichsten Gesuchen und Angeboten. In jüngster Zeit gab es vermehrt Gebrauchtes zu verkaufen, stellte sie fest, die Menschen nutzten alle Möglichkeiten, an Geld zu kommen.

Dann fiel ihr eine Stellenanzeige ins Auge: *Putzfrau gesucht. Bewerbungen an jimhoff@potsmail.com.* Britta war elektrisiert. Jimhoff, das konnte nur Jasmin Imhoff sein, das Mausi, die Witwe des Hais. Da bot sich doch eine prima Gelegenheit, um in Ollis Fall an weitere Informationen zu kommen. Ob etwas dabei rumkam, stand zwar in den Sternen, aber einen Versuch war es wert. Ihr war auch schon klar, welche Reinigungsfachkraft für die heikle Mission infrage käme.

Sie riss einen der Infozettel ab und verließ mit ihren SPD-roten, ökologischen Tragetaschen fröhlich den Laden.

Kapitel 40

Wenn du etwas gesagt haben willst, frage einen Mann.
Wenn du etwas erledigt haben willst, frage eine Frau.
Margaret Thatcher

Vor Agnes' Bäckerei-Café hatten schon die unterschiedlichsten Vehikel gestanden. Lindners Porsche, Habecks Lastenfahrrad, aber noch nie eine gelbe Vespa.

Britta hatte bei Olaf angerufen, um von ihrer Idee zu erzählen, aber er war unabkömmlich. Ein Rückruf wäre nicht nötig, hatte sie Jeanette erklärt.

Die Nummern der bunten Ermittler-Truppe hatte er zum Glück akkurat auf einem Zettel notiert, der zu Hause neben dem abhörsicheren Telefon lag, also hatte sie Mizzi einfach angerufen. Die war hin und weg von ihrer Wichtigkeit und sofort losgedüst.

Da saßen sie nun in den blau gepolsterten Stühlen, vor sich auf dem dunklen Tischchen den besten Käsekuchen von ganz Potsdam. Dazu Cappuccino. Köstlich!

„Mit ihrem Hoteljob sind Sie eindeutig vom Fach", erklärte Britta, „also haben Sie die Stelle quasi schon in der Tasche. Halten Sie einfach Augen und Ohren offen, reden Sie mit der Frau, machen Sie sich ein Bild von ihr, finden Sie möglichst viel über sie und den Hai heraus, aber tun Sie nichts Ungesetzliches!"

Mizzi spielte die empörte Unschuld: „Falls überhaupt ungesetzlich, dann ist mein Bruder dafür zuständig, aber *ich* doch nicht! Ich mach nix Schlimmes, ich tu nix Verbotenes, ich lass mich nicht erwischen. Und Sie wissen einfach von nix. Sie können sich voll und ganz auf mich verlassen, gnädige Frau!"

Britta hob abwehrend die Hand: „Bitte lassen Sie die *gnädige* weg! Frau Britta genügt."

„Gerne, gnädige Frau!"

Die gelbe Vespa machte sich gut vor der roten Fassade, fand Mizzi. Sie schaute sich um. Ein ganzes Puppenhausviertel mitten in einer Stadt! Die Mauern aus Ziegeln erbaut und unverputzt, die Dächer mit Giebeln geziert, runde, geschwungene, dreieckige Giebel. Entzückende Sprossenfenster, die Eingangstüren mal verschnörkelt, mal schlicht. Kein Haus glich dem anderen, dennoch bildeten sie ein perfektes Ensemble. Die Straßen mit buckligen Steinen gepflastert, gesäumt von altmodisch geformten Laternen. Hier würde sie auch ohne Geheimauftrag arbeiten, stellte Mizzi überwältigt fest.

Aber erst einmal undercover anfangen!

Gerade wollte sie klingeln, da öffnete sich die Eingangstür und eine ältere Frau kam heraus. Bieder, harmlos, nichtssagend. Sie ging grußlos davon.

„Sie hören von mir", rief ihr eine Frauenstimme aus dem Inneren hinterher.

„Oh je", dachte Mizzi, „*Sie hören von mir* ist die Standard-Absage schlechthin."

Was im Umkehrschluss bedeutete, sie selbst hatte noch alle Chancen. Also auf in den Kampf!

Sie drückte die Klingel, und die Herrin des Hauses kam den schmalen Puppenstubenflur entlang nach vorne.

Die Imhoff war genau so, wie Mizzi sich eine Jasmin vorgestellt hatte. Zierliche Figur, glattes blondes Haar, das zu einem frech wippenden Pferdeschwanz zusammengebunden war. Blaue Augen blitzten hell aus dem blassen Teint. Jasmin war dezent geschminkt, der Lippenstift unauffällig rosa. Eine grobe Altersschätzung ergab 40 plus ein bisschen. Jasmin trug – ganz Künstlerin – einen weißen Overall mit bunten Farbklecksen.

„Guten Tag, ich bin die Mizzi", sagte die Mizzi, „ich habe mich bei Ihnen beworben, und da bin ich. Schön haben Sie es hier, diese Häuschen sind ein Traum."

„Der Traum eines Preußenkönigs", pflichtete Jasmin bei, „Friedrich Wilhelm hat die Siedlung bauen lassen. Vor fast 300 Jahren. Er war ein Oranje-Fan, deswegen ist hier alles im holländischen Stil, auch innen", erklärte Jasmin und zeigte auf die Backsteinwände des Flurs. „Ursprünglich sollten holländische Handwerker angelockt werden, aber es kamen zu wenige. So haben sich auch Kaufleute, Soldaten und Künstler hier angesiedelt."

„Künstler so wie Sie", schmeichelte Mizzi gekonnt, „Sie sind doch Malerin, oder?"

Als Undercover-Reinigungsfrau gab sie sich routiniert ahnungslos, obwohl sie schon etliches über ihre Chefin in spe wusste.

„Malerin, nein. Eine Gabriele Münter war Malerin oder Frida Kahlo, ich bin bloß Gebrauchsgrafikerin", wehrte Jasmin ab, „ich illustriere Kinderbücher."

„Ach wie schön", befand Mizzi und fügte ganz ehrlich hinzu: „Wissen Sie, ich hätte als Kind auch gerne Bücher gehabt, aber das war bei uns nicht üblich. Die Straße musste reichen. Wir mussten mit Händen und Füßen fürs Leben lernen statt mit Worten und Bildern."

Jasmin nickte verständnisvoll, und es war, als fiele ein Schatten vor ihre Augen: „Jeder trägt ein Päckchen aus der Jugend mit sich herum."

Sie straffte sich: „Aber jetzt zeige ich Ihnen das Haus und mein Atelier. Kaffee habe ich auch. Einverstanden?"

„Mit Vergnügen, gnädige Frau!"

Hier stieß die *gnädige* auf keinen Widerstand. Mizzis Anstellung offensichtlich auch nicht. Volltreffer!

Als Olaf dann doch noch zurückrief und über Mizzis neue Mission bereits Bescheid wusste, war Britta erstaunt: „Woher hast du das?"

„Joschi hat es mir gerade gesagt."

„Und woher weiß *der* das?"

„Von Mizzi höchstpersönlich. Verdächtig kurze Wege bei den beiden, ich hab's doch geahnt!"

Britta erinnerte sich. Olaf hatte kürzlich angedeutet, zwischen Mizzi und dem Kriminaler könnte mehr sein als zwischen einem Gast, der Veltliner bestellt, und einer Kellnerin, die ihn bringt.

Joschi, der bundesdeutsche Fahnder mit dem Faible für Österreich, der unwiderstehliche Charmeur, und Maria Lahnsteiner, das Mädel aus einem Wiener Glasscherbenviertel, heute eine attraktive Frau mit einer erfrischenden Schlauheit und einem großen Herzen. Warum nicht?

„Könnte sein, dass du recht hast, Ollibär. Jetzt bist du auch noch Ermittler in Sachen Liebe. Das ist ja eine ganz neue Seite an dir, Respekt!“

Kapitel 41

Das Leben ist nicht fair.
Herbert Grönemeyer

Ihre Träume waren wie ein Tor zu einer neuen Welt gewesen. Sie hatte sich vorgestellt, es aufzustoßen und draußen läge in strahlendem Licht eine beglückende Zukunft. Hand in Hand würden sie durch das Tor der Erfüllung gehen, in ein Paradies, und nie wieder zurück hinter die engen Mauern des Zweifels.

Die Zweifel aber kamen. Mit jedem Versuch, ihn zu sprechen, bei dem seine Mailbox ihr die kalte Schulter zeigte: „Der Teilnehmer ist zurzeit nicht erreichbar, wird aber per SMS über Ihren Anruf informiert."

Die Zweifel kamen mit jedem „Heute geht es wirklich nicht, tut mir leid, ich melde mich morgen".

Die Zweifel kamen mit jedem neuen Tag, an dem das Tor zum Glück nicht aufging.

Vielleicht brauchte er mehr Zeit, um seinen Lebensplan auf den Kopf stellen zu können? Vielleicht war sie zu ungeduldig, wollte alles zu schnell? Vielleicht war er aber auch zu mutlos oder gar zu feige, um zur Liebe zu stehen? Um das zu vollenden, was er mit ihr angefangen hatte in der Abgeschiedenheit des kleinen Bootshauses draußen am See.

Oder war Gott ein Egoist, der seinen Diener nicht hergeben wollte? Gott wohl nicht, die Kirche schon eher.

Hatte er sich jemandem anvertraut? Der ihm abriet, den fast übermenschlich großen Schritt zu wagen? Ein Priesterkollege vielleicht? Der Gemeindepfarrer?

In der Mädchengruppe war alles wie immer. Manches Mal war auch nach der Gruppe alles wie immer. Sie fuhren weiterhin an den See mit den Wasserrosen und dem schaukelnden Boot. Die Wolken dort zogen weiterhin unbeirrt zur Abendsonne, und sie liebten sich mit wilder Gier. Aber sie waren zwei Seelen geblieben, anstatt zu einer zu verschmelzen.

Das Tor zur neuen Welt, es hatte sich noch nicht geöffnet. Es blieb ihr nur, zu hoffen oder ein anderes Tor aufzustoßen.

Oder …

Rocco kannte genügend Leute, die ihr Leben selbst ruinierten. All die Zocker, die ihre Kohle und ihre Beziehung aufs Spiel setzten für den Kick. Wenn es schiefging, war das zwar komplett beschissen, aber korrekt.

Er hatte nichts aufs Spiel gesetzt, er hatte alle seine Gefühle, das größte Bündel an Gefühlen in seinem Leben, auf Maja gesetzt. Aber das Schicksal hatte ihn ausgeknockt, das war *nicht* korrekt.

Jetzt musste er die Wohnung auflösen, die sein künftiges Zuhause hätte sein sollen. Mizzi hatte angeboten, ihm zu helfen, aber da wollte er allein durch.

Die Polizei hatte längst den letzten Winkel durchforstet, jedoch nichts Hilfreiches für ihre Ermittlungen gefunden.

Auch nicht korrekt vom Leben. Ein Opfer musste alles preisgeben, die Vergangenheit, die Gegenwart, musste andere in seinen Kleidern, seinen Schränken, seinen Briefen wühlen lassen, damit herausgefunden werden konnte, warum es ein Opfer geworden war.

Zeit für Roccos Überlebensmotto: „Reiß dich zusammen!“

Er packte alle Anziehsachen von Maja in die Umzugskartons, die er mitgebracht hatte. Die obdachlosen Frauen im Kreuzberger Kiez würden garantiert etwas damit anfangen können. Und wenn sie die Klamotten für eine warme Mahlzeit verscherbelten. Maja war bestimmt einverstanden.

Er schaute das Pärchenfoto an, das sie auf ihrem Nachttisch aufgestellt hatte. Sie zwinkerte ihm bejahend zu, das hatte er genau gesehen!

Die beruflichen Unterlagen aus dem Schreibtisch und den Rechner würde er behalten, einfach aus Sentimentalität. Den ganzen Rest, die Aktenordner mit der Buchhaltung, die Stromrechnungen und den sonstigen Verwaltungskram sollte die Entrümpelungsfirma mitnehmen und mit den Möbeln auf Nimmerwiedersehen entsorgen. Der Tod macht so vieles entbehrlich.

Blieb noch die Bücherwand. Nicht wirklich sein Ding, so etwas. Als Kind hätte er gerne Bücher gehabt. Aber das war in seinem Milieu nicht üblich. Die Straße musste reichen. Mizzi und er mussten mit Händen und Füßen fürs Leben lernen statt mit Worten und Bildern.

Rocco musterte die beeindruckende Batterie aus aufgeschriebenem Wissen, Fantasie und Poesie. Ein klassisches zwanzigbändiges Konversationslexikon mit Lederrücken. Wörterbücher, Ratgeber für alle Lebenslagen, die man für Horoskope immer gebrauchen kann, Gedichtbände und jede Menge sogenannter Trivialliteratur. Also Sachen, die man auch lesen darf, wenn man nicht Literaturgeschichte studiert hat.

Mittendrin entdeckte er durch puren Zufall mehrere ganz untriviale Werke zum Thema Glauben, Kirche, Priester und Zölibat. Er zog das abgegriffenste Buch heraus und ein Papier fiel zu Boden.

Rocco faltete den Zettel auseinander. Es war der Ausdruck einer E-Mail.

Abgesendet von einem *peccator*, was auch immer das hieß, es klang auf jeden Fall lateinisch. Die Botschaft war eine klare Ansage auf Deutsch: *Liebe Schwester im Herrn, du hast kein Recht, dich in Dinge einzumischen, die dich nichts angehen. Allein Gott entscheidet, was in Ordnung ist und was nicht, was Liebe darf und was nicht. Und Gott wird richten.*

Kein Gruß, kein Name, einfach Schluss.

Maja hatte ihm von der Sache erzählt. Von ihrem Kummerkasten damals und von den Briefen der jungen Frau, die einen Geistlichen liebte. Der hatte wohl kalte Füße bekommen und wollte mit der Mail erreichen, dass die Journalistin sich raushielt. Der Hype um die Affäre hatte damals viel Staub aufgewirbelt, war aber dann abgeebbt. Nichts ist so alt wie die Zeitung von gestern.

Doch dann hatte Maja in der Herz-und-Schnauze-Kolumne das Thema wieder aufgegriffen. Mit den *Grapschern im Talar*.

War sie zu weit gegangen? Hatte der Priester Angst, im Nachhinein bloßgestellt zu werden? Als einer, der junge Mädchen verführte und sie hinterher hängen ließ? Hatte er das Mädchen überhaupt hängen gelassen? Oder waren die beiden längst ein glückliches Paar und schoben einen Kinderwagen durch den Tiergarten-Park?

Er musste es herausfinden. Es war eine Spur. Eine Spur zum Mörder seiner Lebensfrau oder eine Spur ins Nichts.

Der einzige Ansatzpunkt war die Mail. Gab es eine Möglichkeit, den getarnten Absender herauszufinden? Wer konnte so etwas? In seinen Kreisen waren Computer-Nerds rar gesät, aber Rocco erinnerte sich: „... früher zufriedene Durchschnittsbürgerin, geregeltes Einkommen, hat irgendwas mit Computern gemacht."

Kilometer-Jenny! So hatte sein Informant sie beschrieben. Er würde, so schnell es ging, zum Kotti düsen und Jenny aufscheuchen, einen Versuch war es wert.

Kapitel 42

Ein Spion am rechten Ort ersetzt 20.000 Mann an der Front.

Napoleon I. Bonaparte

Mizzi stand auf der Klappleiter und besprühte das Fenster von Jasmins Atelier mit Glasreiniger. Sie trug ausgemusterte Klamotten aus dem *Einstein*, eine schwarze Bluse, einen kurzen schwarzen Rock, darüber ein weißes Schürzchen.

Jasmin musterte sie von oben bis unten. „Wenn mein Mann noch leben würde, hätte ich Ihnen diese Aufmachung nicht durchgehen lassen."

Mizzi tat irritiert: „Was stört Sie daran?"

„Mein Attila war ein Schürzenjäger vor dem Herrn, und Sie sind als Beute verkleidet."

„Das ist harmlose Zweitverwertung", wehrte sich Mizzi, „aus meinem Job als Kellnerin. Bevor das Zeug weggeschmissen wird, trage ich es beim Putzen auf, auch zu Hause. Sieht schicker aus als ein grauer Arbeitskittel."

„Da haben Sie recht", pflichtete ihr Jasmin bei, „tut mir leid, ich wollte Sie nicht anraunzen." Nach einem kurzen Schweigen setzte sie nach: „Und ich sollte alte Wunden nicht aufreißen!"

Dann ließ sie Mizzi mit dem Glasreiniger allein.

Die Undercover-Putzfrau dachte bei sich: „Sehr interessant!", und öffnete ihren Speicher in den grauen Zellen.

Als sie ein Kind war, gab es noch keine Smartphones, in die man Notizen tippen konnte. Brauchte sie auch nicht. Sie hatte in ihrem Kopf ein Zettelsystem eingerichtet, nach Farben sortiert. Grün war beispielsweise die *goscherte Gitti* gewesen, also die freche Brigitte. Wenn die sich wieder zu viel herausgenommen hatte, wurde auf Grün festgehalten „Gitti verdreschen". Diese Agenda funktionierte einwandfrei, Gitti bekam bei nächster Gelegenheit zuverlässig ihre Klatsche.

Jasmins Zettel wurden rosa eingefärbt wie ihr Lippenstift, und die erste Notiz lautete: „Hat von den Eskapaden ihres Mannes gewusst. Motiv!"

Mizzi dachte an die Damenbesuche im Exzellent-Hotel und speicherte die Erkenntnis zufrieden ab.

Gleichzeitig war auch das Fenster fertig, glasklar wie die junge Morgenluft, keine Schliere zu sehen, Profiarbeit eben.

Mizzi stieg von der Leiter und griff sich den Staubwedel. Ein gediegenes nostalgisches Teil mit Straußenfedern, kein billiger *Staubteufel* aus dem Teleshopping, jetzt noch günstiger, und speziell für Sie legen wir einen zweiten drauf, aber nur noch heute, also rufen Sie jetzt sofort an!

Das Staubwischen war ein langweiliges Geschäft, vor allem in Hotelzimmern, darum hatte Mizzi es sich kurzweilig gemacht. Sie tanzte es einfach. Auch jetzt hörte sie im Geiste die Gruppe *Kansas* mit ihrem Lied vom Staub, *Dust in the Wind*. Sie schwebte über das Parkett, drehte Pirouetten vor den Möbeln und wedelte dabei alles sauber. Die Regalwand mit der Kinderliteratur in Dutzenden Sprachen, den Spiegel mit den bunten Aufklebern drauf, die alle Jasmin entworfen hatte. Zuletzt den Schreibtisch mit Bildschirm, Tastatur und Ablagekästen und – ganz vorsichtig – den Zeichentisch mit Dutzenden Stiften, unzähligen bekleckerten Pinseln, Malkästen, Farbtöpfchen und Skizzen, von denen die meisten bald in den Müll wandern würden. „All we are is dust in the wind."

Plötzlich war die Musik im Kopf aus. Kein Dust mehr im Wind, aber Mizzis Blick auf einen Stapel Bücher gerichtet. *Der Schokoladenmann, erzählt und gezeichnet von Jasmin Imhoff.* Auf dem Cover ein freundlicher Herr, der einem Mädchen einen Schokoriegel anbietet.

Mizzi griff neugierig nach dem obersten Exemplar und schlug es auf. Jasmin kam zur Tür herein und lächelte: „Mein neuestes Buch. Zum ersten Mal habe ich nicht nur illustriert, sondern auch den Text geschrieben. Es geht um ein heikles Thema, und ich finde es wichtig, darüber zu reden, zu schreiben und zu malen. Sie können gerne eines von den Büchern mitnehmen, ich schenk es Ihnen."

„Oh vielen Dank", strahlte Mizzi, „ich werde es heute noch lesen."

Bevor sie später das Puppenhäuschen verließ, klaute sie noch ein weiteres Exemplar für eine garantiert interessierte Leserin.

Im Pfannkuchenhaus eine Straße weiter bestellte sie sich einen Milchkaffee und eine Portion Poffertjes mit Apfelmus, Puderzucker und Schlagsahne. Die kleinen Krapfen aus Pfannkuchenteig sind eine holländische Spezialität, ja sogar ein Nationalgericht. Für Mizzi eine willkommene Abwechslung zum Apfelstrudel im *Einstein*.

Der Milchkaffee war supercremig, und die Poffertjes waren genial süß.

Mizzi blätterte durch das schmale Bändchen. Sie fand das Buch rührend kindgerecht getextet und gezeichnet. Trotz des schwierigen Themas: Wie kann ich unterscheiden zwischen Menschen, die es gut meinen, und denen, die es nicht gut meinen? Sind alle böse, die mir etwas schenken? Darf ich Geheimnisse wirklich nicht weitererzählen? Nicht einmal Mami und Papi? Oder gibt es verschiedene Geheimnisse? Auch welche, die ich sogar weitersagen *muss?*

Manche Stellen schienen so authentisch, als habe die Autorin es selbst erlebt.

In Mizzi stieg ein Verdacht hoch. Sie speicherte ihn sofort auf einem rosa Jasmin-Zettel in den grauen Zellen ab. Außerdem musste Frau Britta schleunigst davon erfahren. Mizzi klappte das Buch zu, zahlte eilig und verließ das Pfannkuchenhaus.

In einem Geschenkeladen um die Ecke kaufte sie eine bunte Tüte und verstaute darin das zweite Buch, das geklaute. Sie legte einen Zettel bei: „Bitte lesen! Die Imhoff hat auch von den Weibergeschichten ihres Mannes gewusst. Gruß Mizzi."

Dann knatterte sie mit der Vespa zum Wohnhaus des Ehepaares Scholz-Ernst. Frau Britta hatte ihr für dringende Fälle verraten, wo sie wohnten. Kaum war Mizzi von ihrem Roller gestiegen, kam eine ältere Dame mit einem Boxer an der Leine daher und öffnete die Haustür. Mizzi schlüpfte mit durch, bedankte sich höflich und suchte nach den Briefkästen. Der ohne Namensschild musste es sein. Mit Tarnen und Täuschen konnte man eine Maria Lahnsteiner eben nicht täuschen. Bätsch!

Als sie die Klappe geöffnet und die schmale Tüte eingeworfen hatte, spürte sie hinter sich einen Schatten. Der Schatten trug ein sehr männliches Parfüm, er konnte auch reden und herrschte: „Polizei! Treten Sie zur Seite!"

Mizzi trat.

Jetzt konnte sie den Schatten auch sehen, er trug die typischen dunkelblauen Klamotten, dazu eine Maschinenpistole und hatte einen von diesen winzigen Schlüsseln bei sich. Damit öffnete er den Briefkasten.

Eine dunkelblaue Kollegin sprach in ihre Funke: „Verdächtiger Gegenstand im Objekt, bitte Sicherheitscheck!"

Mizzi wagte es, sich vorsichtig einzumischen: „Das ist nur ein Buch. Ein Kinderbuch. Fragen Sie Frau Britta oder den Herrn Kanzler! Sagen Sie, die Mizzi ist da in geheimer Mission, die wissen dann schon."

Die Beamten des Objektschutzes waren deutlich irritiert vom Kontext Kinderbuch, geheime Mission, Frau Britta und Herr Kanzler. Die Polizistin mit der Funke zückte ein Handy und wählte eine eingespeicherte Nummer.

Nach einer gefühlten Ewigkeit gab sie Entwarnung: „Die Sache ist sauber, die Tüte kann bleiben, die Frau kann gehen."

Wie schade für die Gräfin! Die hatte hinter ihrer Wohnungstür gelauscht und auf eine Riesen-Aktion gehofft. Blaulicht ohne Ende, SEK-Einsatz, vielleicht sogar eine Evakuierung. BILD-Zeitung oder wenigstens die *Potsdamer Neueste Nachrichten*, Fernsehteams, ein Interview mit der „unerschrockenen Sitterin des Kanzlerhundes". Stattdessen Friede, Freude, Pustekuchen, kein Interview, kein Foto in der Presse. Einfach enttäuschend!

„Schröder", resignierte sie, „hier ist absolut null Action. Wir müssen doch das Fernsehen einschalten!"

Schröder lag schon auf dem frisch gesaugten Täbris bereit und hoffte auf einen Hundefilm.

KAPITEL 43

Jemanden vergessen wollen, heißt an ihn denken.
Jean de La Bruyère, französischer Schriftsteller

Langsam kam sie zur Besinnung. Dieser Sex war der schönste gewesen, seit sie wusste, wie schön Sex sein kann. Bestimmt schlugen draußen die Wellen jetzt wilder an das Ufer des kleinen Sees, das Boot tanzte fröhlich im Wasser, statt nur zu dümpeln, die Vögel flogen Achterbahn statt einfach geradeaus.

Ein himmelhohes Gefühl. Dieses Gefühl wollte sie für immer, ihr ganzes Leben lang. Mit ihm und nur mit ihm.

Sie hörte ihn atmen, konnte deutlich spüren, wie seine Brust sich hob und senkte, sie fühlte sein Leben und nahm es auf in ihres.

Sie stellte sich vor, wie sie ein gemeinsames Zuhause suchten. Mit einem Kinderzimmer natürlich. Von ihr aus auch zwei. Dann müssten sie nicht so bald wieder umziehen, wenn das Nest zu klein wurde.

Oder wollte er nur ein einziges Kind? Sie wusste es nicht, aber das konnte man ja klären.

Sie würden sich über die Einrichtung streiten, zweifelsohne. Sie liebte es eher schlicht und hell, weiße Möbel, kein Chichi, kein Krimskrams, dezente Aquarelle an den Wänden.

Und er? Was fand er gemütlich, was machte für ihn ein Zuhause aus? Sie hatte keine Ahnung, sie würde es herausfinden müssen.

Wo überhaupt sollten sie wohnen? Draußen auf dem Land? Eingezäunt von Entschleunigung und Bürgerlichkeit? Oder doch im Großstadttrubel, was mehr ihr Ding war. Action, Leuchtreklamen, Kino um die Ecke, Szene-Cafés. Spielplätze gab es da auch, ein Garten war nicht nötig. An jeder Ecke ein Bioladen, da musste kein Bauernhof in der Nähe sein für frische Milch und Eier von glücklichen Hühnern.

Und er? Wo wollte er sein mit ihr? In einem kleinen Häuschen mit Grundstück und Hecke drumherum oder in einer Altbauwohnung mitten im Kiez mit Lärm und Leuten drumherum? Sie wusste es nicht.

Sie begriff, dass sie kaum etwas über ihn wusste. Ihre Gespräche hatten sich um Gott gedreht, um Ideologisches, um Ideale, um die Welt im Großen, aber nicht um die kleinen Welten. Um die kleine Welt eines Paares, von dem jeder seine eigenen Vorlieben und Abneigungen hatte. Um die kleine Welt einer Familie, die jeden Tag neue Herausforderung bereitstellte. Auch dann, wenn die Familie noch gar nicht fertig war.

Sie verstand: Einander zu lieben reicht für eine Affäre, für ein Leben muss man einander auch kennen.

Entschlossen griff sie nach seiner Hand: „Sag mir, wer du bist, sag mir, was du denkst, sag mir, was du willst!“

„Ich kann es nicht." Er sprach ganz leise. „Ich weiß nicht mehr, wer ich bin, was ich denke, was ich will. Was wir hier begonnen haben, geht über meine Kraft."

Er richtete sich auf. Er zog sie hoch und zu sich. Er fasste sie mit seinen beiden Händen an ihren beiden Händen. Er sah sie so eindringlich an wie noch nie.

„Ich liebe dich", sagte er, „ich liebe dich, wie ich noch nie geliebt habe, aber ich kann diese Liebe nicht leben. Ich bin zu sehr von meinem Glauben geprägt, der es mir nicht erlaubt. Ich wollte stärker sein als der Glaube, aber ich bin es nicht. Ich wollte ein Baum sein, aber ich bin nur ein Blatt. Ich gehorche dem Wind, nicht den eigenen Gefühlen."

Er holte tief Atem, um den letzten Satz zu sprechen.

„Es tut mir leid, es ist aus."

Er ließ ihre Hände los, schlug die eigenen vor sein Gesicht, sprang auf, drehte ihr den Rücken zu und lief nackt hinaus aus der Hütte in den kleinen See hinein. Immer weiter lief er, irrte er, immer weiter trug es ihn davon.

Sie sah alles durch das Fenster. Sie hörte seine Rufe und würde sie nie wieder vergessen: „Es ist aus, aus, aus!"

Sie stand da. Nackt, so wie er geflohen war, stand auch sie da. Regungslos. Dann hob sie den Arm und wischte die Weingläser vom Tisch. Das Splittern des Glases ließ die Stille zerplatzen, der Wein verteilte sich auf dem Boden in dunkelroten Pfützen.

Sie zog sich notdürftig an, stopfte den Rest der Sachen in ihren Rucksack. Ohne sich noch einmal umzusehen, verließ sie den Ort der Glücksmomente, der ein Ort des Unglücks geworden war.

So wie sie für immer mit ihm zusammen sein wollte, wollte sie jetzt für immer weg von hier. Für immer, sofort.

Irgendwie schaffte sie es zur Landstraße. Dort las ein verständnisvoller Autofahrer sie auf, der das schluchzende Häuflein Elend mitnahm bis zu einem Taxistand irgendwo in Charlottenburg. Während der Fahrt sah sie nicht die Bäume der Allee, deren Schatten über die Windschutzscheibe des Autos huschten, sie sah nicht die Wolken, die in den Sonnenuntergang zogen, sie sah nichts, sie empfand nichts.

Später, als sie in das Taxi gestiegen war, begriff der Fahrer sehr schnell und schwieg die ganze Strecke, bis er sie vor ihrem Wohnhaus absetzte. Wenn Berliner Taxichauffeure schweigen, muss etwas Außergewöhnliches die Ursache sein.

Sie bezahlte wie in Trance, verzichtete auf das Wechselgeld und trug ihren hübschen Körper mit der erloschenen Seele darin verzweifelt die Treppe hoch.

Aus, aus, aus.

Sie fühlte nur Leere, grenzenlose Leere. Die Wut und der Hass würden erst später bei ihr ankommen.

Kapitel 44

Ich arbeite nach dem Prinzip, dass man niemals etwas selbst tun soll, was jemand anderes für einen erledigen kann.
John D. Rockefeller

Am Kottbusser Tor erwachte der Tag. Erste Sonnenstrahlen kämpften gegen die orange blinkenden Warnleuchten auf dem Lkw der Straßenreinigung. Der Müllwagen blinkte ebenfalls und roch übel. Ein verwahrloster Hund pullerte hingebungsvoll gegen ein buntes Graffiti. Bahnen der U1 und U3 fuhren ratternd über Roccos Kopf in den Hochbahnhof ein, bremsten kreischend, spuckten Leute aus, fuhren wieder los. Trauben aus müden Menschen quollen die Treppen hinunter und aus den unterirdischen Schächten herauf. Verbarrikadiert im Dröhnen ihrer Kopfhörer schauten sie mit gesenktem Kopf auf das Display ihrer Handys. So meinten sie, nichts zu verpassen. Aber keiner hatte wirklich etwas davon, und jeder war allein unter vielen.

Mittendrin die Obdachlosen, unbeeindruckt vom Trubel des Morgens. Eingemummt und regungslos lagen sie im Gedränge auf ihren Matratzen, neben sich wie Nachttische die rostigen Einkaufswagen mit ihren Habseligkeiten.

Auch Kilometer-Jenny war noch nicht wach. Sie war die halbe Nacht auf Achse gewesen. Es hatte sich gelohnt, die ansehnliche Ausbeute hing in prall gefüllten Plastiktüten am Rollstuhl. Zwei Flaschen, ein Brötchen.

Rocco hätte auch lieber noch gepennt, aber es war die sicherste Tageszeit, um Jenny auf ihrer Matratze anzutreffen. Irgendwann würde sie wieder zu einer Tour losrollen und erst dann zurückkommen, wann sie wollte. Morgens war sie garantiert da.

Der Kaffee im Pappbecher, den er ihr neben das Lager stellte, funktionierte besser als jeder Wecker. Der herbe Duft stieg Jenny in die Nase, sie öffnete die Augen, setzte sich auf und fuhr sich durch ihre Mähne, die früher ein Blickfang für Männer gewesen war.

Damals, als die Morgentoilette noch tägliche Routine im marmorgefliesten Badezimmer war, das Haar immer frisch gewaschen und mit Spülung behandelt, weil wir es uns wert sind.

„Frühstücks-Catering, was für eine Überraschung!", gähnte sie und hatte endlich ihre Strähnen gebändigt. „Welcher Wohltäter gibt hier einen aus?"

„Ich bin's bloß", knurrte Rocco hundemüde, „und eine Wurstsemmel kriegst du auch."

Er hatte immer noch nicht gelernt, dass es in Berlin keine Semmeln gab, sondern nur Schrippen, aber Jenny war das piepegal. Hauptsache, der sprachliche Streitfall war kostenlos und schmeckte.

Die Königin vom Kotti frühstückte sich also das frühe Erwachen schön, bevor sie bereit war, in eine ausführliche Konversation einzutreten: „Wat willste?"

„Die Arbeit ruft", verkündete Rocco.

Jenny gähnte: „Sag ihr, ich rufe zurück."

„Lass die Scherze! Ich habe gehört, dass du dich mit Computern und solchem Kram auskennst. Ich suche einen Kerl, der sich hinter einer E-Mail-Adresse versteckt. Mit einem Decknamen. Er gehört irgendwie zur Kirche, mehr weiß ich nicht."

„Halleluja", befand Jenny.

„Kannst du oder kannst du nicht?"

„Natürlich kann ich. Besser gesagt, ich könnte. Wenn ich einen Rechner hätte."

„Und einen Internetanschluss", ergänzte Rocco. Ein bisschen wusste er auch davon.

Seine Weisheit erwies sich allerdings als Rohrkrepierer, Jenny war in ihrer Ehre getroffen. „Wer einen windigen Alias-Mailer enttarnen kann, der kommt auch für lau ins Netz. Lass dir das gesagt sein!"

„Ist ja schon gut", beschwichtigte Rocco, „ich rede dir nie wieder drein."

„Kleiner Tipp", grinste Jenny kumpelhaft, „in Köpenick sollen gerade nagelneue Tablets vom Laster gefallen sein. Frag im Kiosk an der Glienicker Straße. Wenn du einen Schub abnimmst, kriegen wir bestimmt eines als Prämie obendrauf. Damit könnte ich deine IT-Beraterin werden. Bezahlung gerne per Frühstück, aber bitte nicht in aller Herrgottsfrühe."

„Du willst also dein Honorar schwarz?"

„Nein", flachste Jenny, „immer mit Milch!"

Damit beendete sie die Audienz und kippte zurück in die Waagerechte.

„Jetzt mach dich vom Acker, treib die Elektronik auf, ich schlaf noch 'ne Runde."

„Bin ja schon weg, angenehme Ruhe!"

Rocco nahm den leeren Kaffeebecher an sich und das Wurstsemmelsackerl auch. Pardon, die Schrippentüte. Er war halt umweltbewusst, diese Welt braucht Vorbilder. Dann ging er zu seinem Sanremo-grünen BMW, den er in sicherer Entfernung geparkt hatte.

Für den Preis eines Knöllchens, wie er feststellen musste. Herrschaftszeiten noch einmal, immer diese überkorrekten Preußen!

Kapitel 45

Dem guten Frager ist schon halb geantwortet.

Friedrich Nietzsche

Als Müller II den Kanzler daheim absetzte, deutete nichts mehr auf den Aufruhr hin, den Mizzis Besuch verursacht hatte. Die Objektschützer hatten sich unsichtbar gemacht, das Treppenhaus wirkte verwaist.

Olaf schloss die Wohnungstür auf, Schröder kam angeflitzt und zelebrierte schwanzwedelnd eine Begrüßung, als hätte man sich vierzehn Tage nicht gesehen.

„Veganer Nudelsalat ist im Kühlschrank", klang es vom Schlafzimmer her, „aus dem Supermarkt, aber lecker!"

Nach dem „Meet and Greet" mit dem Hund zog Olaf als Erstes folgsam die Straßenschuhe aus, schälte sich aus der Jacke und stellte die berühmte Aktentasche auf der Kommode im Flur ab. Dann ging er zu seiner Britta. Sie hatte ihre Kopfkissen hoch aufgeschichtet und las ein Buch. Ein Kinderbuch offensichtlich. Ebenso offensichtlich wollte sie nicht gestört werden: „Mach dir erst mal dein Essen, ich komme gleich nach in die Küche. Mizzi hat geliefert. Und jetzt lass mich fertig lesen. Bussi."

Na gut, dann eben Bussi. Er hatte ohnehin etwas vergessen. Olaf schnappte seine Aktentasche und suchte nach dem Kauknochen, der sich in einem Gesetzesentwurf zur Regulierung von KI versteckt hatte. Künstliche Intelligenz, die gefährlicher zu werden drohte als die natürliche Dummheit. Schröder war das gleichgültig, triumphierend zog er mit dem Geschenk der Baerbock-Sisters von dannen.

Der Nudelsalat von der Frischetheke des neuen Supermarkts war in der Tat köstlich und hatte den Vorteil, dass der Hund sich nichts daraus machte. Vegan war nicht sein Ding, also kein Gebettel. Außerdem hatte er ja jetzt den nagelneuen Knochen.

Dafür kam Britta ein paar Minuten später im Pyjama daher, nahm sich eine Gabel aus der Schublade und begann ihren Mann zu beklauen.

Als Gegenleistung hatte sie Neuigkeiten. „Mizzi war bei der Imhoff putzen", verkündete sie. „Zwei Erkenntnisse: Erstens hat die Ehefrau wohl von den Eskapaden ihres Mannes gewusst. Und zweitens hat sie ein Kinderbuch herausgebracht. Das da!"

Britta präsentierte den kleinen Band, und Olaf studierte das Titelbild: „Ich glaube zu wissen, worum es da geht. Habe ich recht?"

„Hast du. Es geht um Gefahren für Kinder. Um den netten Onkel mit den Bonbons, der ihnen übers Haar streicht, der ihnen etwas Supertolles zeigen wird, wenn sie mitkommen. Es geht um die Angst, sich den Eltern zu offenbaren, um all das Fiese, das jedem kleinen Menschen passieren kann. Jasmin Imhoff hat es sehr gefühlvoll geschrieben und illustriert. Stellt sich die Frage, warum sie sich gerade dieses Thema ausgesucht hat. Ob sie selbst Ähnliches erlebt hat?"

„Und ob das mit dem Artikel der Mata Hari zusammenhängt über die *Grapscher im Talar*", ergänzte Olaf. „Mit anderen Worten: Ich blicke nicht mehr durch."

„Dafür hast du ja mich!" Seine Schnuff war an Bescheidenheit nicht zu überbieten.

„Wir machen jetzt reinen Tisch", entschied sie, „du räumst ab und dann gehen wir konsequent strategisch vor. Wie bei der Bundeswehr."

Olaf, gerade mit der Schüssel vom Nudelsalat unterwegs zur Spülmaschine, protestierte: „Bitte nicht wie bei der Bundeswehr. Wenn es geht, etwas effizienter."

Britta schnappte sich die zwei Gewürzmühlen vom Sideboard. „Bring die gelben Klebezettel mit aus der Krimskrams-Schublade und den Filzer!"

Der Kanzler tat, wie ihm geheißen, dann legte seine Frau los. Im Lagezentrum Küche, auf dem in Ehren gealterten Esstisch aus Eiche, den sie auf einem Trödelmarkt ergattert hatte.

„Die Salzmühle ist der Hai, die Pfeffermühle ist Mata Hari." Sie verteilte die beiden Mühlen auf dem Tisch und warf sie dann um. „Sind ja beide tot."

Olaf nickte ergeben. Mehr gab es für ihn nicht zu tun, das Lagezentrum war vollständig unter der Befehlsgewalt seiner Frau.

Die fuhr fort: „Wichtigste Frage: Wer hat Interesse an wessen Tod? Ich schreibe einfach die Verdächtigen auf Zettel, und dann ordnen wir zu."

Während Britta die möglichen Täter auf den gelben Post-its notierte, überlegte Olaf, die Kabinettsitzungen auch einmal konsequent strategisch zu gestalten: „Also, unser Konferenztisch ist Deutschland, die Kaffeekanne ist der Kollege Verteidigungsminister und die gammlige Ökobanane vom werten Herrn Özdemir steht für den Zustand der Bundeswehr."

Dann zweifelte er allerdings daran, dass der Mutterwitz seiner Ministerriege für derartige Metaphern ausreichte. Pistorius wäre wohl dabei, sähe sich aber als Kaffeekanne garantiert unterbewertet. Er war schließlich ein harter Hund und nicht aus Porzellan. Olaf verwarf den Gedanken ganz schnell wieder.

„... haben wir also alle Verdächtigen beisammen", war ihm Britta wieder einmal voraus, „oder fehlt wer?"

„Nö, sind alle da", behauptete Olaf auf gut Glück und hoffte, damit richtig zu liegen.

„In chronologischer Reihenfolge ist der Verdächtige Nummer eins der Gastronom Strauss. Er hat ein Alibi für den Mord am Hai, hat aber gelogen, er hätte keines. Möglicherweise ist das Alibi nachträglich erkauft. Wir tun mal so, als hätte er keins. Eine Verbindung zu Mata Hari könnte es geben, wenn sie ihm gedroht hat, sein Restaurant weiterhin an den Pranger zu stellen. Nach einem Alibi für den Mord an der Journalistin wurde Strauss nicht gefragt. Er könnte also beide Taten begangen haben."

Britta klebte je einen Zettel mit dem Namen Strauss auf die beiden Mühlen.

„Wir brauchen eine To-do-Liste", stellte sie fest. Praktischerweise hing über der Spüle eine Kreidetafel, auf der nötige Einkäufe notiert wurden. Britta wischte mit dem Spüllappen alles weg und notierte: *Alibi Strauss wegen Mata Hari.*

„Du hast meine Kapern weggewischt", beschwerte sich Olaf, „ich brauche wieder welche für die Königsberger Klopse."

Britta ignorierte den Einwurf. Im Namen der Gerechtigkeit ging sie heute kaperntechnisch über Leichen.

Ungerührt fuhr sie fort: „Nummer zwei ist Jasmin Imhoff. Motiv, ihren Gatten zu killen, ist dessen notorische Untreue. Ihr Alibi stammt von zwei Freundinnen, die sie angeblich zu Hause besucht haben. Kann sonst niemand bestätigen. Was den Mord an Mata Hari betrifft, macht uns das Thema von Jasmins Buch misstrauisch. Hat sie selbst Missbrauch erlebt? Das ergäbe einen Zusammenhang mit dem Artikel über die *Grapscher im Talar*. Aber warum sollte sie die Journalistin deswegen umbringen? Dann doch eher den Mann, der ihr etwas angetan hat. Zur Sicherheit sollten wir noch einmal nachhaken. Hat sie ein Alibi für die Tatzeit? Hat Joschi mit seinen Leuten doch eine Verbindung zwischen Jasmin und der Mata Hari gefunden? Also Post-its auf beide Mühlen."

Britta klebte und schickte ihren Mann zur Tafel: „Alibis Jasmin überprüfen!"

Olaf schrieb den Satz mit quietschender Kreide auf. Und drunter störrisch: *Kapern besorgen.*

Britta tat, als hätte sie nichts bemerkt.

„Nummer drei sind der Priester und seine Geliebte. Sie sind nach Aussage des Yellow-Press-Chefredakteurs tatsächlich existent, aber leider unbekannt. Sie kommen theoretisch für beide Taten infrage, falls schon der Hai mit der Geschichte angefangen hatte. Woher aber wusste er davon? Alles sehr wackelig. Dennoch zwei Zettel."

Schröder erschien und schaute mit vorwurfsvollem Blick auf seine Menschen. Im Wohnzimmer allein gelassen zu sein, gefiel ihm gar nicht.

„Wir kommen gleich", tröstete Olaf, „Frauchen und Herrchen müssen noch Verbrecher enttarnen."

Der Hund zog widerstandslos ab. Er schien Verständnis zu haben für investigative Tätigkeiten.

Britta fuhr fort: „Nächster Kandidat ist der Ex-Geliebte von Mata Hari, dieser Werbemensch. Sein Alibi kann bezweifelt werden, kann aber auch stimmen. Er hat sich ja angeblich in seinem Büro volllaufen lassen und ist am nächsten Morgen von der Putzfrau gefunden worden. *Wann* er allerdings so tief ins Glas geschaut hat, ist unklar. Möglicherweise hat er ja in aller Ruhe seine Verflossene umgebracht und erst dann zur Flasche gegriffen. Um alles zu vertuschen. Vielleicht gibt es Überwachungskameras, die weiterhelfen. Das müssen wir unbedingt auf die Liste nehmen! Eine Verbindung vom Mata-Lover zum Hai haben wir nicht. Deshalb nur *ein* Zettel."

Kriminalassistent Olaf war bereits zur Tafel marschiert und hatte aufgeschrieben: *Alibi von Matas Lover – Kameras?*

Aus dem Wohnzimmer fiepte es kläglich.

„Wir kommen gleich", tröstete Britta und zog Bilanz.

„Zusammengefasst haben wir Strauss und den Priester sowie seine Geliebte, die für beide Morde infrage kommen. Dazu noch Jasmin, die ihren Mann auf dem Gewissen haben könnte. Der abservierte Werbemensch könnte Mata Hari umgebracht haben. Irgendwelche großen Unbekannten bei all dem noch nicht eingerechnet. Beide Taten können zusammenhängen, müssen aber nicht."

Britta stand vom Küchentisch auf und besah wohlwollend ihr Werk: die ermordeten Gewürzmühlen samt ihren möglichen Killern. Dann bog sie ab ins Wohnzimmer.

„Und die To-do-Liste?", fragte Olaf hinterher.

„Die gehst du morgen mit Joschi durch."

„Aye aye, Käpt'n!", erwiderte er, wie es sich für einen Hamburger aus Osnabrück gehört.

Kapitel 46

Der frühe Vogel kann den Wurm gerne haben.
Ich nehme den Kaffee.
Anonym

Kriminalhauptkommissar Wondratschek hegte die schlimme Befürchtung, durch die aktuellen Fälle noch unfreiwillig zum Sportler zu werden.

Zusammenarbeit mit einem Kanzler – okay, aber in einem Ruderboot morgens um acht?

Immerhin gab es die Aussicht auf einen gescheiten Becher Kaffee am Aldi-Steg, und rudern musste er auch nicht. Freund Olaf war ehrgeizig genug und erledigte das allein. Trotzdem, durchtrainierte Mittsechziger nerven, keine Frage.

Am Discounter-Steg angelangt, machte sich Joschi sofort auf den Weg und kaufte zwei Überlebensrationen: große Becher voller Koffein und frische Brezen voller Salz.

Der See plätscherte ausgeschlafen ans Ufer, die Schäfchenwolken am Himmel wirkten wie frisch gewaschen, drüben auf der anderen Seite sah die Sonne fröhlich hinter den Bäumen des

Babelsberger Parks hervor. Alles sehr idyllisch, aber viel zu früh. Wenigstens für Joschi.

Olaf hingegen wirkte entspannt und beneidenswert ausgeruht. Er baumelte mit den Beinen, kaute genüsslich an seiner Brezen und berichtete von der strategischen Besprechung der Detektivgemeinschaft *Ernst & Scholz*. Die To-do-Liste hatte er mit dem Smartphone abfotografiert: „Schau dir das mal an, bitte, vielleicht hast du ja alles schon geklärt mit deinen Leuten."

Joschi seufzte gottergeben, studierte die Notizen und stellte fest, er könne Erkenntnisse beitragen, deren Weitergabe natürlich strenger Geheimhaltung unterliege. Aber im Sinne eines Ermittlungsfortschrittes wolle er mal nicht so sein.

„Du Pharisäer", dachte Olaf, „die Mizzi erfährt doch auch alles brühwarm."

„Die Idee, den Strauss mit dem Mord an Mata Hari in Verbindung zu bringen, ist zwar aberwitzig, aber wir sind dem nachgegangen", führte der Kommissar aus.

„Der Herr Gastronom hat sein Restaurant eine Stunde vor Mitternacht verlassen, sein Geschäftsführer hat später den Laden geschlossen und die Abrechnung gemacht. Laut Gerichtsmedizin ist die Tat an der East Side Gallery zwischen 22 und 24 Uhr begangen worden. Strauss hätte mit dem Auto den Tatort in einer halben Stunde erreichen können, behauptet allerdings, schnurstracks nach Hause gefahren zu sein. Zeugen keine, Alibi keines, Verdacht unwahrscheinlich."

Ein Schluck Kaffee und weiter im Text.

„Ob die beiden Freundinnen glaubwürdig sind, die Jasmin Imhoff ein Alibi geben, darüber lässt sich streiten. Zwei Damen aus besseren Kreisen, der Wohltätigkeit zugetan, was aber gar nix heißt. Die Besprechung für eine Benefizaktion kann man auch in wohltätiger Übereinstimmung erfinden. Vielleicht hat die Imhoff ihnen das Alibi abgepresst, vielleicht hat sie es gekauft. Eine Spende für den guten Zweck gegen zwei Aussagen für den höchstpersönlichen Zweck. Alles ist möglich. Ich lasse das noch einmal prüfen. Bei Jasmin Imhoff haben wir keinen persönlichen Bezug zu Mata Hari gefunden. Also kein Motiv. Für die Tatzeit hat die Imhoff zwar kein Alibi, aber das ist auch normal, es war ja mitten in der Nacht. Für mich ein klassischer Fall von ‚Denkste'."

Joschi beäugte kritisch die Liste auf dem Handy: „Dein nächster Punkt, das Besorgen von Kapern, ist kriminalistisch nicht relevant. Ich darf das übergehen, einverstanden?"

„Notgedrungen", stimmte Olaf schmunzelnd zu.

„Jetzt noch der Werbefuzzi. Eigentlich kiffen diese Typen ja, statt sich zu betrinken, aber diese Weisheit hilft uns nicht. Die Überwachungskameras helfen auch nicht, ein Software-Update hatte die gesamte Sicherheitstechnik lahmgelegt. Wir haben von besagtem Abend und der Nacht nicht ein einziges Bild. Unser Kandidat könnte also durchaus zuerst gemordet und dann gepichelt haben. Nachweisbar ist das nicht."

Joschi schlürfte die letzten Tropfen von seinem Kaffee.

„Das wars, mein Lieber. Mehr kann ich nicht bieten."

„Sei nicht so bescheiden", lobte Olaf, „deine hochgeheimen Infos waren sehr aufschlussreich. Und der Kaffee wahrhaft ein Genuss."

„Passt schon!"

Der Kommissar hievte seine Pfunde hoch.

„Ich muss jetzt in mein Büro. Am besten nehme ich mir ein Taxi."

Olaf kletterte in sein Boot: „Und ich rudere zurück."

Joschi grinste: „Wenn ich jetzt die Opposition wäre, würde ich dir aus dieser Bemerkung einen Strick drehen!“

Kapitel 47

Alle Beleidigungen kommen von Herzen.
William Shakespeare (Heinrich V.)

Nach der Ruderpartie am Morgen erschien der Kanzler vollgepumpt mit Energie und guter Laune in seinem Büro. Jeanette erwartete ihn bereits und legte ihm lächelnd eine Aktennotiz auf den Tisch, die sie mit gespielter Entrüstung kommentierte: „Schlechte Nachrichten für die guten Sitten. Aber Sie werden es wegstecken, wie ich Sie kenne."

Olaf verstaute seine Aktentasche sorgfältig unter dem Schreibtisch, verstaute sich selbst im Chefsessel, griff nach der Espressotasse und nahm sich das Papier vor. Als zweites Frühstück, wenn man so will. In der Notiz war festgehalten, dass die Zahl der Ordnungsrufe im Plenum wieder zunahm.

Einen Ordnungsruf gibt es vom Parlamentspräsidium für alles, was in einem Hohen Haus gar nicht geht. In der Hauptsache Beleidigungen. Olaf erwartete gespannt ein paar handfeste Verbalinjurien, wurde aber bitter enttäuscht. „Dummschwätzer", „Lügner" und ähnlich schlappes Gemotze war alles, was diese fantasielosen Abgeordneten von heute zustande brachten.

Er dachte ehrfurchtsvoll zurück an den guten alten Sozi Herbert Wehner, den genialen Kläffer mit der unvermeidlichen Pfeife, der ein wahrer Künstler in Sachen Beschimpfung gewesen war. Kreativ und treffsicher. Den CDU-Politiker Wohlrabe hatte er umgetauft in Übelkrähe, für Helmut Kohl sogar ein völlig neues Wort geschaffen: Düffeldoffel.

Wehners Repertoire an Injurien war beeindruckend: Strolch, Gnom, nihilistischer Pöbelhaufen, angeschimmelter Lebegreis, Dreckschleuder, einstudierter Pharisäer, Gartenzwerg, Brunnenvergifter, Heuchler, halbe Portion, Pimpf und Weihnachtsmann.

Oder in einem ganzen Satz: „Es gibt Würstchen in diesem Parlament, die sind den Mostrich nicht wert, den man auf sie streichen müsste, um sie genießbar zu machen."

Der Haudegen hatte aber auch Klugheiten draufgehabt wie diese: „Über Freiheit kann jeder reden, aber nur in der Freiheit!"

Ein Kerl mit Kante. Gott hab ihn selig, den alten Marxisten!

Olaf musste zugeben, dass in Sachen Frechheit auch der fränkische Langstreckenschwimmer eine Nummer war. „Da brauchen Sie nicht so schlumpfig zu grinsen", hatte Söder ihn im Kanzlerwahlkampf einmal angefahren. Aber Olaf wusste fürs Zurückfahren die passende Retourkutsche: „Schlümpfe sind klein, listig und gewinnen immer!"

Das hatte er auch als Ermittler vor. Aber erst mal rief das Amt. Nach Unterschriften, Telefongesprächen, Entscheidungen, wichtigen Reden vor wichtigen Leuten, was halt ein Kanzler so macht den ganzen Tag.

Der dritte im Bunde, der an diesem Morgen früh raus musste, war Rocco. Den Deal mit den Tablets, die aus einem zweifelhaften Nichts aufgetaucht waren, hatte er problemlos gedeichselt, jetzt war er mit dem kostenlosen Bonus-Exemplar unterwegs zum Kottbusser Tor.

Kreuzberg war noch genauso unausgeschlafen wie er selbst. Mülltonnen standen mit offenem Deckel gähnend herum, die Dealer und die Taschendiebe waren noch nicht auf Posten. Die Junkies waren vom letzten Schuss noch zu, der Backshop war schon auf. Es herrschte Hochbetrieb, tiefgekühlte Teiglinge wurden im Minutentakt in die Automaten geschoben und kamen als ofenwarme Leckerbissen wieder heraus. Es duftete betörend. Rocco orderte einen großen Becher Kaffee plus eine belegte Semmel.

„Meinst Schrippe, Bro?“, fragte der schwarzhaarige Verkäufer.

Natürlich meinte er. Blödes Multikulti, alles gilt, nur Wienerisch nicht!

Er balancierte seine Mitbringsel zwischen Hundehaufen und übergebliebenen Nachtschwärmern zum Camp der Obdachlosen.

Hier schliefen noch alle, eingewickelt in ihr Sammelsurium aus Decken und Plastikfolien. Nur Kilometer-Jenny war schon wach, das wallende rote Haar mit den Fingern notdürftig gestylt. Hungrig stürzte sie sich auf das Frühstück vom Lieferdienst.

Rocco ließ derweil wissen, dass er alles mit links erledigt habe, die Tablets seien schon weiter verdealt, null Problemo.

„Und hier ist das Teil für dich, alles nach Wunsch, Akku voll, bitte sehr.“

Jenny beäugte zufrieden das kostenlose Elektronik-Teil der neuesten Generation und versicherte kauend, sie würde sich umgehend der Sache annehmen.

„Wahrscheinlich mache ich es mit einer Fake-Mail, aber das willst du gar nicht wissen. Komm heute Abend wieder her. Dann ist Highlife hier, Rolex-Manni hat Geburtstag. Wir feiern, und du kriegst deinen geheimnisvollen Absender."

Rocco war entlassen.

Diesmal hatte er in weiser Voraussicht einen Parkschein gezogen. Die blöden Knöllchen gehen auf die Dauer doch ins Geld.

Kapitel 48

Aus dem tiefsten Verlangen kommt oft der tödlichste Hass.
Sokrates

Die Fete war bereits in vollem Gang, als Rocco am Abend in der Geburtstagsgesellschaft aufschlug. Rolex-Manni feierte seinen Achtzigsten. Ein baumlanger Kerl mit Adlergesicht und schulterlangem weißen Haar. Eine Erscheinung. Sehnig, viril, vom Aussehen her nie und nimmer achtzig Jahre alt.

Welches Schicksal ihn wohl auf die Straße gesetzt hatte? Eines der typischen Klischees über Obdachlose? Zu faul zum Arbeiten? Verkorkste Existenz? Ein Säufer? Drogenmissbrauch?

Nichts von alledem. Manni war ein Unternehmer gewesen, hatte sich eine kleine Kette von Reinigungen aufgebaut. Zwei Dutzend Mitarbeiter standen bei ihm in Lohn und Brot. Keiner wurde reich, auch der Chef nicht, die Geschäfte liefen solide, aber nicht berauschend. Bis eines Tages der gelackte Kundenbetreuer der Bank um die Ecke kam. Er brachte keinen Sack verschwitzte Unterwäsche mit, sondern einen todsicheren Tipp. Nagelneues Produkt, Investition in einen kenianischen Solarpark, initiiert von einem weitblickenden Unternehmer.

Selbstredend ultraseriös, steuersparend, zweistellige Rendite bei minimalem Risiko. Dazu umweltfreundlich ohne Ende, nachhaltig, perfektes *Green Investment*. Manni ließ sich weichkochen wie eine Trommel 90-Grad-Wäsche. Um die angeblich einmalige Chance zu ergreifen, nahm er einen unvernünftig hohen Kredit auf. Das nagelneue Produkt sah aber schon nach wenigen Monaten ziemlich alt aus und floppte schließlich komplett. Die Gelder der Investoren bis zum letzten Cent versenkt, quasi in einer Parklücke, einer Solarparklücke. Die Bank kassierte zur Tilgung der Kreditschulden Mannis Reinigungen, der Kundenbetreuer verprasste seine Provision bei einem Wochenendurlaub in Monte Carlo inklusive Formel-1-Ticket vom Schwarzmarkt und einer Pleite im Casino. Der Vermieter bekam kein Geld mehr und setzte den bankrotten Manni auf die Straße. Da lebt er heute sein Leben, vertickt goldene Uhren aus Messing und feiert seine Geburtstage.

Der Kotti war wie immer. Farben, Müll, Fixer, Antänzer, Polizei in Bereitschaft, Normalos am Nachhauseweg oder auf dem Weg zum Späti, weil die Chips ausgegangen waren. Aber mittendrin war es anders heute, Feierstimmung.

Rocco war nicht nach Geburtstag zumute, er war ja auf Rachefeldzug. Trotzdem hatte er einen Karton mit kleinen Fläschchen Pfefferminzlikör mitgebracht, der „Berliner Luft" hieß. Man kommt ja nicht mit leeren Händen.

Jenny winkte ihm fröhlich durch die Menge zu und zeigte auf den Gabentisch, einen umgedrehten Bananenkarton, auf dem die Geschenke deponiert waren.

Dann rollte sie Rocco entgegen und meldete Vollzug. „Alles erledigt, wie, geht dich nichts an. Den Kandidaten habe ich dir aufgeschrieben, da ist der Zettel. Und jetzt lass mich durch, das Geburtstagsständchen ist fällig."

Mit einem Mal verwandelte sich der Platz unter der Hochbahn von einem graffitibeschmierten, tristen Betonflecken in einen Zauberort. Feuerzeuge wurden angezündet, die Gespräche und das Gelächter verstummten.

Jenny rollte mitten hinein in die kleine Schar und begann zu singen. *Forever Young* von Alphaville. Mit einer beeindruckenden Stimme. Intensiv, voller Empathie. Fast wie Whitney Houston, auch eine aus der Bahn Geworfene.

Im Text hieß es: „Jugend ist wie ein Diamant in der Sonne, und Diamanten sind für immer."

Alle schwenkten dazu ihre Feuerzeuge, ließen die Flammen tanzen und sangen den Refrain mit. Steigerten sich. Noch einen Ton höher und noch einen. Sie sangen aus vollem Herzen.

Rocco schauderte es bis in die Seele. Mit feuchten Augen stahl er sich davon. Maja war auch ein Diamant gewesen.

Es musste getan werden. Es war eben nicht alles ausgestanden wie gedacht. Die Ereignisse hatten die alten Wunden wieder aufgerissen. Ließen das Herz bluten.

Es musste getan werden. Es würde nichts ändern an dem, was passiert war, aber es würde den Makel beseitigen, ein Opfer zu sein. Ein Opfer, das alles mit sich geschehen ließ.

Wie das göttliche Vorbild es sagt: „Die Rache ist mein, ich will vergelten." Vergelten, sagt die Stimme des Herrn, nicht vergeben.

„Ich will vergelten", lautete deshalb der mörderische Schwur, „ich werde alles auslöschen. Den unsäglichen Kummer, den er verursacht hat, und ihn selbst. Nicht in Gedanken, sondern mit den eigenen Händen. Nicht irgendwann, sondern jetzt, nicht irgendwie, sondern ohne jedes Mitleid. Er hatte ja auch keines gehabt."

Der Plan war simpel. Im Grunde war es gar kein Plan, nur eine logische Abfolge.

Er würde völlig ahnungslos sein. Sie würden sich wie aus heiterem Himmel gegenüberstehen. Er würde erstarren, sobald er den blitzenden Stahl erblickte. Es würde Schweigen herrschen. Was geschehen war und was gleich geschehen würde, bedurfte keiner Erläuterung. Er würde begreifen und nichts dagegen tun können. Er würde in der gespenstischen Stille die erhobene Hand sehen mit dem schwarzen Handschuh und darin das silberne Messer. Die Hand würde nicht zittern, der Wunsch nach Vergeltung würde sie stark machen.

Und dann, dann würde ihm recht geschehen. Endgültig.

Die Ermittler würden im Dunkeln tappen. Es würde kaum Spuren geben. Nur eine einzige, bewusst gelegt, um den irdischen Polizeiapparat hinters Licht zu führen.

Denn nur das göttliche Licht und die göttliche Gerechtigkeit durften siegen. So wie es geschrieben steht im 5. Buch Mose: „Die Rache ist mein!"

Kapitel 49

Der Dieb liebt die Nacht.
Sprichwort

„Haben Sie meine Aktentasche, Müller?"

„Nee, ha ick nich." Müller II hatte nicht.

„Ich dachte, ich hätte sie gestern im Auto liegen gelassen."

„Nee, ham se nich." Der Kanzler hatte nicht.

Anders ausgedrückt: Katastrophe. Olaf Scholz ohne seine schwarze Aktentasche, das war ein Anschlag auf die Weltordnung, das war in vier Jahrzehnten nicht vorgekommen!

Meine schwarze Aktentasche begleitet mich schon bald 40 Jahre – auf jeden Termin, jede Auslandsreise und auch in den Urlaub. Gekauft habe ich sie mir als junger Anwalt.

So hat er es selbst auf Instagram gepostet.

Die Tasche war ein Modell des Hamburger Nobelherstellers Bree mit der Bezeichnung „Times 16" und hatte in den 80er-Jahren, als Olaf sie erwarb, schon 890 D-Mark gekostet. Im Lauf der Zeit war sie etwas speckig geworden. Aber mit 40 durften alle erste Verfallserscheinungen zeigen, auch ein lederner Ranzen.

Manche meiner Kollegen oder Mitarbeiterinnen finden, sie sei abgewetzt. Ich nenne es Patina. Die Aktentasche gefällt mir von Jahr zu Jahr besser.

Man fragt sich unwillkürlich nach dem Inhalt und muss dabei zwangsweise an den amerikanischen Präsidenten denken. Der hat auch eine schwarze Tasche. Nur schleppt er sie nicht persönlich, sondern sie wird ihm auf Schritt und Tritt hinterhergetragen.

Dieses „First Bag" enthält bekanntermaßen allerlei Wissenswertes über den Atomkrieg. Wo die Raketen versteckt sind, wie die Angriffspläne aussehen und wie man so einen Krieg überhaupt auslöst. Welche Knöpfe in welcher Reihenfolge gedrückt werden müssen an dem kleinen Gerät in der Tasche des Todes. Kann sich ja nicht jeder merken.

Vermutlich ist der deutsche Kanzlerranzen weniger martialisch bestückt. Trotzdem ist bestimmt Wertvolles drin. Aber was, zum Henker?

Immer wieder werde ich gefragt, was denn Geheimnisvolles in dieser Tasche ist –, und es ist viel langweiliger, als manche vielleicht annehmen: meine Lesebrille, Tageszeitungen und natürlich Akten.

Und wenn er in den Urlaub fährt, bestimmt noch Sonnenöl, die Police von der Reiserücktrittsversicherung, die Adiletten für den Strand.

Aber jetzt war sie weg, die Tasche! Samt allen Unterlagen für heute. Doch die hätte er ohne die mitverschwundene Lesebrille eh nicht studieren können. Außerdem hatte Jeanette bestimmt einen Haufen Kopien und alles noch x-fach abgespeichert.

So weit, so gut, das Museumsstück blieb trotzdem verschollen. Müller II und Britta beteiligten sich solidarisch an der fieberhaften Suche.

Schröder beobachtete das Treiben voller Interesse und entschied sich, die Fahndung zu unterstützen. Er hatte zwar keine Ahnung, worum es ging, aber Schnüffler bleibt Schnüffler, da braucht niemand „Such!" zu sagen.

Hätte er besser bleiben lassen sollen. Denn kaum hatte er sich aus dem Korb erhoben, vermeldete Müller: „Det isse doch!"

Täter gefasst! Der Vierbeiner hatte wohl nachts beschlossen, sein Bett ein wenig aufzupeppen. Da kam ihm ein ledernes Kissen gefüllt mit Arbeitsunterlagen von internationaler Bedeutung gerade recht.

Wenn man so will, war die Politik wieder mal auf den Hund gekommen.

Da Schröder weder der Opposition noch irgendwelchen autonomen Gruppierungen oder einer letzten Generation angehörte, wollte ihm niemand Sabotage unterstellen. Er ging straffrei aus.

Hauptsache, das gute Stück war wieder da und der Kanzler konnte ins Büro, ohne sich vor Jeanette als vergesslicher Schussel outen zu müssen. Letztlich doch ein guter Tagesanfang. Wenn es jetzt auch noch in der Mordermittlung weiterging, konnte er nicht meckern.

Müller II kontrollierte sorgfältig das Einsteigen: „Kanzler drin, Ranzen drin, allet jut, ab die Post!"

Er schloss die Fondtür, setzte sich hinter das Steuer, machte den Schlagersender an und fuhr los. Jürgen von der Lippe sang *Guten Morgen, liebe Sorgen.*

Als sie über die Lange Brücke rollten, wollte Olaf gerade in seine wiedergewonnene Aktentasche greifen, die noch deutlich nach Hund roch. Da sah er aus dem Augenwinkel etwas Gelbes.

Etwas Quietschgelbes. Es war eine Vespa, die auf der Gegenfahrbahn daherkam und Richtung Potsdam Zentrum tuckerte. Die Fahrerin trug einen außerirdischen Helm. Ösi-Mizzi, eindeutig. Im Radio kam gerade der nächste Song: *Drah di net um, der Kommissar geht um.*

Die Mizzi und die Vespa entschwanden seinen Blicken, der Kanzler kramte seine Unterlagen aus der alten Bree. Akten ohne Ende. Wenn denn nur alles das Papier wert wäre, auf dem es geschrieben worden ist …

Kapitel 50

Wenn man nur gut genug schnüffelt,
dann stinkt es überall.
Ryszard Kapuściński, polnischer Schriftsteller und Journalist

Im holländischen Puppenhaus war Jasmins Verleger zu Gast. Die beiden saßen am Küchentisch bei einem Arbeitsfrühstück und waren ausreichend beschäftigt.

Mizzi hatte also freie Hand. In ihrem adretten schwarz-weißen Outfit saugte, fegte, wischte sie durch die Zimmer und landete schließlich im Atelier. Kreatives Chaos, wohin sie blickte. Farben, Stifte, Pinsel, die üblichen Stapel von Büchern, Zeichnungen und Entwürfen.

Sie holte Luft und stürzte sich in das Durcheinander. Dabei entdeckte sie mit geübtem Blick den Zwanzigeuroschein zwischen den Papieren.

Aha, Trick siebzehn: Teste deine Putzfrau! Die Banknote schaute etwas zu deutlich aus dem Tohuwabohu hervor. Mizzi staubwedelte in sicherer Entfernung drum herum, rührte die Kohle nicht an. Sie war ja nicht blöd. Die ehrliche Putzfrau würde später das Haus verlassen, der Geldschein aber würde immer noch da sein. Ein weiterer Pluspunkt auf dem Konto ihrer Zuverlässigkeit.

Gegen den Strich ging der Test ihr aber schon. Zur Strafe würde sie jetzt anderswo herumschnüffeln, wo die Chefin es garantiert nicht vermutete. Selbst schuld!

Der altmodische Schreibtischkalender schien ihr ein geeignetes Objekt. Wer weiß, vielleicht hielt er ja sensationelle Entdeckungen parat. Mizzi blätterte durch die Seiten und suchte den Tag von Mata Haris Ermordung.

Treffer! Da stand etwas. Drei Wörter mit drei Ausrufezeichen: Alles für mich!!!

Mizzi versuchte, die Bedeutung zu entschlüsseln. Es las sich wie ein Motto. „Für mich“, damit meinte Jasmin sich wohl höchstpersönlich. Aber was bedeutete „Alles“?

Hatte es überhaupt mit der Ermordung der Mata Hari zu tun oder stand die Notiz in einem völlig anderen Zusammenhang?

Mizzis Überlegungen führten zu rein gar nichts, also zückte sie ihr Handy und fotografierte den geheimnisvollen Satz.

Wo konnte sie noch etwas ausbaldowern? Die Gelegenheit war schließlich günstig, die Stimmen in der Küche ließen auf eine ausgedehnte Unterhaltung schließen.

Der blaue Ordner mit dem Etikett *Bank!*

Daran hatte sie noch gar nicht gedacht. Sie zog ihn aus dem Regal und checkte mit fliegenden Fingern die Kontoauszüge durch. Respekt, da war jede Menge Kohle! Da waren vor allem auch Bareinzahlungen. Wenige zwar, aber immerhin in vier- bis fünfstelliger Höhe.

Mizzi blätterte zurück und stellte fest, dass diese Einzahlungen erst nach dem Tod des Hais begonnen hatten. Vorher waren nur Eingänge von Buchverlagen und Verwertungsgesellschaften zu finden, alle per Überweisung, ganz offiziell.

Noch ein Rätsel, das sie nicht lösen konnte. Da half es auch nicht, die Infos auf den rosa Jasmin-Zetteln in ihrem Gehirn zu speichern. Oder war Rosa die falsche Farbe? Käme Blutrot der Sache näher? Die filigrane, blonde Künstlerin in Wahrheit eine finstere Killerin?

Mizzi knipste sich durch die Kontoauszüge und schickte dann den ganzen Berg Fotos samt dem geheimnisvollen Satz aus dem Kalender per WhatsApp los. Sollte sich doch die Frau Britta den Kopf zerbrechen. Sie hatte die Spionage-Aktion schließlich angeleiert, Mizzi war nur die Agentin vor Ort.

Aber eine clevere und findige Agentin, da biss die Maus keinen Faden ab! Sie stellte den Bankordner exakt zurück an seinen Platz, als wäre er niemals bewegt worden. Dann posierte sie vor dem Spiegel mit den bunten Aufklebern und verneigte sich nebst Staubwedel zufrieden vor sich selbst.

Kapitel 51

Wenn ich schon sündige,
dann aber richtig und ohne schlechtes Gewissen.
Sophokles

Eine Kirche und davor Rocco. Ein ungewohntes Bild. Wenigstens in Berlin. Als er noch ein Lausbub in Wien war, hatte er sich gerne vor der Kirche in seiner Vorstadt herumgetrieben. Der Haupteingang des Gotteshauses war von den Ausmaßen ein ideales Fußballgoal, der Platz davor der Strafraum. Mit seinen Freunden spielte er Elfmeterschießen. Der Pfarrer wusste nichts vom viel zitierten Fußballgott und drohte mit biblischen Strafen. Noch ein Anreiz mehr für die hoffnungsvollen Erben von Hans Krankl und Toni Polster. Es lebe der Sport!

Zurück an die Spree. Rocco war nicht zur Kirche marschiert, um seine Jugendsünden zu gestehen, sondern um den anonymen Mailschreiber zur Rede zu stellen, der dank Kilometer-Jenny nicht mehr anonym war. Sondern dingfest gemacht als Kaplan einer Kirchengemeinde im Norden Berlins.

Hinter dem Turm, versteckt im Schatten eines mächtigen Baumes, lag das Gemeindesekretariat. Rocco versuchte, ein gottgefälliges Gesicht aufzusetzen, und stakste mit klappernden Absätzen seiner Boots die Treppe zum Eingang hoch.

Drinnen wäre ihm die gottgefällige Miene beinahe aus dem Gesicht gefallen, denn die Gemeindesekretärin entsprach ganz und gar nicht den Klischees. Keine ältliche Dame mit Trockenhauben-Dauerwelle, sondern ein Feger erster Sorte. Jung, in schrillen Klamotten, die Haare knallorange gefärbt, die vollen Wangen knallig rot gepudert. Ein abgefahrenes Pausbäckchen.

Sie schien sich ihrer Wirkung in einem Pfarrbüro bewusst zu sein: „Hi, was kann ich für dich tun?“

Er würde gerne den Kaplan sprechen, spulte Rocco seine Story herunter, in einer alten Sache. Persönlich, vertraulich.

Pausbäckchen drehte das Radio leiser. *Who the Fuck is Alice* war nicht wirklich kompatibel mit einem seelsorglichen Betrieb.

„Der Kaplan ist nicht da“, beschied sie, „gestern hat er noch das Hochamt gelesen, dann ist er raus auf seine Datscha am See und kommt erst übermorgen wieder. Nimmt eine Auszeit. In keuscher Einsamkeit.“

Hörte Rocco da einen Unterton? Er überging die Andeutung, er war ja als Rächer hier und nicht als Psychologe.

„Oh je, ich muss ihn also doch anrufen. Dann ist die Überraschung allerdings im Eimer. Gilt die alte Nummer noch? Moment mal, ich hab sie hier irgendwo gespeichert.“

Rocco suchte auf seinem Handy herum und nannte schließlich eine Mobilfunknummer.

„Die muss ja uralt sein“, unterbrach die farbenfrohe Sekretärin hilfsbereit, „ich gebe Ihnen seine aktuelle.“

Der Trick hatte wieder einmal funktioniert. In Roccos Handy war gar nichts gespeichert, die Nummer hatte er erfunden. Und jetzt hatte er die richtige!

Prima gelaufen, Ziel erreicht.

Unter anderen Voraussetzungen hätte er jetzt seine silbern bedruckte Visitenkarte hervorgeholt sowie seinen Wiener Schmäh und hätte der Gemeindesekretärin so lange schöne Augen gemacht, bis ein Date stand. Aber seit Maja war alles anders. Er war vom Schürzenjäger zum Liebenden geworden. Baggern war abgehakt, ein für alle Mal.

Dazu kam der Eindruck, dass Miss Pausbäckchen ohnedies grad nicht auf Männerfang war. Sie wirkte zwar freundlich, aber doch distanziert. Hatte sie Probleme mit einem Kerl? Weil er zu viel wollte oder weil er nichts wollte? Es gibt ungezählte Möglichkeiten, warum Frauen auf Männer nicht gut zu sprechen sind. Rocco kannte sich aus, langjährige Erfahrung. Aber das war jetzt alles nicht mehr wichtig.

Er bedankte sich, wünschte noch einen schönen Tag und stiefelte klackernd die Treppe hinunter, über die er gekommen war.

Rocco war zufrieden. Kilometer-Jenny, seine IT-Beauftragte, würde das Handy des Priesters locker orten, da war er sicher. Es gab ja genügend Spionage-Apps. Und dann würde er sich diesen Mann Gottes vornehmen. Auf Teufel komm raus!

Pausbäckchen war weniger zufrieden. Je länger sie über diese Erscheinung aus dem Wilden Westen nachdachte, umso stärker wurden ihre Zweifel. Hatte der Typ sie reingelegt? Ihr eine Fake-Geschichte aufgetischt? Ging es wirklich um eine Überraschung oder steckte etwas ganz anderes dahinter? Eine Frau vielleicht? Pausbäckchen wusste nur zu gut, dass der Kaplan eine heimliche Leidenschaft für Sex hatte. Dass er schon einmal kurz davor gewesen war, die Seelsorgerei hinzuschmeißen und mit einer Frau zusammenzuleben. Das war schiefgegangen, aber zurück zur selbstlosen Enthaltsamkeit hatte er es nicht mehr geschafft. Leider hatte er deswegen immer Gewissensbisse. Das Sophokles-Prinzip in Sachen Sünde war bei ihm noch nicht angekommen.

Pausbäckchen bekam es mit der Angst. Hatte der Diener Gottes schon wieder etwas angefangen? War der Cowboy ein gehörnter Ehemann? Sie griff zum Telefon. Der Anruf ging ins Leere, Mailbox.

Sie würde dranbleiben. Er war schließlich auch *ihr* Kaplan!

Kapitel 52

Ich lebe in einer Welt voller Menschen,
die vorgeben, etwas zu sein, was sie nicht sind.
Cinderella (Disney-Film 1950)

Clara Bischoff war eine Konstante. Sie sah immer gleich aus. Gestern, heute, morgen, immer exakt gleich. Glänzendes kohlrabenschwarzes Haar, zu einem Pony geschnitten. Die Augen dunkel geschminkt, Lippenstift deep purple. Sie trug grundsätzlich Hosenanzüge in dunklen Grautönen und als unverwechselbares Accessoire am Revers eine silberne Brosche, die ein Gänseblümchen darstellte.

Joschi, in Sachen Botanik völlig ahnungslos, wollte seine rechte Hand deshalb Gänseblümchen nennen, worauf sie entschieden protestierte. Wenn schon nicht Bischoff, dann bitte Tausendschön. Das sei ihr Spitzname von Kindesbeinen an, weil sie sich immer Kränze aus Gänseblümchen geflochten hatte. Diese Kränze stehen für Hoffnung, Zuversicht, Liebe und Unendlichkeit, fügte sie hinzu, und Tausendschön sei eine von über hundert Bezeichnungen für das Blümchen.

Wieder jede Menge gelernt, Herr Wondratschek!

Heute war die Blüte des Kommissariats ausgesandt worden, um noch einmal das Alibi der Jasmin Imhoff für den Mord an ihrem Mann zu überprüfen. Zwei Freundinnen waren ja angeblich bei ihr gewesen, um die Details einer Wohltätigkeitsveranstaltung zu besprechen und dabei Champagner zu nippen. Mit anderen Worten: Sie praktizierten prickelnde Nächstenliebe.

Die erste Kandidatin war Karo Kummels, von Beruf Influencerin.

Eine Influencerin ist eine neue Mutation der Spezies Frau, die mit einem Smartphone an der Hand geboren wird, in das sie immer reinguckt und dazu die aufgeblasenen Lippen schmollmundig schürzt. Am liebsten trägt sie dabei wenig oder nichts. Oder wie Josephine Baker es formuliert hatte: „Ich war nie nackt. Ich hatte nur keine Kleider an."

Heute – es war erst später Vormittag – empfing sexy Karo in einem Flanellpyjama mit Blumenmuster, dazu Filzpuschen und einen Handtuch-Turban auf dem Kopf. Ungeschminkt, wie Gott sie geschaffen hatte. Keine Meisterleistung des Herrn, eine Frau mit dem gewissen Nichts. Sie sah aus, als wäre Photoshop nie erfunden worden.

Karo, die Einflussreiche, Gattin eines Tennisprofis, bat Tausendschön in ihr Wohnzimmer, wo in einer Ecke die Kulisse für die Posts aufgebaut war. Ein üppig verzierter Schminktisch, an dem sie die Kosmetika präsentierte, die ihr ein fettes Salär garantierten. Der Schminktisch war vom Möbeldiscounter, die Kosmetika von fragwürdiger Herkunft. Und das Alibi? Hielt wenigstens *das* Qualitätsansprüchen stand?

„Um welche Veranstaltung ging es bei Ihrem Treffen mit Frau Imhoff?", fragte Tausendschön.

„Eine Gala zugunsten von Künstlern, die in der Pandemie ihre Einkommen verloren haben. Wir hatten Popstars aus der ersten Riege für das Programm gewonnen."

Karo Kummels schminkte sich während des Gesprächs. Seltsamerweise nicht mit den Produkten, die sie auf ihrer Website postete.

Tausendschön dachte sich ihren Teil und fragte nach: „Wann findet dieser Event statt?"

„Leider findet er gar nicht statt. Der Hauptsponsor ist insolvent gegangen. Keine Kohle, keine Gala. Wir waren sehr enttäuscht, um nicht zu sagen am Boden zerstört. Ich habe das alles auch gepostet. Können Sie auf meinem Kanal gerne nachhören."

Tausendschön war nicht sicher, ob sie das wirklich wollte.

Weitere Fragen ergaben mehr heiße Luft als Anhaltspunkte, die Befragung hatte sich erschöpft. Die Kriminalbeamtin beschloss, das Feld zu räumen, noch ehe diese Durchschnittstusse sich in ein perfektes Wesen aus einer anderen Kosmetikwelt verwandelt hatte. Bevor die geneigten Zeitungsleser und Follower mit der nächsten tiefgründigen Schlagzeile beglückt wurden wie „Karo zeigt sich ohne BH" oder „Karo bügelt am liebsten nackt".

Die zweite Alibizeugin stellte sich als Exgattin des Immobilienbetrügers heraus, der aus der Türkei direkt in einen deutschen Knast geflogen worden war, wo er immer noch einsaß.

Sie bestätigte, dass sie sich bei der Imhoff getroffen hatten, wusste sogar noch die Schampusmarke und war als mitfühlender Mensch ebenfalls bis ins Mark gebeutelt von der Absage des Events. Behauptete sie jedenfalls.

Tausendschön sah das eher nüchtern. Die Dame hatte sich das Benefiz-Mäntelchen umgehängt, um nach dem Skandal wieder in den besseren Kreisen Fuß zu fassen. Blöderweise war ihr die gecrashte Gala genau auf diesen Fuß gefallen. Aua!

Als Dienstwagen hatte Tausendschön einen trostlosen kieselgrauen Mittelklasse-Ford zugeteilt bekommen, bei dem von „Klasse“ keine Rede sein konnte. Piefiger ging es nicht.

Bevor sie zurück ins Präsidium losfuhr, googelte sie die wundersame Benefizveranstaltung. Die Ankündigung war noch da: „Ein Herz für Freunde, das Galadinner mit den Megastars“.

Die Namen waren tatsächlich mega, die Eintrittspreise auch. Die Beschreibung des Ereignisses war an Sensationsgetue und Gutmenschentum nicht zu übertreffen. Von Highlights, Herz und Zusammenhalten war die Rede, vom Showbiz als Paradies der Menschlichkeit und des Miteinanders. Geschenkt!

Fast schon giga war eine andere Entdeckung: Die Absage der Kiste war schon einen Tag vor dem Tod des Hais erfolgt!

Tausendschön startete den popeligen Ford so stolz, als wär's ein waschechter knallroter Ferrari. Sie wählte über den Bordcomputer den Hauptkommissar an und stellte sensationelle Neuigkeiten in Aussicht.

Joschi hatte sich für einen längeren Monolog seiner Assistentin gewappnet und recht damit getan. Das Schicksal bescherte ihm dafür aber eine tiefgreifende Erkenntnis.

Und die lautete: „Die Sache stinkt!“

„Inwiefern?“

„Insofern, dass die Damen lügen und dass alle beide einen einleuchtenden Grund dafür haben.“

Tausendschön schwang zur Bestätigung ihren rabenschwarzen Pony und richtete sich kerzengerade im Besucherstuhl vor Joschis Schreibtisch auf.

„Erstens: Als der Hai ermordet wurde, war die Benefizgala schon abgesagt. Macht also keinen Sinn, sich deswegen noch zu treffen. Zweitens: Beide Zeuginnen haben Dreck am Stecken. Sie können also durchaus für das Alibi erpresst worden sein. Die Erste ist eine gewisse Karo Kummels, Influencerin für Kosmetika. Kosmetika sind die Sachen, die man sich auf die Haut oder ins Gesicht schmiert, um besser, jünger und gesünder auszusehen. Also das Zeugs, das Sie anscheinend niemals nehmen."

„Bleiben Sie sachlich", murrte der Hauptkommissar.

„Ich habe mitbekommen, dass die Frau Karo persönlich ganz andere Produkte nimmt. Kann heißen, dass ihr Schönheitszeug nichts taugt, vielleicht sogar schädlich ist. Gefundenes Fressen für einen Erpresser oder eine Erpresserin!"

„Klingt einleuchtend", nickte Joschi.

„Die zweite Zeugin ist die Ex vom Bauskandal-Unternehmer. Möglicherweise war sie ja informiert von der Sauerei oder daran beteiligt und hat Angst vor einer Enthüllung. Also ist auch hier ein Alibi gegen Schweigen möglich."

„Woher soll die Imhoff das alles gewusst haben?"

„Von ihrem Mann natürlich. Sie hat uns zwar erzählt, die beiden hätten das Berufliche streng getrennt. Könnte ja anders gewesen sein. Oder sie hat ihm nachspioniert. Weitere Möglichkeit: Es gab doch Aufzeichnungen vom Hai, die wir nur nicht gefunden haben, weil die Frau sie schon gefunden hatte."

„Das heißt", stellte Joschi fest, „Sie sind eine verdammt gute Beamtin, und die Imhoff ist auf einmal Hauptverdächtige im

Mord an ihrem Mann. Bleibt die Frage: Hat sie auch Mata Hari auf dem Gewissen?“

„Ich hab da eine Idee“, antwortete Tausendschön, „aber die ist noch nicht ausgegoren. Geben Sie mir Zeit.“

„Ich gebe gerne. Aber niemals viel. Also ranhalten, Frau Supercop!“

Kapitel 53

Chancen gehen nie verloren.
Die man selbst versäumt, nutzen andere.
Anonym

Die IT-Beauftragte mit dem Office am Kotti hatte prompt geliefert: Der Kaplan, vielmehr das Smartphone war geortet. Es war eingeloggt an einem winzigen See knapp vor der Stadtgrenze. Ein verwunschener Ort, verschont vom Freizeittourismus, von adipösen Badehosenträgern und tätowierten Bikini-Schönheiten. Ein angenehmeres Refugium gab es nicht.

Aber das sollte sich ändern. Denn Rocco war im Anmarsch, besser gesagt im Anrollen mit seinem Sanremo-grünen Elektrogeschoss. Ende mit verwunschenem Refugium. Er hatte die Koordinaten des Zielpunktes in den Bordcomputer eingegeben und landete schließlich auf einem schmalen Forstweg. Links und rechts Bäume, Sträucher und Dornenzeug. Dafür war ihm die teuer erkaufte Karre einfach zu schade.

Rocco ließ den Wagen stehen und stapfte zu Fuß weiter. Die schicken Boots erwiesen sich dabei als komplett untauglich, bei jedem Schritt sanken die hohen Absätze im feuchten Waldboden ein und hinterließen Spuren. Falsches Terrain für einen selbst ernannten Cowboy.

Endlich wurde es lichter. Die Bäume wichen zurück, die Stille des Waldes schlug um in die ewigen Geräusche eines kleinen Sees. Wellenplätschern, Knarzen von Bootswänden, Flügelschlagen von Wasservögeln.

Hinter dichtem Schilf entdeckte er die verwitterte Datscha. Rocco straffte sich für die Konfrontation mit dem Schwarzrock, bog um die Ecke und fiel fast über die Leiche.

Was war das, verdammt noch mal?

Er brauchte ein paar Sekunden, um zu begreifen, dass es der Kaplan sein musste. Auf den er, Rocco, es abgesehen hatte. Aber nicht so, in drei Teufels Namen!

Rocco vergewisserte sich. Der Körper in Shorts und T-Shirt war kalt. Eiskalt. Mausetot. Jemand war ihm zuvorgekommen, das war unfair.

Der Kerl sah auch als Leiche immer noch gut aus. Kein Wunder, dass die Mädels auf so einen abfuhren. Und auch noch ein Priester! Verbotene Liebe, ein erstrebenswertes Abenteuer für romantische Teenager.

Rocco schüttelte die seltsamen Gedanken ab.

Viel wichtiger war jetzt, dass jeder denken konnte, er wäre es gewesen. Er, der zwielichtige Ösi-Gauner. Vorurteile sind eben wie Konserven, sie halten praktisch ewig. Aber er war es nicht gewesen. Nur wer würde ihm glauben? Die Bullen? Vergiss es!

„Reiß dich zusammen!"

Hastig fotografierte er die ganze Szenerie, knipste sogar ins Innere der Hütte. Er wusste zwar nicht wofür, aber es konnte nicht schaden.

Jetzt bloß fort von hier!

Rocco sprintete, stolperte den ganzen Weg zurück und hinterließ die Spuren seiner Absätze. Diesmal in der anderen Richtung.

Rein in den Wagen, Anlasser, Rückwärtsgang, voller Speed.

Einfach nur weg!

Als er endlich zurück war auf der asphaltierten Landstraße, setzte schlagartig prasselnder Regen ein. Die Scheibenwischer arbeiteten auf Hochtouren, der Wolkenbruch wurde immer heftiger. Das peitschende Unwetter hielt an bis Berlin und verdüsterte den Himmel. In den Häusern gingen die Lichter an. Mitten am Tag.

Die Fenster von Mizzis Appartement aber blieben dunkel. Sie hatte wohl Schicht im *Einstein*. Rocco fummelte an seinem Fuchsschwanz herum, bis er den Zweitschlüssel fand. Damit ließ er sich selbst ein und wartete im gewittrigen Zwielicht auf seine Schwester. Er musste das Erlebte loswerden.

Sein Blick fiel auf ein Buch: *Der Schokoladenmann*. Er griff danach und blätterte darin. Ein Kinderbuch, mit rührenden Bildern illustriert. Auf der Rückseite des Einbands ein Foto der Autorin: Jasmin Imhoff.

Rocco wurde melancholisch und legte den Band wieder weg. Jetzt brauchte er keine Kinderbücher mehr. Damals hätte er sie gebraucht – als kleiner Wiener Vorstadtbub.

Draußen tobten die Gewalten.

Jeanette hatte die Nummer von Wondratschek, Hauptkommissar, mittlerweile eingespeichert. Alphabetisch korrekt zwischen Willem-Alexander, König, und Wowereit, Ex-Bürgermeister.

Nachdem sie dem Kanzler seinen Morgen-Espresso gebracht hatte, stellte sie durch: „Aber nur fünf Minuten! Dann habe ich

China in der Leitung und schmeiße den Schnüffler gnadenlos raus."

Olaf war folgsam und fasste sich kurz.

Er berichtete dem Kommissar von Mizzis Entdeckungen. Von der rätselhaften Eintragung in Jasmins Kalender „Alles für mich" und dass sie seltsame Bargeldeinzahlungen tätigte. Aber erst nach dem Tod ihres Mannes.

„Ich habe eine Theorie entwickelt", erklärte der Kanzler stolz. „Möglicherweise ist die Gute gar nicht so harmlos, wie sie tut. Sie könnte ja die Erpressungen des Hais fortführen. Vielleicht verlangt sie weitere Zahlungen von Leuten, die sich schon freigekauft hatten. Vielleicht hatte der Hai auch Fälle auf Vorrat, die sie jetzt ausschlachtet. Dazu müsste sie allerdings an Unterlagen gekommen sein, die es angeblich gar nicht gibt. Die kann sie aber auch irgendwo versteckt haben, deswegen habt ihr nichts gefunden. Was hältst du von der Überlegung?"

Joschi dachte kurz nach: „Möglich ist das. Tausendschön hat einen ähnlichen Verdacht. Aber ist es auch ein Grund zu morden? Eher müsste sie das Opfer sein, wenn einer der Erpressten ausrastet."

Mehr konnte er nicht äußern, denn Jeanette, die Unerbittliche, schnitt ihm per Tastendruck das Wort ab. Peking war dran, Erpressung in der Weltpolitik geht vor.

Kapitel 54

Das Alibi ist wie ein Kredit.
Wenn man es hat, braucht man es nicht. Und umgekehrt.
Sir Peter Ustinov

Wenn Straßen reden könnten, wäre die Nestorstraße in Berlin trotzdem stumm. So nichtssagend ist sie. Bis auf die Hausnummer 22. Die kann sogar Musik machen. Und leuchten. Denn sie beherbergt *Die kleine Weltlaterne.*

1961 von Hertha Fiedler in Kreuzberg gegründet, zog die lautstarke, bunte Kneipe später nach Halensee und ist dort ein Hotspot. So einen findet man in den angesagten Kiezen erst nach langem Suchen oder gar nicht.

Die Wände gepflastert mit allem, was man an einen Nagel hängen kann. Mit emaillierten Reklameschildern für Persil und Kakao, die entworfen wurden, als der Sarotti-Mohr noch nicht verpönt war.

Dazwischen Menütafeln, nostalgische Straßenschilder, vergilbte Fotos von Kneipenfeten, Konzertplakate, Gemälde, Grafiken, Zeichnungen ohne Ende.

Darunter eine Menge Originale.

Denn die Weltlaterne hatte sich von Anfang an als Heimathafen für Künstler angesehen. Für solche, die oben schwammen, aber vor allem für solche, die sich gerade über Wasser halten konnten. Wer nicht mit Kohle bezahlen konnte, der bezahlte mit einem seiner Werke. Bier gegen Bilder, so hieß das.

Ausstellungen wurden abgehalten, Günter Grass las aus seiner Blechtrommel und versteigerte dabei Kunst-Exponate für den guten Zweck.

Musiker quetschten sich im Menschengewühl in eine Ecke und hielten Jazz-Sessions ab, so wie heute noch. Der Laden sprach sich herum. In Berlin und weit darüber hinaus.

Friedensreich Hundertwasser, Ernst Fuchs, Friedrich Dürrenmatt, Henry Miller, Hildegard Knef, Udo Jürgens, Harald Juhnke gaben sich hier die Kante. Sangen, quatschten, diskutierten und rauchten die Bude zu bis unter die Decke.

Nach dem Tod von Hertha Fiedler, die zu Recht das Bundesverdienstkreuz bekommen hatte, führt ihr Sohn Bernd nun das Unikat weiter und hält die verrückten Traditionen aufrecht. Man sollte auch ihn gelegentlich im Schloss Bellevue vorschlagen.

Vor der Tür parken üblicherweise brave Meganes von Renault, betagte Mercedes 200er und züchtige Opel Asconas. Mittelklassewagen der Mittelklasse, die in den Häusern rundum gutbürgerlich vor sich hinwohnt.

An diesem Abend allerdings ein völlig anderes Bild. Eine Sanremo-grüne BMW-Flunder machte sich breit und daneben kauerte sprungbereit eine vorlaute zitronengelbe Vespa.

Dazu kam – gerade im Anrollen – ein gepanzerter Daimler mit abgedunkelten Scheiben. Das Dickschiff hielt an, der Chauffeur stieg aus und öffnete die rückwärtige Tür.

Aus der Fondtür erschien ein Herr mit Hut, Sonnenbrille und Aktentasche. Hut und Brille behielt er, die Tasche übergab er behutsam dem Fahrer. Der nahm sie ebenso behutsam entgegen.

Dann schaute der Ankömmling nach oben auf die Leuchtreklame über dem Laden.

Die kleine Weltlaterne, Galerie-Restaurant stand da.

„Origineller Name", dachte er bei sich, „hoffentlich geht auch *uns* hier ein Licht auf." Die eilig einberufene Krisenkonferenz sollte ja nicht für die Katz sein.

Das Dickschiff hatte sich inzwischen mit einem dezenten schwäbischen Schnurren neben den BMW gequetscht.

Tür auf. Typische Kneipengeräusche und Kneipengerüche drangen heraus und weckten Erinnerungen an die Studienzeit. Ergo bibamus. Lang, lang ists her. Sollten Sie kein Latein gelernt haben, auch egal. Denn schon kam der Wirt hinter dem mit Millionen Flaschen bestückten Tresen hervor und begrüßte den Gast mit einem respektvoll-kumpelhaften „'n Abend, Chef".

Er konnte es sich leisten, exklusive Klientel gehörte schon immer zur Weltlaterne. Hängen alle an den Wänden mit Autogramm, manche sogar mit Selbstporträts. Aber das hatten wir bereits.

„Sie werden schon erwartet!"

Der Wirt führte Olaf zu einem extra aufgebauten und extra gut getarnten Tisch.

Die Investigativ-Mannschaft war damit komplett. Britta, die Analytikerin; Mizzi, die Schnüfflerin; Rocco, der Rächer; und Olaf, der Ermittler.

„Auch eine Molle?", fragte Bernd, der Wirt.

Olaf registrierte die Biere auf dem Bistro-Tisch vor seiner Mannschaft und dachte an seine Studentenzeit: „Warum nicht?"

„Der Pfarrer ist tot, aber ich war es nicht", brach es aus Rocco heraus.

Mizzi übernahm: „Lass mich mal, Bruderherz, du hast mir ja alles erzählt."

Sie bemühte sich, nichts auszulassen, und fing bei der Mail an, die aus einem von Majas Büchern herausgerutscht war:

„Liebe Schwester im Herrn, du hast kein Recht, dich in Dinge einzumischen, die dich nichts angehen. Allein Gott entscheidet, was in Ordnung ist und was nicht, was Liebe darf und was nicht. Und Gott wird richten.

Gesendet mit einem seltsamen Aliasnamen. Wie war der noch einmal?"

„Peccator", erklärte Rocco mit dumpfer Stimme. „Das ist lateinisch und heißt Sünder. Hab ich mittlerweile gecheckt."

Dann schilderte Mizzi den Einsatz von Kilometer-Jenny, die mit einem geklauten Tablet auf illegalen Wegen den Urheber der Drohnachricht dingfest gemacht hatte. Wie Rocco dann die Gemeindesekretärin ausgetrickst hatte und an die Handynummer des Kaplans gekommen war. Wie schließlich Jenny das Handy geortet hatte.

Und die Leute glauben immer noch, sie hinterließen keine Spuren.

Der Wirt brachte Olafs halben Liter Bier, der in Berlin *Molle* genannt wird. Aber die vier nahmen keine Notiz davon.

Von der Tür her war ein Luftzug zu spüren, als ein Jazzquintett mit seinen Instrumenten eintraf, um in einer Ecke des Lokals alles für eine Session vorzubereiten. Aber die vier nahmen keine Notiz davon.

Denn Rocco erzählte währenddessen die Geschichte weiter. Seine Geschichte, sein Trauma am See.

So schnell wie möglich war er losgedüst, um den Kaplan zur Rede zu stellen. Den Schwarzrock, der seiner Maja etwas angetan hatte. *Höchstwahrscheinlich* etwas angetan hatte.

Er berichtete von der Fahrt auf der Landstraße, den Forstweg, der als Trampelpfad endete. Wie er eingesunken war mit seinen Cowboy-Absätzen, wie er die Geräusche des Sees wahrgenommen hatte und wie er schließlich die Datscha in ihrem Schilfversteck entdeckte.

Dann dieser Körper, über den er fast gestolpert wäre. Der einfach da lag vor dem Bootshaus. Halb nackt auf der Erde eines unbewachsenen Blumenbeets. Ein Körper in Shorts und einem blutgetränkten T-Shirt.

Rocco erinnerte sich an jede Kleinigkeit. Wie er gefühlt hatte, ob da noch Leben war. Wie er feststellen musste, dass da keines mehr war. Dass der Kerl sogar als Toter noch attraktiv aussah.

Wie ihn dann die Panik überfiel. Wie er noch Fotos machte mit dem Handy und dann Hals über Kopf davonrannte. Zurück zu seinem BMW. Dass ihm die Spuren egal waren, die er dabei hinterließ.

Rein in den Wagen, Anlasser, Rückwärtsgang, voller Speed.

Einfach nur weg!

Endlich die Fahrt zurück nach Berlin. Wie in Trance durch den prasselnden Regen. Die Flucht hoch in Mizzis Wohnung. Und dort in der Dämmerung warten, bis er sein Herz ausschütten konnte.

So war das gewesen.

Rocco verstummte.

Olaf musste durchatmen und nahm einen Schluck von seiner Molle.

Die Jazzer probierten ihre Mikrofone aus: „Test, Test, eins, zwei, drei."

Ein Pfeifen, eine Rückkopplung, dazu der vertraute Kneipenpegel. Gequatsche, Gelächter, Gläserklirren. Die kleine Weltlaterne kam langsam auf Touren.

Britta fand als Erste die Sprache wieder und gab Entwarnung: „Nach dem heftigen Unwetter gestern sind garantiert keine Spuren mehr von den Cowboystiefeln übrig. Dieses Problem ist also ausgeräumt. Besser gesagt weggespült. Wir kennen auch den Todeszeitpunkt nicht. Vielleicht hat Rocco ja sogar ein Alibi. Die nächste Frage ist, wann der Tote gefunden wird. Das Bootshaus scheint sehr einsam zu liegen. Das könnte sich hinziehen."

„Oder hast du von Joschi was gehört?", wandte sie sich an ihren Mann.

„Ich hab nichts gehört. Die Polizei muss ja erst einmal eine Verbindung zu unseren Fällen herstellen. Da geht irgendein Ermittlerteam hin und untersucht den Mord an einem Priester. Warum sollen die dabei an den Hai denken oder an Mata Hari?"

So einfach war das für Britta aber nicht.

„Irgendwann werden sie auf die Gemeindesekretärin stoßen. Die wird den Mann beschreiben, dem sie die Handynummer gegeben hat. Sie werden herausfinden, wer der Mann ist. Spätestens dann erfährt es Joschi Wondratschek. Zu dem wir beste Beziehungen pflegen."

Sie fixierte Rocco: „Verlassen Sie sich auf uns. Wir kriegen das hin!"

Rocco nickte ergeben. Sein Zweifel war deutlich größer als seine Überzeugung.

Britta legte nach: „Mizzi, Sie kümmern sich?"

„Klar, gnädige Frau!" Sie würde auf ihren Bruder aufpassen und ihn aus dem Jammertal herausholen.

Die Jazzer waren fertig mit den Vorbereitungen. Der Drummer hob seine Stöcke, zählte ein. Es ging los. Wohltuend sentimental, groovig dezent. Gute Musik braucht kein Getue und keine Ohrenschmerzen.

Britta war von einer Sekunde auf die andere still geworden und gab sich den Klängen hin. Sie fasste Olaf am Arm. Der lächelte sie an und lehnte sich an ihre Schulter.

Mizzi schubste ihren Bruder: „Komm, wir gehen. Die zwei werden sich garantiert für dich reinhängen. Aber jetzt lassen wir sie in Ruhe. Paare brauchen das ab und zu. Weißt du ja selbst."

Sie legte ihren Zeigefinger an die Lippen und zog Rocco aus der getarnten Ecke heraus.

Bernd, der Wirt, winkte von seinem flaschenfunkelnden Tresen und beschied: „Geht aufs Haus!"

Vor dem Laden drückten sich die Geschwister innig, ließen nur widerwillig voneinander los und fuhren dann getrennt davon. Rocco elektrisch lautlos, Mizzi italienisch geräuschvoll.

Müller II im schwarzen Dickschiff richtete sich auf noch längeres Warten ein. Er hatte die Musiker kommen sehen und kannte die Vorliebe seiner Chefin für Jazz. Aber es gab ja den Schlagersender im Radio. Er ließ die Sitzlehne nach hinten fahren und versenkte sich im soften Sound von Howard Carpendale, der gerade *Ti amo* sang. Was die Chefin konnte, das konnte er auch.

Bernd Fiedler überlegte. Allen anderen Promis hätte er gnadenlos ein Autogramm aus den Rippen geleiert. Aber heute hatte er das Gefühl, er sollte es lieber bleiben lassen. Wie die beiden dasaßen, versunken in der Musik, diese Zweisamkeit stören?

Nein, bloß nicht!

Er stellte sich vor, er wäre Kanzler. Mit all dem Mist an der Backe, der in der Welt passiert. Und ständig kommen Leute daher und fordern, dass du den Mist wegräumst. Sonst wählen wir dich nicht mehr, sonst machen wir dich runter, sonst schreiben wir dich in Grund und Boden. Wir haben dich im Visier!

Dasselbe gilt übrigens auch für die Köpfe der Opposition. Für alle im Fokus. Wer sich in Gefahr begibt, kommt darin um. Oder dreht durch. Oder er kann sich bei einem geliebten Menschen anlehnen und abschalten.

Dass der Regierungschef hier überhaupt aufgeschlagen war, hatte die Weltlaterne Mizzi zu verdanken. Vor ewigen Zeiten war Rocco in den Laden gekommen und hatte einen Job für seine Schwester gesucht. Sie war im Friedrichstadt-Palast ausgemustert worden. Nicht mehr frisch genug, vielen Dank für die Blumen!

Rocco hatte überall Kredit und war glaubwürdig. Er war zwar ein verdammtes Schlitzohr, aber ein Gentleman-Gauner, kein Mistkerl. So bekam er vieles, und zwar ganz locker. Auch die Stelle für Mizzi.

Sie blieb drei Jahre und entwickelte sich zur Institution. Wie später im *Einstein*. Dort waren die Arbeitszeiten angenehmer, niemand wird jünger.

Für die Krisenkonferenz heute Abend hatte Mizzi ihre alte Wirkungsstätte ausgesucht und mit ihrem früheren Chef das Treffen eingetütet. War eine gute Idee gewesen. In der Sache waren sie weitergekommen, Bruderherz Rocco hatte sich beruhigt und bei der gnädigen Frau Britta hatte sie einen weiteren Stein im Brett.

Ende der Session. Sperrstunde. Das Publikum verlor sich.

Bernd, der Wirt, machte keine Anstalten, wegen der vier Molle eine Rechnung auszustellen. Passiert nicht jedem. Ist aber auch nicht jeder ein Bundeskanzler.

Bernd brachte seine VIP-Gäste persönlich hinaus.

Müller II fuhr die Sitzlehne hoch.

Er würgte Beatrice Egli ab, die gerade lief, und wechselte auf einen Relaxsender.

Einmal nach Hause, logo.

Auf der Fahrt schaute der Chauffeur ab und zu in den Innenspiegel und schmunzelte über den Chef, der an der Seite seiner Frau eingeschlafen war.

Kapitel 55

Rente ist wie zweimal Urlaub im Jahr.
Jeweils sechs Monate.
Anonym

Rentner stehen genauso früh auf wie Büroleiterinnen, wie Bundeskanzler und hie und da auch Kommissare. Nur können sie anschließend tun und lassen, was sie wollen.

Rentner Schmidtke machte wie öfter am Morgen einen Spaziergang rund um den kleinen See. Die Luft war schwer und feucht vom endlosen Regen der vergangenen Nacht. Die aufgepeitschten Wellen hatten endlich zur Ruhe gefunden, das vom Sturm zerwühlte Wasser hatte sich abreagiert und lag erschöpft in der Morgensonne.

Kein Mensch unterwegs, nur Schmidtke. Mit seinem Hund. Ein Boxer wie Schröder, hieß aber Jonathan.

Ebenfalls ein Leichensuchhund, wie sich herausstellte. Denn an der Pfarrer-Datscha schlug er an und zerrte sein Herrchen zu den sterblichen Überresten des verblichenen Seelenhirten.

„Ick gloob, ick spinne!", dachte Schmidtke entsetzt. Er schaute hin und noch einmal hin und begriff, dass er tatsächlich einen echten Toten vor sich hatte. Einfach so in aller Herrgottsfrühe. An seinem See. Det is ja nicht zu fassen!

Der Fund brachte die Alltagsroutine radikal durcheinander. Schmidtke nahm sich fest vor, auf seine alten Tage doch noch ein Handy zu erwerben. Dann müsste er nicht mehr seinen Spaziergang unterbrechen, wenn er das nächste Mal eine Leiche fand. Man mag es schließlich geruhsam.

Es dauerte entsprechend, bis er in seine eigene Datscha zurückgekehrt war und über das froschgrüne Wählscheibentelefon aus dem letzten Jahrtausend die Polizei informiert hatte.

Noch einmal so lange dauerte es, bis die Mordkommission am Tatort anrückte.

Einer der Beamten kam auch bei den Schmidtkes vorbei, um sie als Zeugen zu vernehmen. Aber die wussten von nichts, weder das Herrchen noch der Hund. War ja nicht ihre Leiche.

Den Mann kannten sie vom Sehen. Netter Kerl, unauffällig. Name unbekannt, Beruf unbekannt. Hielt sich nur selten in der Bruchbude auf. Warum so einer mit zwei Stichwunden in der Brust an dem friedlichen kleinen Gewässer herumlag und die morgendliche Idylle auf den Kopf stellte: „Keene Ahnung! Können wir jetzt endlich frühstücken?"

Sie konnten. Schmidtke, der Hund, bekam sein Kennerfleisch; Schmidtke, der Mensch, seinen Kakao mit einer Marmeladenschrippe. Die half ihm aber auch nicht darüber hinweg, dass er an einem Flecken lebte, wo es zuging wie im finstersten Chicago: „Ein Mord an unserem See, Jonathan! Ick gloob, ick spinne!"

KAPITEL 56

Currywurst mit Pommes löst keine Probleme.
Gemüse aber auch nicht.
Anonym

Joschi, heute fliegen- und sneakers-technisch ganz in Cognac-Braun, war sauer und fluchte vor sich hin: „Alles muss man selbst machen!"

Tausendschön war auf einer Fortbildung. Mitarbeiter sind Leute, die andere Termine haben, wenn man sie braucht. Also blieb die Leiche an ihm hängen.

„Depperte Formulierung", musste er zugeben.

Die Ermittlungen vor Ort waren fast abgeschlossen. Der Tote war ein Mann der Kirche, gefällt mit einem Messer. Zwei Einstiche: „Näher, mein Gott, zu Dir."

Schon wieder eine depperte Formulierung!

Nach der Tatwaffe wurde noch gesucht. Beamte in wasserdichten Anglerhosen stapften durch die Uferbereiche des kleinen Sees, weiter draußen war ein Taucher zugange.

Der Tote lag bereits auf dem Edelstahltisch beim Pathologen Herzinger. Joschi würde im Laufe des Tages da hinmüssen.

Von Wollen konnte keine Rede sein.

Er beneidete Tausendschön. Die saß in einem Seminarraum irgendwo in der Uckermark und ließ sich schlaumachen. Er dagegen saß an seinem Schreibtisch mitten in Berlin und haderte mit dem Schicksal.

Unvermittelt kam ihm ein Gedanke: „Ein Mann Gottes! Vielleicht ein *Grapscher im Talar*? Der Artikel in Majas Kolumne! Gab es da einen Zusammenhang? War da tatsächlich etwas dran? Hatte sich eine Frau gerächt? Aber gleich mit einem Mord?“

Joschi beschloss, die Möglichkeit nicht aus den Augen zu lassen. Er war halt doch verdammt gut – auch ohne Seminare in der Uckermark.

Die typische Behörden-Uhr an der Wand zeigte halb zwölf. Eine ideale Zeit, um Hunger zu haben. Die Stimmung des Kommissars hob sich. Er ließ alles stehen und liegen und machte sich auf den Weg in Richtung Kantine. Currywurst mit Pommes, nicht gerade die ideale Ernährung, aber das war ihm jetzt Wurst. Mit leerem Magen in Herzingers Sektionsraum, eingenebelt von Karbolgeruch – unmöglich. Vorsorge war nötig. Mahlzeit!

Avocado-Spinat-Bowl mit Sesam-Garnelen. Aufgetrieben von Jeanette im Rahmen einer Verschwörung mit Britta, die ihren Olaf fit und gesund halten wollte.

Eins-a-Geschmack, daran könnte er sich gewöhnen. Und den Genuss hatte er jetzt auch nötig.

Boris Pistorius war ihm den halben Vormittag auf die Nerven gegangen wegen der Panzer für die Ukraine. Aber nun war Mittagspause. Ruhe.

Von wegen. Der riesige Fernseher an der Wand des Kanzlerbüros, der ohne Ton vor sich hinlief, zeigte plötzlich einen See und davor eine Reporterin, die aufgeregt in ihr Mikrofon redete.

Olaf angelte nach der Fernbedienung. „… der Leichnam eines Priesters gefunden worden, ein Kapitalverbrechen“, verkündete die Dame.

„Die Kriminalpolizei ermittelt in der Sache, will sich aber zu Einzelheiten noch nicht äußern. Wir bleiben für Sie dran.“

Die Bowl musste warten, der Kanzler griff zum Handy.

Joschi tat desgleichen, bekleckerte dabei sein Telefon mit der Currysoße und meldete sich entsprechend ungehalten: „Wondratschek, ich esse grad.“

„Scholz, ich auch. Und ich schaue Fernsehen dabei. Das Regionalmagazin hat gerade von einem toten Priester berichtet. Irgendwo an einem See. Was weißt du davon?“

Joschi ließ widerwillig von der Wurst ab: „Aha, ich ahne, was du denkst. Dasselbe wie ich. *Grapscher im Talar*, Mata Hari, der Hai, unsere unaufgeklärten Fälle. Stimmt's oder habe ich recht?“

„Du hast doch immer recht“, köderte der Kanzler seinen Freund, „habt ihr schon nähere Erkenntnisse?“

„Ich geh gleich rüber in den Eiskeller zum Herzinger. Der hat den Toten gerade auf dem Tisch. Dann melde ich mich, okay? Meine Currywurst wird kalt.“

„Das arme Würstchen! Guten Appetit noch und danke.“

Currywurst hatte es auch im Kanzleramt mal gegeben. Unter Gerhard Schröder. Jetzt sind andere Zeiten, der Kanzler isst gesund, Lauterbach durfte sich freuen, Britta auch. Und Gas-Gerd speist jetzt koreanisch. *Jjajangmyeon*, schwarze Nudeln in Bohnensoße, statt verwurstetes Schwein in Ketchup.

Olaf widmete sich wieder seiner Bowl und den Morden. Jetzt waren es schon drei, und nur der Geier wusste, ob sie zusammenhingen. Und falls ja, wie.

Kapitel 57

Es sind nicht alle Köche,
die lange Messer tragen.
Niederländisches Sprichwort

Es hatte ohne Probleme funktioniert. Der simple Plan war aufgegangen. Der angsterfüllte Blick aus seinen Augen war ein Triumph gewesen.

Als er das Messer sah, die blanke Klinge. Als er begriff, dass der böse Geist der Vergangenheit ihn eingeholt hatte. Dass seine Mutlosigkeit sich gerächt hatte. Seine Angst davor, alles hinzuschmeißen, was zu seinem Leben gehörte, und ein neues Leben zu beginnen. Mit einer jungen Frau, die bereit war, alles für ihn zu geben. Die ihm Kinder gebären wollte, die mit ihm ein Nest bauen und darin alt werden wollte. Er hatte sich nicht getraut, der Feigling. Er hatte die Liebe zurückgestoßen, alle Hoffnungen und Träume zerfetzt. Er hatte es nicht anders verdient. Aus, aus, aus ...

Jetzt nur nicht mehr zurückschauen, sondern einfach davongehen. Aus einem zerbrochenen Traum zurück in den Rest des Lebens, der noch geblieben war.

Die Geräusche des Sees begleiteten den Abschied. Das Plätschern der Wellen, das Knarzen des Stegs, das Flügelschlagen der Vögel, die in den neuen Morgen zogen.

Allmählich wurden die Geräusche leiser und verstummten.

Herzingers seelenlose Katakombe war dem Kommissar unangenehm wie immer. Die gefühlten Minusgrade, das kaltgrüne Licht, die antiseptischen Fliesen, die abweisenden Leichenschränke aus Edelstahl.

Der Pathologe hingegen hatte sich über die Jahre in seinem arktischen Kellerloch assimiliert und freute sich über jeden Fall. Denn Leichen stellen interessante Fragen: „Wer bin ich? Wann war es aus mit mir? Wer hat mich ins Aus befördert? Kannte ich den Fiesling? Kriegst du das alles raus, du Weißkittel?"

Meistens kriegte er. Und beließ es bei knappen sachlichen Auskünften. Leichen sind nicht daran interessiert, dass man Romane über sie erzählt. Woher Herzinger diese Weisheit hatte, blieb sein Geheimnis.

Joschi überwand sich und wollte das Übliche wissen: „Wer war er? Wann war es aus mit ihm? Wer hat ihn ins Aus befördert? Ich höre."

Herzinger war beleidigt: „Dafür, dass Sie nach Currywurst riechen, sind Sie ziemlich unleidlich. Aber egal."

Er präsentierte den Körper auf dem Seziertisch: „Leiche, männlich, 46 Jahre, bestens in Schuss, erstochen mit einem japanischen Kochmesser. Edles Teil, mindestens 300 Euro, schätze ich. Zwei Einstiche.

Das Messer wurde im See gefunden. Mit Blutspuren vom Opfer, keine Fingerabdrücke. Solche Messer werden in Restaurants verwendet. Oder von Kochfreaks, die meinen, das Fleisch vom gequälten Vieh würde aufgewertet, wenn sie es mit einem teuren Messer traktieren.

Tatzeitpunkt gestern am Morgen gegen acht Uhr. Plusminus eine Stunde. Spuren in der Datscha: Fehlanzeige. Auch außerhalb sind keine vorhanden, das Unwetter in der Nacht hat alles in Matsche verwandelt.

So viel von mir. Jetzt kommt er in Fach drei."

Herzinger machte sich daran, den Toten einzupacken und zu verstauen.

Joschi suchte das Weite, so schnell er konnte. Dabei beschäftigte ihn ein Satz des Pathologen: „Solche Messer werden in Restaurants verwendet."

Zurück im Kommissariat rief er wie versprochen beim Kanzler an.

„Keine Chance", beschied Büroleiterin Jeanette, „morgen muss er eine Regierungserklärung abliefern. Seine Redenschreiber sind da. Eben hat auch noch der Papa unerwartet angerufen. Sie quatschen grad."

Wondratschek war enttäuscht, weil er seine Neuigkeiten nicht loswerden konnte. Aber er hatte Verständnis, zumal ihm Olafs Vater ausgesprochen sympathisch war.

Joschi wusste nicht allzu viel über den alten Herrn, aber die Scholzens tragen ja ihr Herz nicht auf der Zunge.

Textilkaufmann war er gewesen, der Papa. Noch heute erzählt er gerne, dass sein Ältester schon als Teenager Bundeskanzler werden wollte.

Nachvollziehbar. Damals war Willy Brandt Regierungschef gewesen. Und so wie er zu werden, schien vielen Jugendlichen erstrebenswert. In Zeiten des Kalten Krieges zwischen Ost und West und des Völkermordes in Vietnam, als die jungen Leute lieber nach Woodstock wollten als zum Wehrdienst.

Olaf war gut gerüstet für höhere Aufgaben. Er war unverschämt intelligent, musste in der Schule alles nur einmal anschauen und hatte es dann für immer drauf. In Latein soll er sogar besser gewesen sein als sein Lehrer.

Ob das eine Tatsache ist oder Folklore, egal. Auf jeden Fall passt es in das Bild eines ehrgeizigen jungen Mannes, der nicht sonderlich beliebt war, weil er als Streber galt. Auf den seine zwei Brüder neidisch waren, denn sie mussten büffeln, Olaf nie. Er schaffte auch so das Abi mit links.

Jahrzehnte später zu seiner Vereidigung waren sie alle da gewesen. Die Brüder Ingo und Jens, Mama und Papa.

Der Papa, der seinen Sohn beiseitenahm und zu ihm sagte: „Wenn ich mir vorstelle, dass ich vor 63 Jahren aufgepasst habe, dass du nicht aus dem Wagen kippst, und jetzt setzt du dich mit den Großen der Welt an einen Tisch, das ist schon etwas Erhabenes."

Wondratschek beendete seinen gedanklichen Exkurs und rief bei Britta an.

„Servus, Gnädigste, i bin's, der Joschi. Ich hab Neuigkeiten für eure Detektivagentur."

Er schilderte, was er in Herzingers Katakomben erfahren hatte. Samt Todeszeitpunkt gestern früh und Küchenmesser. Japanisch, sündhaft teuer.

„Ich lasse gleich morgen den Strauss überprüfen. Wobei ich mir nicht vorstellen kann, dass er zum Aufschneiden von Plastikverpackungen edle Spezialmesser verwendet. Tausendschön wird das herausfinden. Hast du eine Idee, wem so ein Messer sonst noch gehören könnte?"

„Uns nicht", scherzte Britta, „uns reichen die Tchibo-Dinger. Aber ich werde drüber nachdenken."

Als Joschi aus der Leitung war, wählte Britta Mizzis Nummer. Erstens gab es jetzt einen Zeitpunkt für Roccos Alibi. Zweitens hatte Britta eine nebulose Erinnerung, die irgendwie mit einem Messer zusammenhing. Das nicht von Tchibo war. Mehr bekam sie nicht zusammen.

Mailbox statt Mizzi.

Nervig, aber nicht zu ändern.

Britta hinterließ ihre Nachricht. Sie wusste, Mizzi würde sich kümmern. Um das Alibi ihres Bruders und um Brittas Erinnerungen.

Kapitel 58

Eine gute Rede ist eine Ansprache, die das Thema erschöpft, aber keineswegs die Zuhörer.
Sir Winston Churchill

Mizzi machte sich nichts aus Regierungserklärungen. Sie hatte ja einen direkten Draht zum Oberboss. Wenn es mal eine Frage gäbe.

Die Frage, die heute zu beantworten war, würde der Kanzler auch sicher nicht vor dem Parlament erörtern: „Was hat es mit dem japanischen Küchenmesser auf sich?"

Mizzi schaltete den Fernseher im Wohnzimmer ab, der die Parlamentssitzung übertrug, und ging in die Küche.

Jasmin Imhoff schlief noch im Obergeschoss. Reine Luft.

Da waren sie. Auf der Arbeitsplatte aus Granit. Sechs Stück hochwertige Messer, aufgereiht an einem Messerbrett aus edlem Holz. Geordnet wie die Orgelpfeifen von groß nach klein. Keine Lücke, da fehlte nichts. Sie sahen fast so aus, als wären sie noch nie benutzt worden. Ein Geschenk vielleicht? Oder einfach nur teure Deko? Mizzi polierte pflichtbewusst die gefährlich scharfen Klingen.

Warum waren die Dinger überhaupt wichtig? Warum wollte die gnädige Frau Britta wissen, ob solche Teile im Puppenhaus existierten? Joschi würde es ihr schon erzählen.

Sie schoss ein Foto von den edlen Teilen und schickte es an ihre Führungsoffizierin.

Spionageauftrag erledigt.

Dann widmete sich die Agentin dem Tagesgeschäft und griff zum Staubwedel: *Dust in the wind …*

Das Einzige, was sich Politiker gerne vorhalten lassen, ist ein Mikrofon. Eine Erkenntnis von Frank Elstner. Am häufigsten passiert das wohl einem Regierungschef.

Um die 300 Reden hält ein deutscher Kanzler im Jahr. Zuallererst vor dem Bundestag, aber auch vor Verbänden und Interessensgruppen, vor dem Europäischen Parlament, der UNO, vor dem Fernsehvolk, bei Wahlkampfauftritten und bei Bürgerdialogen. Kein Dialog ohne Monolog.

Eine Rede vorzubereiten und auszuformulieren, dauert Stunden. Bei ganz wichtigen Themen Tage. Das übernehmen die Redenschreiber im Kanzleramt. Nicht weil der Regierungschef zu bequem ist. Würde er alles selbst schreiben, käme er von seinem riesigen Bürotisch nicht mehr weg.

Die Arbeit im politischen Berlin ist eben komplizierter, als es die Zuschauer in den fünfzehn Minuten einer Nachrichtensendung mitbekommen.

Bundestag. Olaf hatte seine Regierungserklärung zum Thema Energiepolitik mit der Erfindung des neuen Megawortes „Doppel-Wumms“ gekrönt und war zufrieden mit sich und seinen Redenschreibern. Die übrigens genauso geheim sind wie die

Friseure von Karl Lauterbach und Anton Hofreiter. Wobei es die Redenschreiber wirklich gibt.

Der Kanzler verließ das Rednerpult und die Debatte ging los. Wortmeldungen ohne Ende. Die schon immer dagegen waren, waren dagegen, die schon immer dafür waren, waren dafür. Es gab hitziges Gefetze, höhnisches Gelächter, Bemerkungen an der Grenze zum Ordnungsruf. Wie das eben üblich ist in einer Demokratie.

Olaf ließ dem Tohuwabohu seinen Lauf, freute sich sogar darüber. Es sieht zwar oft nicht stilvoll aus, hört sich auch nicht elegant an, aber in vielen Ländern dieser Welt wären sie froh, wenn es bei ihnen solche Auseinandersetzungen gäbe.

Dort wird man ja schon fürs Denken verhaftet, bevor man überhaupt einen Satz angefangen hat. Und die Parlamente sind wie die Augsburger Puppenkiste. Voll von Marionetten. Nur ohne Fäden.

Kapitel 59

Wenn man nachts nicht essen soll,
warum brennt dann im Kühlschrank Licht?
Anonym

Die Regierungserklärung war fertig, es hatte lange genug gedauert. Britta lag bereits im Bett.

Schröder hingegen hatte wohl eine Ahnung gehabt, dass der Tag noch nicht rum war, und drängte seinen Kopf durch den Türspalt, kaum dass er den Schlüssel im Schloss gehört hatte.

„Lass mich doch erst einmal rein“, moserte Olaf.

Der Boxer entschied sich zur Geduld und ließ sein Herrchen in Ruhe zu Hause ankommen.

Aktentasche abstellen, Schuhe aus, nach Britta gucken.

Weggepennt. Recht hatte sie.

„Schröder“, beschied der Kanzler, „Besprechung. Mit Konferenzimbiss.“

Schröder kannte das. Der Chef lümmelte im Wohnzimmer in seinem Relaxsessel, erzählte irgendwas. Der Hund bekam lecker Fressen und musste so tun, als würde er interessiert zuhören. Hie und da ein zweifelndes Knurren oder ein fragendes Fiepen gehörten zum Ritual. Gähnen war untersagt.

Der Imbiss bestand aus Würstchen. Die waren im Kühlschrank ausreichend zu finden gewesen. Vom Bio-Metzger. Wenn schon Fleisch, dann ökologisch, da war Britta konsequent.

Für Schröder pur, für Olaf mit Senf.

„Wir müssen die Fotos analysieren", erklärte der Kanzler seinem genüsslich kauenden Boxer.

„Die Fotos, die Rocco geschossen hat, nachdem er über den toten Priester gestolpert war. Die Fotos, die sonst niemand kennt. Die vielleicht etwas zeigen, was der prasselnde Regen in der Nacht darauf für immer vernichtet hat. Wir müssen ganz genau hingucken."

Schröder stimmte zu und bedauerte die Menschen. Ein wenig Regen, und sie konnten nichts mehr nachvollziehen. Da half keine Elektronik, kein Algorithmus, keine App. Dafür brauchte man eine Nase. Eine analoge, über Jahrtausende entwickelte Hundenase, so wie er eine hatte. Die würde garantiert noch etwas finden. Aber ihn fragte ja niemand.

Olaf rief die Bilder auf und studierte sie rauf und runter. Vergrößerte, verkleinerte, drehte das Handy hin und zurück.

Rocco hatte in seiner Panik wie wild auf den Auslöser gedrückt. Einige Fotos waren verschwommen, andere zeigten mehr Boden als Leiche …

Moment, der Boden! Da war etwas neben der rechten Hand des Priesters. Olaf zoomte heran. Das waren Buchstaben, krakelige Buchstaben. A-U-S. AUS.

Es schien, als hätte das Opfer mit letzter Kraft eine Nachricht hinterlassen wollen, einen Hinweis.

Aber worauf? Oder auf wen?

Oder sollte es nur „AUS“ heißen, aus und vorbei?

Olaf grübelte hin und her.

Umsonst. Olaf wusste es nicht.

Da war auch noch ein Schnappschuss durch die Tür ins Innere der Bootshütte. Ein Tisch, darauf das gerahmte Foto einer Frau. Einer abgefahrenen Frau, jung, ziemlich bunt, die Haare orange und zu Zöpfen geflochten.

Wer konnte das sein? Eine Verwandte, die kleine Schwester eventuell? Oder eine Geliebte? War das Bild eine unwichtige Bagatelle oder ein brisanter Hinweis?

Olaf grübelte hin und her.

Umsonst. Olaf wusste es nicht.

Der Hund wusste es auch nicht.

Sitzung beendet.

„Ab ins Körbchen, Schröder!“

Ab in die Heia, Scholz!

Kapitel 60

Es ist viel schlimmer, wenn man dir alles,
als wenn man dir nichts zutraut.
Fliegende Blätter, humoristische deutsche Wochenschrift, 1845–1928

Tausendschön hatte sich mit dem Gastronomen Strauss verabredet, ihm aber nicht verraten, warum.

Er wartete am Hintereingang der Küche, wo es auch aussah wie an einem Hintereingang.

Dass es den Laden nach dem niederschmetternden Zeitungsartikel überhaupt noch gab, lag an einem genialen Marketing-Trick. Strauss hatte seine Hightech- und Business-Klientel mit ihren eigenen Waffen geschlagen. „Outsourcing" hieß das Zauberwort.

Heißt: eigentlich Geld sparen, gaukelt aber vor, dass man sich mit einem Rudel von hochbegabten Spezialisten umgibt, die einem die Arbeit abnehmen, weil sie es besser können. In Wahrheit: billiger.

Also wurde die Menüherstellung outgesourct, die Veredelung wurde als eigene Meisterleistung gefeiert und fand ihren Niederschlag wie bislang in happigen Preisen.

Die Instagrammer und die Elite-Schönlinge mit ihren Elite-Schönheiten, die sich bei der Elite-Partnervermittlung zusammengegoogelt hatten, fanden das einen geilen Lifestyle und rannten weiterhin dem Laden die Türe ein. Diese Tür lag natürlich auf der Vorderseite, wo alles wesentlich schicker daherkam.

Strauss ließ sich seinen Unmut anmerken. Er war mit seinem geleugneten Alibi doch herausgerückt, was wollte die Kripo mehr?

Trotzdem empfing er Tausendschön, wie es sich für einen Gastronomen geziemt. Häppchenweise.

„Darf ich einen kleinen Imbiss anbieten? Tapenade von schwarzen und grünen Oliven auf geröstetem Baguette."

Er präsentierte ein Silbertablett mit provenzalischen Amuse-Gueules. Mini-Schnittchen mit einem Aufstrich aus Oliven, Anchovis, Kapern, Olivenöl. Bestreut mit Fleur de Sel und grobem schwarzem Pfeffer. Jedes einzelne Teilchen gekrönt von einem roten „Q" aus mariniertem Paprika. Das Q-Damm-Logo.

„Baguette, selbst geröstet, jedes ‚Q' vom eigenen Personal handgeschnitzt", grinste er, „alles für den Gast!"

Tausendschön musste widerwillig zugeben, dass die Dinger sensationell schmeckten. Da konnte man sogar in der Provence lange suchen.

„Traditionell trinkt man dazu einen Pastis", lockte Strauss.

„Aber nicht morgens um halb zehn in Deutschland, und schon gar nicht im Dienst."

„Okay, wie kann ich dann helfen?"

Tausendschön kaute und bedauerte, den Pastis abgelehnt zu haben. Eine verrückte Kombination – wie die wohl schmecken würde? Aber nicht morgens um halb zehn in Deutschland, zur *Knoppers*-Zeit.

„Ich möchte gerne Ihre Messer sehen".

Strauss hatte sich entschlossen, ohne Fragen mitzuspielen. Mit Pastis war die aparte Kripo-Tante ja offensichtlich nicht zu ködern. Möglicherweise mit Entgegenkommen. Also präsentierte er gehorsam alles, was in seiner Küche Klingen hatte.

Negativ. Keine japanische Spitzentechnik, nur solide gastronomische Standardqualität.

Objektiv betrachtet: Warum sollte der auch einen Priester umbringen, der Jugendlichen nachgestellt hatte? Oder war er schwul und so ein Opfer geworden? War die Nummer mit den Häppchen und dem Anisschnaps ein Ablenkungsmanöver gewesen?

Und auch sein letzter Versuch: „Würden Sie mir die Freude machen, heute Abend hier Gast zu sein?"

Tausendschön ließ ihn abblitzen, und er tat ihr fast schon leid. Nett war er ja. Aber es gab eine Unvereinbarkeit der sexuellen Interessen, von der er keine Ahnung hatte.

Keine Ahnung hatte er auch von dem Foto, das die Ermittlerin heimlich in seiner Küche geschossen hatte. Offenbar bei einer Party aufgenommen. Strauss als Pirat, mit Kopftuch, Augenklappe, zähnebleckend, in der erhobenen Hand ein Messer. Ein japanisches.

„Bevor ich gehe, wo waren Sie am Montagmorgen zwischen sieben und neun?"

Es kam wie aus der Pistole geschossen: „Im Bett. Anständige Gastronomen sind zu dieser Zeit immer im Bett."

„Ich dachte, anständige Gastronomen sind zu dieser Zeit auf dem Großmarkt, kaufen kistenweise Gemüse und mindestens zwölf Händler können das bestätigen", entgegnete Tausendschön süffisant.

„Sie meinen die Köche. Das Personal rennt, der Chef pennt. Und zwar allein, wenn Sie es genau wissen möchten. Als Zeugin können Sie gerne meine Kaffeemaschine befragen. Mit der habe ich um halb neun immer ein Date für den ersten Espresso."

Eine Stunde später stand die Ermittlerin in der Küche von Jasmin Imhoff. In einer Raumstation zum Aufwärmen von Dr.-Oetker-Fertiggerichten. Ein radikal durchdesignter Raum, als wär's eine Titelseite von *Schöner Wohnen*: Trendfarbe anthrazit, grifflos, Arbeitsplatte aus Granit, alles indirekt beleuchtet, alles smart, alles vernetzt. Und das in einem holländischen Puppenhaus!

Jasmin hatte ihr geöffnet, war aber noch im Morgenmantel gewesen.

„Ich zieh mich nur schnell an, dauert keine drei Minuten."

Sie kam – ganz Mausi – in einem rosa Strickkostüm wieder und baute sich vor dem Messerblock auf, als möchte sie ihn verteidigen. Sie hatte die Zusammenhänge gleich erkannt. Die Geschichte mit der Japanklinge war durch alle Tageszeitungen gegangen.

„Jetzt soll ich auch noch einen Priester erstochen haben, den ich überhaupt nicht gekannt habe? Noch nie in meinem Leben gesehen habe? Erst meinen Mann, dann seine Nachfolgerin und jetzt einen Geistlichen? Haben Sie was gegen mich?"

„Etliches", konterte Tausendschön, „fragwürdige Alibis zum Beispiel."

„Dieses Messerbrett", Jasmin war auf hundertachtzig oder tat wenigstens so, „das hat Attila gekauft. Exklusives war seine Leidenschaft. Die Rache für unsere WG-Zeit in der Kreuzberger Bruchbude. Ich habe die Teile nie benutzt. Viel zu scharf. Ich schnipple alles mit kleinen Billigmessern aus dem Supermarkt. Plastikgriff, 3 Euro 50. Nach Abnutzung in die Tonne."

Sie öffnete eine Schublade. Dutzende bunte Minimesser. „Ich habe jede Menge davon. Das ist meine Sterneküche-Ausstattung."

Sie wollte die Lade erbost wieder zuknallen. Ging aber nicht. Der Schub zog sich lautlos in majestätischer Gelassenheit von selbst zurück. Soft Close.

„Mein Mann hat die Edelmesser hie und da verwendet", fuhr sie fort. „Das gehörte zu seiner Vorstellung von Lebensart. Er hat zum Beispiel Pizzen vom Lieferdienst damit halbiert. Das Werkzeug war damit hundertmal teurer als die teuerste Margherita von ganz Potsdam. Nobel geht die Welt zugrunde."

Sie war deutlich genervt.

„Noch Fragen? Noch Wünsche? Ansonsten bitte raus hier, ich bin es leid."

Tausendschön strich die Segel. Mehr gab es hier nicht zu holen.

Jasmin schlug hinter der Kriminalbeamtin mit Schwung die Eingangstüre zu.

Das funktionierte einwandfrei und erzielte den gewünschten Knalleffekt. In Zeiten von Friedrich Wilhelm hatte es noch keinen Soft Close gegeben.

Kapitel 61

Sicher ist, dass nichts sicher ist. Selbst das nicht.

Joachim Ringelnatz

Immer blieb es an ihm hängen. Hauptkommissar Wondratschek haderte mit seinem Schicksal. Letztes Mal war Tausendschön auf Seminar gewesen, jetzt hatte sie einen Termin beim Frauenarzt.

Heute war es nicht der Leichenaufschneider Herzinger, der ihn erwartete. Es war einer der Spezialisten von der KTU, der Kriminaltechnischen Untersuchung, die alles und jedes an Spuren aufspüren konnten, es analysierten und durch unzählige Datenbanken jagten.

KTU-Menschen setzen aus den kleinsten Details das große kriminelle Ganze zusammen. Anschließend hocken sie vor ihrem Bildschirm, oder meistens vor zweien, und erklären dir, wer, wann, warum, womit oder auch nicht. Vorausgesetzt du bist berechtigt, diese Erklärungen in Empfang zu nehmen.

Joschi war berechtigt.

Problematisch war nur, dass der Schlauberger an den zwei Bildschirmen noch intensiver zu endlosen Erklärungen neigte als das Ermittlerblümchen Tausendschön. Was es mit Fingerabdrücken auf sich hatte, referierte er jedes Mal wieder, bevor er zu den eigentlichen Ergebnissen kam. Joschi rollte seinen Geduldsfaden ganz weit aus und ließ sich berichten, was er längst schon wusste.

„Wie Ihnen vielleicht bekannt ist, sind bislang keine zwei Menschen mit dem gleichen Fingerabdruck gefunden worden. Falls Sie einen eineiigen Zwillingsbruder haben …"

Der Kommissar stöhnte: „Hab ich nicht."

„Ich meine ja nur, falls. Dann hätte Ihr Bruder ganz andere Abdrücke als Sie. Das erste Mal wurde 1892 ein Mord mit Daktyloskopie aufgeklärt, und zwar in Argentinien. Ein doppelter Kindsmord. Täterin war die Mutter. Schon damals verwendeten die Ermittler wie auch noch heute die feinen Federn eines Marabus, um Rußpulver aufzutragen und so die Spuren sichtbar zu machen. Man möchte es schwarze Magie im Namen der Gerechtigkeit nennen."

Der Referent war hörbar stolz auf seine ausgefuchste Wortwahl.

„Jetzt zu unserem Fall."

Joschi rollte seinen Geduldsfaden wieder ein. Es wurde interessant.

„Erstens das Messer. Fingerabdrücke Fehlanzeige. Jungfräulich oder abgewischt. Also kein beweisfähiges Material."

Und dafür der aufwendige Exkurs in die Historie des Fingerabdrucks! Na ja, wenigstens wurde es konkret.

„Zweitens das Foto vom Piraten Strauss. Das Messer könnte auf den ersten Blick passen, aber schauen Sie mal auf den Zoom."

Der KTU-Mensch malträtierte seine Tastatur und holte die Klinge immer näher heran.

„Eindeutig ein Spielzeug vom Kostümverleih. Ich habe die Bildersuche im Netz angeschmissen und mehrere ähnliche Fotos gefunden. Anlass für den Schnappschuss war eine karibische Party zur Einführung eines neuen Curaçao-Likörs. Sie wissen schon, der aus Orangen."

Der Kriminaler war erstaunt. Woher kannte so ein Tüftler Likör-Sorten?

Joschi war nämlich auch ein Liebhaber des Curaçao. Am besten pur ohne Eis, da explodieren ganze Orangenplantagen im Mund. Die sedierende Wirkung ist enorm, ermittlungstechnisch aber nicht relevant.

Der KTU-Mensch fuhr fort.

„Ich fasse zusammen. Strauss fällt als Messermörder nur halb aus. Das Messer auf dem Foto ist ein Fake. Was ein echtes Messer im wahren Leben nicht ausschließt. Jasmin Imhoff fällt auch nicht aus. Sie kann nach der Tat den Griff abgewischt haben. Um ihre eigenen Spuren zu beseitigen, falls sie das Teil vorher doch benutzt hat. Oder um die Spuren ihres Mannes zu beseitigen. Die hätten ja auch auf sie verwiesen. Anschließend könnte sie ein neues Messer gekauft haben, damit das Set wieder komplett ist. Alles klar?"

Joschi – heute mit lavendelblauer Fliege – machte die Fliege und fand, dass gar nichts klar war. Aber das war sein eigenes Problem.

Die Schlinge würde sich schon noch zusammenziehen. Schließlich zog er selbst an den Enden, dazu die findige Kriminalbeamtin Clara Bischoff, genannt Tausendschön, das österreichische Schlitzohr Rocco Lahnsteiner samt Schwester und der deutsche Bundeskanzler.

Des pack ma scho!

Kapitel 62

Perlen liegen nicht am Strand. Du musst schon nach ihnen tauchen.

Victor Hugo

Berlin ist die Metropole der Hinterhöfe. Keine deutsche Stadt hat mehr davon. Hinterhöfe hatten früher den Vorteil, dass man dort deutlich günstiger wohnte als zur Straße. Kein Blick aufs pralle Leben, sondern nur auf vergammelte Rückseiten von Häusern, die nach vorne so taten, als wären sie Paläste.

Neben armseligen Wohnungen gab es nach hinten Gaststätten, Handwerksbetriebe, kleine Fabriken und Stallungen für Tiere. Es lärmte, dampfte und stank. Hier spielte sich das halbe Leben ab. Hier tobten die Kinder, es wurde gewaschen, getratscht und manchmal kam der Hinterhofmusikant mit seinem Leierkasten. In Schöneberg existierte bis 1982 sogar ein kompletter Bauernhof in der zweiten Reihe. Mit Kühen, Schweinen und Kleinvieh. Um die Ecke der Viecherei wohnte vier Jahre lang der Rocker David Bowie in einer weitläufigen Altbauwohnung. Dort schrieb er tierisch gute Musik. Die drei Alben seiner sogenannten *Berlin-Trilogie*.

Heute gelten Hinterhöfe als stylish, werden mit Unsummen von Kohle aufgemotzt und an die Meistbietenden verhökert. Absolutes Highlight sind die Hackeschen Höfe in der Spandauer Vorstadt. Total schick, Kacheln an den Fassaden, sprudelnde Brunnen. Angesagte Restaurants, sobald man aus der Haustür fällt. Wer dort backstage zu wohnen gedenkt, sollte Elon Musk persönlich kennen oder wenigstens im oberen Drittel seiner Gehaltsliste stehen. Erst dann hat man die Hackesche Marktreife.

In weniger gefragten Kiezen findet man jede Menge Höfe, die für Emporkömmlinge viel zu heruntergekommen sind. In so einem war Rocco gerade aufgeschlagen.

Die Fäuste flogen, Leder klatschte auf Haut, Rocco atmete schwer. Sein Gegner war ihm mehrere Nummern zu groß, jeder Treffer bestätigte das schmerzhaft. Rocco stöhnte, fluchte, spuckte und steckte ein. Er hatte sich freiwillig auf das Abenteuer eingelassen und wollte möglichst lange durchhalten.

Also reiß dich zusammen!

Die Boxklitsche wirkte wie aus einem Gangsterfilm. Schlampig verputzte Wände, verschönert mit vergilbten Plakaten von Muskelmännern, die lächerlich bunte Siegergürtel hochhielten. Der brutalste Sport der Welt dekoriert seine Champions mit Preisen, die aussehen wie riesige Gimmicks aus dem Kaugummiautomaten.

An den Wänden angerostete Heizkörper, dazu Boxsäcke an eisernen Galgen. Schwarze Blechlampen hingen von der Decke. Die Sporttaschen lagen einfach auf dem Boden. Keine Spinde und schon gar keine stylishe Bar mit isotonischen Drinks und so Gedöns.

Die Bude roch intensiv nach dem Schweiß von harten Hunden. Hier wurden keine Weltmeister herantrainiert, hier ließen die ganz Eisernen ihren Frust heraus. Am Sandsack oder am Gegner. Kerle, die Erfahrung in Straßenfights hatten. Die ums Überleben kämpften. Und gegen die eigene Vergangenheit, gegen die bösen Geister ihres Daseins.

So wie der Klopper. Wie er wirklich hieß, hatten alle längst vergessen. Er selbst wahrscheinlich auch. In jungen Jahren als Zuhälter gestartet, war er schließlich als Unternehmer hier gelandet. Er war nicht nur der Chef des Schuppens, sondern auch der einzige Trainer. Dabei verprügelte er regelkonform, aber kompromisslos alle Grünschnäbel, die besser sein wollten als er.

Der Klopper war Roccos neue Hoffnung.

Eine Erinnerung war in Mizzis Bruder aufgeblitzt. Die Erinnerung an einen Perlen-Anhänger, den Kilometer-Jenny beim letzten Treffen an einer Kette getragen hatte. Das Schmuckstück war die Lösung. Er hatte es nämlich auch schon ganz woanders gesehen.

Rocco war ins Auto gesprungen und zum Kotti gedüst. Der Radar-Blitzer war ihm egal gewesen, die Rache ging vor.

Als er ankam, wollte Jenny mit ihrem Rollstuhl gerade aufbrechen. Die Plastiktüten hingen noch schlapp herunter und warteten darauf, gefüllt zu werden. Zwei Flaschen, ein Brötchen.

Jenny hatte ihr feuerrotes Haar mühsam gebändigt und – sie trug die Kette! Mit dem Perlenanhänger!

„Ich muss weg“, erklärte sie, „Pfandflaschen-Rallye!“

Rocco kam direkt zur Sache: „Woher hast du den Anhänger?“

„Geschenkt gekriegt“, erwiderte Jenny, „vom Klopper.“ Sie lächelte: „Neben Rolex-Manni mein Zweit-Verehrer. Ich bin halt gefragt!“

„Wo finde ich diesen Klopper? Sag schon!“, Rocco platzte vor Ungeduld.

„Er hat einen Boxschuppen in der Nähe vom Ostbahnhof mit dem charmanten Namen *Palast der Fäuste*. Er ist eben ein Poet. Und ein Gentleman. Er macht Geschenke. Was geht dich das eigentlich an?“

„Gehört zu meinen Ermittlungen“, beschied Rocco, zückte sein Handy und fotografierte den Anhänger mehrere Male.

„Jetzt kannst du auf Tour gehen, Rotschopf. Gute Geschäfte!“

„Frau Rotschopf dankt.“ Jenny rollte los.

„Du bist nicht schlecht“, urteilte der Klopper, „aber du bist komplett außer Form.“

„Weiß ich“, gab Rocco zurück und rubbelte sich mit einem brettharten Handtuch die verschwitzten Haare trocken.

Sie saßen auf einer der Bierbänke, die an den Wänden des Boxklubs aufgereiht waren und hatten Pappbecher mit Berliner Leitungswasser neben sich stehen. Mehr gab's nicht.

„Ich gestehe, ich wollte dich nur ein bisserl beeindrucken, damit du mir hilfst. Ist danebengegangen. Kann ich dich trotzdem was fragen?“

„Jetzt mach's nicht so geheimnisvoll, Kumpel. Was brauchst du?“

„Jemand hat meine Liebste umgebracht. Du hast bestimmt davon gehört. Die Journalistin. Sie ist in der Spree gefunden worden. Der Täter ist immer noch nicht gefasst. Bei Kilometer-Jenny habe ich den Perlenanhänger gesehen, den du ihr geschenkt hast. Ich bin sicher, dass mich der auf die richtige Spur bringt. Wo hast du ihn her? Gekauft? Geklaut?"

„Gefunden."

Der Klopper nahm einen Schluck aus dem Pappbecher und erzählte.

„Ich jogge jeden Morgen. Wie unser Bundeskanzler, falls dir der ein Begriff ist. Deswegen bin ich auch fitter als du. Egal. Ich laufe meistens an der East Side Gallery. Und da seh ich eines schönen Morgens etwas im Gras blitzen. Ich gucke hin, es ist ein Anhänger. Offensichtlich eine echte Perle, die Kette gerissen. Der Anhänger sagte: ‚Nimm mich mit.' Ich habe ihm den Gefallen getan. Ich checke, dass er super zu Jenny passt, repariere die Kette und zack – wieder ein Stein mehr im Brett bei der Dame! So war das."

„*Wann* war das?"

„Das war ... hey, das war an dem Morgen, an dem sie deine Journalistin gefunden haben! Du hast tatsächlich eine Spur, Kumpel!"

„Halt mir die Daumen!" Rocco war euphorisch. „Ich werde das Schwein finden, ich werde meine Rache kriegen. Und du hast mir geholfen. Danke dir, Mann!"

„Noch eine Runde?", fragte der Klopper und zeigte auf den Ring.

„Für heute reicht es. Und du hast einen gut bei mir."

Rocco überreichte seine Visitenkarte. *Dienstleistungen aller Art.* In Silberschrift.

Dann zog er sich um, klatschte sich mit dem Klopper ab und bewegte seine geschundenen Knochen nach draußen. Der Showdown konnte beginnen.

Kapitel 63

Verzweifle nicht, wenn du kein Profi bist.
Ein Amateur hat die Arche gebaut, Profis die Titanic.
Anonym

Hin und wieder aß der Amateurdetektiv Olaf Scholz auswärts. Im Lampenladen. In Berlin hat alles seinen Spitznamen. Die Kantine des Bundestages im Paul-Löbe-Haus ebenfalls.

Als Namensgeber fungiert ein Sammelsurium von bunten Kugellampen. Sie verwandeln die Decke des Restaurants in ein wahres Kaleidoskop an Farben.

Wer statt nach oben geradeaus guckt, kann durch eine riesige Glasfassade auf die Spree schauen. Und auf die Sightseeing-Boote, die vorbeiziehen. Beladen mit Touristen, die fasziniert auf die Gebäude der Macht starren und sie ohne Ende abfotografieren.

Zwischen 12 und 13 Uhr ist High Noon. Dann stehen im Lampenladen Dutzende Hungrige an und wählen aus dem Tagesangebot oder plündern das Salatbuffet.

Olaf wartete geduldig in der Reihe und entschied sich an der Ausgabe für Senf-Eier. Vegetarisch, Britta wäre zufrieden und Cem Özdemir auch.

Er wanderte mit seinem Tablett durch die Phalanx der runden Tische und setzte sich ganz weit hinten hin, um über die Morde nachzudenken.

An anderen Tagen kaperte er gerne einen Tisch, wo noch ein Platz frei war. Sogar bei CSU-Leuten. Beim Essen sind die Menschen redselig und man erfährt einiges. Auch bayerische Christsoziale erzählen viel, wenn der Fleischsalat schmeckt und der Söder nicht dabei ist.

Heute aber verzehrte Olaf sein Veggie-Menü ohne Gesellschaft, doch es brachte keine Erleuchtung. Er war sich sicher, etwas Wichtiges in seinem Gedächtnis verschludert zu haben. Bloß er kam und kam nicht drauf. Ein Senf-Ei ist eben noch lange kein Ei des Kolumbus. Schade.

Als der Kanzler sein Tablett in den Abräumwagen gestellt hatte und in sein Amt zurückmarschierte, joggte ihm eine Gestalt in einem schwarzen Hoodie entgegen. Olaf erstarrte, schlug sich gegen die Stirn und hatte ein Déjà-vu.

Die Gestalt war irritiert von dem irritierten Kanzler: „Ich bin es doch nur, Chef!“ Jeanette schob ihre Kapuze nach hinten. „Sie haben uns alle angesteckt mit der Lauferei. Mich auch.“

„Tut mir leid, mir ist nur grad was eingefallen“, entschuldigte sich Olaf, „lassen Sie sich bloß nicht aufhalten, alles gut.“

Jeanette gab wieder Gas.

Er tat es immer noch, stellte sie fest. Er ermittelte, auch wenn er keinen Hut und keine Sonnenbrille trug und keinen hochgestellten Agentenmantelkragen. Typisch Scholz. Hartnäckig.

Der Kanzler hatte inzwischen seine Betonburg erreicht. Beinahe wäre er dabei gegen die rostige Skulptur gelaufen, denn er war gedanklich immer noch in der Vergangenheit.

Endlich begann in seiner Erinnerung ein Film abzulaufen.

Potsdam im Nebel. Fast schwarz-weiß, wohltuend gruselig. Fehlte nur noch die Stimme: „Hier spricht Edgar Wallace!"

Olaf sieht sich und Schröder auf der Langen Brücke. Sie gehen Gassi zur Freundschaftsinsel. Der Hund freut sich wie ein Schnitzel und wedelt mit der Rute. Aus dem Nebel taucht eine Person auf. Sie trägt einen schwarzen Hoodie, die Kapuze weit ins Gesicht gezogen. Die Person läuft gemächlich. Sie läuft Richtung Alter Markt. Olaf denkt sich nichts dabei, Schröder erst recht nicht.

Auf der Freundschaftsinsel entdecken sie dann den toten Hai. Hingestreckt auf gepflegtem Grün, Platzwunde am Schädel, Musik in den Ohren. Der Hund unschlüssig, der Kanzler wild entschlossen. Olaf telefoniert, der Beamte witzelt, Olaf findet das gar nicht komisch. Als eine Polizeisirene aus der Ferne immer näherkommt, verschwinden Hund und Herrchen eiligst im Nebelgrau.

Film aus, „The End".

Wie hatte er das nur vergessen können? Jetzt hatte er den Durchblick. Wurde aber auch Zeit!

Olaf atmete zufrieden durch, ließ die Skulptur weiterrosten und ging wieder regieren. Im Treppenhaus hoch zum Büro rief er noch schnell Joschi an, um seinen Geistesblitz brühwarm weiterzureichen.

Auf der dritten Etage öffnete sich gerade einladend der Lift. Nix da! Danke Gott für jede Stufe!

„Hartnäckig", würde Jeanette sagen.

Kapitel 64

Jeder Mensch macht Fehler. Das Kunststück liegt darin,
sie dann zu machen, wenn keiner zuschaut.
Sir Peter Ustinov

Langsam, schön langsam legte sich die Schlinge um den Hals. Drahtzieher waren die findige Kriminalbeamtin Tausendschön, das Schlitzohr Rocco Lahnsteiner samt Schwester, der deutsche Bundeskanzler und der Berliner Hauptkommissar Josef Wondratschek.

Aber die Schlinge war noch nicht zu.

Noch nicht ganz.

Bei Joschi waren nach und nach die letzten Erkenntnisse seiner Privatermittler eingegangen.

Zusammenarbeit mit Laien kann sich lohnen, das sollte mal einer dem Papst sagen.

Der Hauptkommissar zog gemeinsam mit Tausendschön eine Zwischenbilanz. Sie hatten das japanische Küchenmesser, sie hatten den Perlenanhänger, sie hatten die Person im Kapuzenpullover auf der Langen Brücke.

Alles schwerwiegende Indizien, aber nur Indizien. Sie brauchten einen Beweis. Einen felsenfesten, hammerharten, unkaputtbaren Beweis.

Er zupfte an seiner Fliege: „Was machen wir?"

Tausendschön sagte nur ein Wort: „Falle."

„Eh klar, eine Falle stellen. Aber wie?"

Die schwarzhaarige Beamtin im dunklen Hosenanzug mit der silbernen Brosche am Revers hatte wohl schon eine Idee. Denn sie sagte nur: „Lassen Sie mich mal machen."

Der Brief lag einfach so im Kasten. Ein weißes Kuvert ohne Marke, ohne Anschrift, von irgendjemandem eingeworfen. Die Nachricht gedruckt auf gängigem Kopierpapier von einem der Millionen Printer, die es hierzulande gibt.

Ich bin Vogelbeobachter. Ich habe auf der Freundschaftsinsel an der alten Eiche eine Kamera angebracht. Sie läuft auch nachts. Sie ist auch gelaufen, als Sie gemordet haben. Mein Schweigen kostet 150.000 Euro. Übergabe morgen 22 Uhr an der alten Eiche. Oder ich gehe zur Polizei.

Die Kamera-Attrappe war in aller Eile dort montiert worden, wo Schröder den Hai gefunden hatte. Tausendschöns Fangeisen in luftiger Höhe. Die Beamten hatten sich als Stadtgärtner getarnt und alles für die nächtliche Aktion vorbereitet.

Jetzt hieß es warten.

Ein ganzer Pulk Leute hockte getarnt im Gebüsch der Freundschaftsinsel. Hauptkommissar Wondratschek mit seiner Crew, dazu ein Kerl mit Silberzopf und Cowboystiefeln, eine Frau mit Motorradhelm und ein Typ, der aussah wie der deutsche Kanzler. Nur trug er gerade keine politische Verantwortung, sondern Hut, Sonnenbrille und einen Mantel mit hochgestelltem Kragen.

Der Kommissar wie immer im feinen Zwirn, aber die Accessoires hatte er dem Ereignis angemessen in Tarnfarbe gewählt. Fliege und Sneakers in einer Mischung aus Kuhfladen-Braun und Olivgrün. Perfekt für einen Einsatz in der freien Natur.

Die uniformierte Polizei lauerte ringsum hinter den Hecken. Funkgeräte und lichtstarke Handlampen griffbereit.

Die Publikumstribüne war also besetzt. Fehlte nur noch ein Hauptdarsteller.

Nach enervierendem Warten endlich Auftritt einer geheimnisvollen Person. Einer sehr hinterhältigen und cleveren Person. Aber nicht clever genug. Die Person trug einen schwarzen Hoodie, die Kapuze tief ins Gesicht gezogen. In der Hand eine Einkaufstüte der Depot-Kette mit der Aufschrift „Only lovely things inside".

Das war allerdings der falsche Spruch. Die Person fasste in die Tüte und zog ein japanisches Kochmesser hervor. Sie hob den glänzenden Stahl und ging mit vorsichtigen Schritten weiter, immer um sich schauend. Die geheimnisvolle Erscheinung blickte nach oben, entdeckte die Kamera am Eichenstamm. Tatsächlich! Das Todesurteil für den Vogelkundler war damit bestätigt. Über kurz oder lang würde er auftauchen, und dann: Mitwisser ade!

Exakt in diesem Moment gab Joschi über Funk sein Go.

Grelles Licht schoss der Person in die Augen. Sie ließ das Messer fallen, zog die Kapuze tiefer und rannte los.

Der Augenblick der Rache war gekommen. Rocco fuhr sein rechtes Bein aus.

Die Person stolperte über den Cowboystiefel, schlug hart auf dem Boden auf.

Die Beamten hechteten herbei.

Hauptkommissar Josef Wondratschek trat mit seinen Kuhfladen-Sneakers dazu und riss der Person die Kapuze vom Gesicht.

„Ich nehme Sie vorläufig fest wegen Verdachts des dreifachen Mordes, Jasmin Imhoff!"

„Zweifach, nicht dreifach", stöhnte Jasmin.

Eine Stunde später erinnerte bei der alten Eiche nichts mehr an die dramatischen Ereignisse. Nur die Fake-Kamera war noch da, doch die störte niemanden.

Die Stimmen der Insel waren wieder für sich. Tausende Stimmen. Das Huschen und Knacken zwischen den Sträuchern, der Gesang der Nachtigall, das Gezirpe der Grillen.

Joschi saß in einem Streifenwagen, der ihn nach Hause fuhr. Er war zufrieden und hatte doch Zweifel: „Zweifach, nicht dreifach."

Warum?

AUS.

Warum?

Olaf dachte über die letzte Botschaft des erstochenen Priesters nach. Drei Buchstaben, wohl mit letzter Kraft in den weichen Boden geritzt. In der darauffolgenden Nacht vom Unwetter weggeschwemmt, ausradiert, gelöscht. Nur noch auf Roccos Foto existent.

War es eine letzte Hinwendung zu einer unerfüllten Liebe? AUSgeträumt? AUSgelitten? AUS und vorbei?

Oder hatte es eine ganz andere Bedeutung?

Dazu noch Jasmins spontane Verteidigung: „Zweifach, nicht dreifach.“

Olaf zweifelte. Er stand auf der Langen Brücke, stützte sich auf das Geländer und schaute auf die Insel. Dort unten hatten sie gerade die vermeintliche Killerin überführt. Jasmin war auf dem Weg in den Polizeigewahrsam, der Fall war gelaufen.

War er das wirklich?

Olaf musste nachdenken. Aber nicht jetzt. Jetzt musste er schleunigst in die Falle. Morgen würde Joe Biden anrufen. Wegen der Kampfjets für die Ukraine.

Es war schon ein verdammter Schiet auf gut Norddeutsch. Dass Menschen einander umbrachten. Aus Leidenschaft, aus Hass oder aus Machtgier.

Ein Kanzler in einer friedlichen Welt, was wäre das für ein Traumjob! Olaf seufzte und marschierte schicksalsergeben nach Hause.

Kapitel 65

Versagen ist irgendwann im Leben unvermeidbar,
aber aufgeben ist unverzeihlich.
Joe Biden

Das Telefonat mit dem amerikanischen Präsidenten war beendet. Ziemlich gut gelaufen, zog Olaf Bilanz, obwohl dieser Ami ein verdammt verrückter Typ war. Was man ihm gar nicht ansah.

Der Kanzler dachte zurück an seinen Antrittsbesuch in Washington, als Joe Biden aus dem Nähkästchen plauderte. Beim Nachmittagskaffee. Die Filterplörre, wir erinnern uns.

Da gestand Joe, dass er ein Faible für Eiscreme hatte. Er schleckte sie ständig, vor allem, wenn seine Frau Jill weit genug weg war. Seine Lieblingssorte war Cookies and Cream, Vanilleeis mit kleinen Stückchen von Schokoladenkeksen: „Tasty as heaven!" Während des Wahlkampfes hatte er über 10.000 Dollar für Eiscreme ausgegeben, die er an die Wählerschaft verteilte.

An der Highschool war der Herr des Weißen Hauses ein Football-Star gewesen und noch weiter davor als kleiner Bub ein Stotterer. Wie er in seinen Memoiren schrieb, machte sich eine Lehrerin, eine Nonne, deshalb über ihn lustig und nannte ihn *Mr. Bu-bu-bu-Biden*. Eines Tages hatte Little Joe das Gefrotzel satt, ging einfach nach Hause; und seine Mutter stellte die Lehrerin zur Rede: „Wenn du noch einmal so mit meinem Sohn sprichst, reiße ich dir die Haube vom Kopf."

Biden überwand das Stottern, indem er vor einem Spiegel Gedichte rezitierte. Die kann er alle heute noch auswendig hersagen.

Außerdem steht er auf klassische Autos. Sein Vater hatte ihm zur Hochzeit ein lodengrünes Corvette-Stingray-Cabrio geschenkt. Stingray heißt Stachelrochen, was so gar nicht zum tapsigen älteren Herrn Biden passt. Trotzdem würde er das Geschoss heute noch gerne fahren, er darf aber nicht. Selbst ein Auto zu steuern ist dem Präsidenten der USA aus Sicherheitsgründen nicht erlaubt.

Okay, er hat genügend andere Fortbewegungsmittel. Zwei Boeings, die *Air Force One* genannt werden. Unter anderem ausgestattet mit einer persönlichen Suite samt Fitnessraum. Wenn er es einmal übertreibt mit den Push-ups, dann gibt es einen flugzeugeigenen OP mit handverlesenem Personal. Seine 23 Hubschrauber heißen „Marine One". Sie fliegen gerne zu dritt aus. Und in welchem sitzt der Präsident? Gute Frage, deswegen fliegen sie ja zu dritt aus! Auf festem Boden hat der reisende Joe seine Biester. Die Präsidentenlimousine *The Beast*, auch *Cadillac One* gerufen. Im Kofferraum nicht etwa eine Golftasche oder ein Klapprad, sondern ein gut gekühlter Blutvorrat.

Olaf klappte seine Erinnerungen zu. Er hatte schließlich auch etwas vorzuweisen. Den Panzer-Daimler mit Müller II und Schlagermusik, reichlich Bundeswehr-Hubschrauber auf

Abruf und den Regierungs-Airbus, der ab und dann den Geist aufgab. An den ökologischen Fußabdruck seiner Flotte mochte er dabei gar nicht denken. Der reichte mit Sicherheit für mehrere Tausend Yetis.

Joseph „Joe" Robinette Biden Jr. nahm die Füße wieder von seinem Schreibtisch im Oval Office und legte auf. Das Telefonat mit dem Chancellor in Berlin war beendet. Der Präsident stellte fest, dass er und dieser German Guy sich verdammt ähnlich waren. Sleepy Joe und der Scholzomat. Beide keine Polterer, beide leise und beharrlich. Beide sture Hunde.

Apropos. Einen Hund hatte er auch, der Deutsche. Joe hatte sogar zwei. Major und Commander. Die hatten es sich gerade vor der opulenten Sitzgruppe gemütlich gemacht und sabberten den mächtigsten Teppich der Vereinigten Staaten voll.

Der Scholz-Hund hieß Schröder. Das hatte der Kanzler noch erzählt, als sie sich wegen der Kampfjets für die Ukraine endlich geeinigt hatten. Und dass dieser Schröder Leichen fand. Dass Buddy Olaf deswegen heute noch an einen kleinen See fahren würde, um einen Mörder zu identifizieren.

Da denkst du, dass Hollywood verrückt ist, aber Berlin ist es offensichtlich noch mehr. Unbelievable!

Jeanette informierte Müller II. Er solle sich auf seltsame Passagiere gefasst machen. Auf einen Kanzler im Agentenoutfit und auf einen Cowboy.

Müller hatte schon lange aufgehört, sich zu wundern. Er polierte mit Inbrunst den fiesen Taubendreckfleck von der Regierungslimousine und fügte sich ansonsten der normativen Kraft des Faktischen. Egal wohin sie führen würde.

Der Cowboy wusste, wohin. Er und der Boss hatten im Fond Platz genommen und wirkten wie zwei Menschen, die etwas wissen wollten. Unbedingt wissen wollten. Jetzt oder nie.

Müller II fuhr los.

Der Cowboy fungierte als Navi. Er sagte an, wo es langging. Erst einmal über die A 114 nach Norden: „Ich gebe dann rechtzeitig Bescheid, Herr Chauffeur!"

Dann wandte sich Rocco dem Kanzler zu und startete eine berufliche Bewerbung. Er spielte dabei auf einen Vorfall an, der sich kürzlich auf einer Scholz-Reise nach Litauen ereignet hatte. Als die Kanzler-Karawane auf dem Weg zum Frankfurter Flughafen war, reihte sich ein dunkler Audi in die Kolonne ein. Unbehelligt von den jahrelang ausgebildeten, gnadenlosen Personenschützern der Bundespolizei. Rollte ganz locker einfach mit: „Im Wagen vor mir fährt der deutsche Kanzler, ratta ratta rattatatata …"

Das unautorisierte Auto erreichte mit den hochoffiziellen Karossen unbehelligt den Hochsicherheitsbereich auf dem Flugfeld. Der Fahrer stieg aus, ging auf Olaf zu, gab ihm die Hand und umarmte ihn schließlich überschwänglich.

Nicht zu fassen, aber echt passiert!

Die hinzueilenden Sicherheitsbeamten warfen sich nicht etwa wild entschlossen und todesmutig auf den Störenfried, der ja ein Attentäter hätte sein können, sondern „sie baten ihn, sich zu entfernen". So die Stellungnahme der Behörden. Wortwörtlich. Der Fahrer ging zum Audi zurück, rauchte erst einmal gemütlich eine Zigarette und wurde danach doch noch festgenommen. Gut Ding will eben Weile haben. Es stellte sich heraus, dass er mit Drogen vollgepumpt war und den Konvoi für eine Hochzeitsgesellschaft gehalten hatte. Als Bräutigam hatte er Olaf ausgemacht und wollte einfach nur gratulieren. Der ahnungslose Tropf hätte doch wissen müssen, dass Olaf längst verheiratet war und bald Silberhochzeit feiern würde! Und dass Bräutigame keine speckigen Aktentaschen mit sich tragen.

Rocco äußerte seine Ansicht, das müsse einfach besser laufen. Bei ihm als Chef der Security hatte noch nie jemand einen Superstar für einen Bräutigam gehalten. In seiner Klientel waren allerdings auch eher die Stars zugedröhnt als die Staffage drumherum. Rocco zückte noch einmal sein Kärtchen *Dienstleistungen aller Art* und betonte, der Kanzler könne sich auch in Sicherheitsfragen voll und ganz auf ihn verlassen. Natürlich erwarte er nicht sofort eine Zusage, Olaf könne das gerne mit der gnädigen Frau Ehegattin besprechen.

Dann wurde Cowboy Rocco abgelenkt, weil seine Dienstleistungen als Navigator gefragt waren. Er dirigierte das Kanzlervehikel von der Autobahn weg. Das Ziel lag offensichtlich irgendwo in der Pampa, wo sich Fuchs und Hase auf unbefestigtem Gelände Gute Nacht sagen. Der Kanzler-Panzer war dafür nicht gemacht und machte einen höchst deplatzierten Eindruck. Als der Weg immer schmaler wurde, wirkte das Ungetüm sogar hilflos. Trampelpfade waren nicht sein Terrain. Kurz bevor es in ein Wäldchen ging, zeigte der Cowboy Einsicht und sagte stopp.

Müllers Fahrgäste stiegen aus und verschwanden unter den Bäumen.

Der Chauffeur machte den Schlagersender an und rutschte tiefer in seinen Sitz. Juliane Werding sang „Man muss das Leben eben nehmen, wie das Leben eben ist“.

„Sehr weise“, murmelte Müller II und döste weg.

„Do samma", wienerte Rocco und korrigierte sich, „da sind wir".

„Ich verstehe schon", gab der Kanzler zurück. „Ich habe regelmäßigen Unterricht in Wienerisch für Anfänger bei unserem gemeinsamen Freund, dem Kommissar."

Sie standen vor dem Bootshaus, das der Priester von seinen Eltern geerbt hatte. Wo er an einer Messerattacke verstorben war. Wo das Boot noch immer auf den Wellen schaukelte und der Steg leise ächzte.

Die Polizei hatte die Lage der Leiche wie üblich weiß markiert. Als Silhouette eines menschlichen Körpers. Die hatte noch kein Regen weggewaschen.

„Was suchen wir?", fragte Rocco, „wo ist hier noch eine Spur? Ich sehe nur die Malerei von der Kripo."

„Ich suche auch keine *Spur*, ich suche eine *Erklärung*."

Olaf zückte sein Handy und stöberte nach den Fotos, die Rocco geschossen hatte. Er verglich die Aufnahmen mit der Realität. Er sah, dass der Körper des Toten in unbewachsener Erde lag. Frisch umgegraben. Seine rechte Hand neben dem S von AUS. Weiterzuschreiben hatte er nicht mehr vermocht.

Aber vor dem AUS ein flacher Stein!

Der Kanzler hatte geahnt, etwas übersehen zu haben. Den Schlüssel zur Wahrheit. Jetzt hatte er ihn!

Aufgeben ist unverzeihlich. Nicht aufgeben führt irgendwann zum Erfolg. Wie in der Politik. Erst recht, wenn Olaf ermittelt.

„Ich hab's", verkündete er stolz, „wir können zurückgehen."

„Was hamma?", wollte Rocco wissen, ungehalten über Olafs Geheimniskrämerei. Typisch Piefke!

Olaf vertröstete ihn: „Ich will hundertprozentig sichergehen. Es ist eine vollkommen irre Theorie. Ich muss alles noch mal überschlafen und mit meiner Frau besprechen. Aber Sie erfahren es als einer der Ersten. Großes Kanzler-Ehrenwort!"

Zum Glück war es der deutsche Kanzler. Bei einem österreichischen wäre das kein überzeugender Schwur gewesen. Rocco kannte sich aus, auch in der Politik.

Knurrend gab sich Rocco geschlagen und wollte dem Kanzler schon folgen, da hielt eine Eingebung ihn zurück. Er erinnerte sich dunkel an seine wirre Fotografiererei und an das Bild einer Frau, das auf dem Tisch in der Hütte stand. Er betrat noch einmal das Bootshaus: Tatsächlich, Pausbäckchen!

Auf hohen Hacken stapfte er eilig Olaf hinterher zurück zur schwarzen Limousine.

„Ich hab's auch", erklärte er, als der Panzer-Mercedes vorsichtig aus der Wildnis heraussteuerte. „Und ich bin jetzt schon hundertprozentig sicher. Die Sache ist ganz einfach …"

Leider senkte er in der Folge seine Stimme und Müller II war von der Lösung des Falles erst mal ausgeschlossen. Ziemlich fies, aber nicht zu ändern. Der Chauffeur gab Gas und ließ das Dickschiff zurück in die Zivilisation rollen, wo der Höhepunkt des Dramas kurz bevorstand.

Auf der anderen Seite des Sees setzte Rentner Schmidtke seinen Feldstecher ab: „Ick gloob es nicht, Jonathan! Habe gerade den Bundeskanzler mit einem Cowboy gesehen. Bei der Hütte vom toten Pfarrer. Meenste, ick werde senil?"

Diesen Verdacht hatte der Hund schon länger, aber ihm waren die beiden Typen auch aufgefallen. Und Herrchen durfte gerne senil werden, Hauptsache, er konnte noch Dosen öffnen. Die mit dem Kennerfleisch.

Kapitel 66

Die Lösung ist immer einfach, man muss sie nur finden.
Alexander Solschenizyn

„Stell dir bitte vor, du hättest mich umgebracht."

Britta wollte gerade nach dem nächsten Pizzastück greifen und hielt mitten in der Bewegung inne.

„Weißt du, was du da sagst, Ollibär?"

„Natürlich weiß ich, was ich sage, ich ermittle nämlich. Reg dich bitte nicht auf. Stell dir einfach mal vor, du hättest mich an einem kleinen See im Norden Berlins niedergeschlagen. Während du eilig den Tatort verlässt, gebe ich mit letzter Kraft einen Hinweis auf meine Mörderin. Mit der rechten Hand schreibe ich in den lockeren Boden ihren Namen, aber ich schaffe nur wenige Buchstaben. Der Ösi-Gauner Rocco Lahnsteiner findet meine Leiche und fotografiert den Tatort. Auf seinen Bildern findet man, was ich in die Erde gekratzt habe: RITT."

Britta regte sich jetzt doch auf. Sie konnte nicht fassen, was ihr Mann da erzählte. Nach 24 Jahren Ehe!

„Ich könnte auch deinen Kosenamen wählen", fuhr Olaf ungerührt fort, dann stünde da jetzt: NUF."

Britta fing an zu verstehen.

„Du meinst, es fehlt nicht nur der Rest vom Namen, es fehlt auch der Anfang."

„So ist es! Und weil ich kein toter Pfarrer bin, sondern ein lebendiger Bundeskanzler, und weil du keine Killerin bist, sondern die liebste Frau der Welt, folgern wir glasklar, wer den Priester erledigt hat."

„Du bist genial!" Britta nahm gleich zwei Pizzastücke, dazu einen kräftigen Schluck vom Rotwein und winkte Salvatore herbei.

„Zwei Grappa, prego, für mich und den cleversten Ermittler aller Zeiten."

„Capito! Jetzt nicht mehr Cancelliere, jetzt Commissario. Congratulazioni, isse ruhigerer Job. Grappa kommen subito!"

Zur gleichen Zeit schrieb Pausbäckchen ihre Kündigung. Daheim in ihrer Mädchenbude. Ein rührend kitschiges Nest mit Kissen und Puppen und Blümchen und Sehnsucht in jeder Ecke. Das coole Getue, das übertriebene Rouge, die Neon-Haare, alles nur Maskerade: „Schaut her, wie gut ich drauf bin!" Eine perfekte Tarnung. Niemand sollte ahnen, was sich dahinter verbarg. Kein selbstbewusster Feger, sondern eine zerbrechliche junge Frau, die versuchte, zwischen Hoffnung und unerfüllten Träumen glücklich zu werden. Was ihr bislang nicht gelungen war.

Nie wieder würde sie eine Gemeindesekretärin in einer Pfarrei sein. Das war nach all den Ereignissen undenkbar. Also schrieb sie. Die orangen Haare fielen ihr über die Augen und saugten die Tränen auf, die immer wieder hervorbrachen. Die roten Wangen waren verblasst, das ganze vorgeblich fröhliche

Wesen, das ganze Pausbäckchen war verblasst. Das Abenteuer *Liebe* war vorbei. Wer weiß, ob es je wiederkommen würde.

Tief in ihrer Seele hatte sie es schon länger geahnt. Sie war nicht die Einzige, mit der er es trieb. Sie wäre es gerne gewesen. Aber er hatte gar keine Liebe gewollt, er hatte einfach die Lust gewollt. Denn auch er hatte hinter einer Fassade gelebt. Und hatte die Freudlosigkeit mit Sex kompensiert. Diese Erkenntnis hatte sie getroffen, brutal wie ein Messerstich. Oder zwei Messerstiche.

Als sie ihre Unterschrift auf das Papier setzte, platzte ein dicker Tränentropfen mitten hinein. Alles verschwamm, ihr Name war wie ausgelöscht.

Kapitel 67

Der Schmerz vergeht nicht. Man lernt nur, mit ihm zu leben.
Anonym

Joschi wartete in seinem Büro auf Jasmin Mausi Imhoff. Es war ein stinknormales Büro. Hätte auch bei einer Versicherung sein können oder bei der LBS. *Wir geben Ihrer Zukunft ein Zuhause.* Das hatte Joschi auch vor. Jasmins Zuhause für die Zukunft sollte der Knast sein.

Der Kommissar würde das Verhör in seinem Büro führen. Wie immer. Denn Vernehmungsräume sind eine Fiktion. Diese grüngrauen kahlen Kabuffs ohne alles, nur mit einem großen Tisch. Auf der einen Seite der mutmaßliche Delinquent, gegenüber die Ermittler. Am besten in den Rollen „guter Cop, böser Cop". Derartiges findet der wohlwollende Zuschauer nur bei der Fernsehpolizei. Bei den Cops in Rosenheim, den Sokos im ZDF und bei Olafs Tatortkommissaren.

Joschi konnte auch den berühmten Venezianischen Spiegel nicht bieten, durch den man reinschauen kann, aber nicht raus. Nicht einmal eine Kamera war da, die das Verhör aufzeichnen würde. Das durfte nur in Ausnahmefällen sein, mit Genehmigung des Staatsanwaltes und mit Einverständnis der verdächtigen Person.

Auch keine grelle Lampe, die dem Verhörten ins Gesicht scheint, oder Drohungen, die Angst machen. All das wären Verstöße gegen die Strafprozessordnung.

Ein echtes Verhör bei der Kripo würde kein Mensch im Fernsehen gucken wollen, viel zu langweilig. Tödlich für die Einschaltquote.

Immerhin gab es Kaffee, der betörend duftete. „Wiener Mischung" natürlich, da leistete sich der Kommissar keinen Stilbruch. Er nahm einen Schluck und zupfte seine Fliege zurecht. Heute gelb; Vespa-Gelb, wenn man so will.

Ach ja, die Mizzi!

Sie hatte ihm wieder mal einen Gugelhupf gebacken, der auf Hochdeutsch Napfkuchen heißt, was aber an Hundefutter erinnert.

Gugelhupf dagegen ist kaiserlich. Die Geliebte von Kaiser Franz Joseph, dem untreuen Gemahl der berühmten Sissi, hatte den royalen Liebhaber nicht nur mit ihren Reizen betört, sondern auch mit ihren Backkünsten. Dafür war sie extra um vier Uhr morgens aufgestanden. Wenn der Monarch dann zum Frühstück bei ihr auftauchte, vernaschte er erst den Gugelhupf und dann die Zuckerbäckerin.

Joschi nahm gerade ein ordentliches Stück des hochherrschaftlichen Backwerks, da wurde Jasmin Imhoff hereingebracht.

Als unverbesserlicher Gentleman bat er sie galant in den Stuhl vor seinem Schreibtisch und reichte eine Tasse Wiener Mischung mit Milchkännchen und Zucker. Er gab ihr sogar was vom Gugelhupf ab. Einerseits, weil er ein Grandseigneur war, andererseits, weil er die Mörderin gesprächig machen wollte, der alte Fuchs.

Joschi ließ Jasmin Zeit für einen ersten Schluck und einen ersten Bissen.

Dann ging es ans Eingemachte. Herr Wondratschek wurde wieder zum investigativen Kriminalhauptkommissar und streng dienstlich.

„Ich höre."

Jasmin hatte offensichtlich beschlossen, sich alles von der Seele zu reden. Stockend begann sie, ihre Geschichte zu erzählen.

Joschi war fast am Ziel. Und fand die Situation bedrückend zugleich. Eine Lebensbeichte. Nach nicht einmal einem halben Leben.

„Mich haben immer alle unterschätzt. Die zarte Jasmin, das Mausi. Zuallererst meine Eltern. Sie waren fest davon überzeugt, ich würde mich in ihr Weltbild einfügen. Ein braves Mädchen sein, Kirchgängerin, katholische Jugend. Später mindestens Unternehmergattin mit mindestens drei Kindern und Villa in bester Lage im Grünen. Ein nobles Gefängnis mit Damastbettwäsche, Gummibaum im Wohnzimmer, Silberbesteck.

Aber ich wollte mich in kein vorgefertigtes Bild einfügen, das andere für mich gemalt hatten.

Also bin ich abgehauen. In eine WG. In eine Freiheit, die sich letztendlich als Gefängnis in der Stadt herausgestellt hat. Genau gesagt als desolates Mietshaus in einer desolaten Straße. Mit exakt derselben Hausordnung wie in einem großbürgerlichen Vorstadtdomizil. Nur waren die Vorschriften nicht in plüschige Sofakissen gestickt, sondern auf die Wände des Treppenhauses gesprüht, wo es nach Moder roch.

Es gab auch hier Damastbettwäsche, allerdings secondhand, das Silberbesteck war aus Blech, der Gummibaum aus Hanf.

Die Bewohner waren ebenso stur wie meine Eltern. Sie hatten ein Bild für mich gemalt, in das in mich einfügen sollte.

Aber ich habe begriffen. Ich habe mich gewehrt. Ich habe mich mit Attila verbündet. Er hatte auch gedacht, in der versifften Stinkbude mit den betonköpfigen Revoluzzern glücklich werden zu können. Die Baronin Duesterberg hat uns dann höchstpersönlich aus ihrer eigenen Schrottimmobilie befreit.

Ein echter Glücksfall. Attila hatte einen Aufhänger, eine Story. Eine Chance, aus seinem Schreibtalent Gold zu machen. Und wir beide hatten ein Sprungbrett auf die andere Seite der Gesellschaft, auf die Sonnenseite.

Es sah wenigstens so aus für mich.

Aber gemeinsam aus dem Dreck davonzurennen, ist leider keine wirkliche Liebe. Es ist nur eine Flucht.

Die Vergangenheit bleibt. Sie ist hartnäckig. Attila war so geblieben, wie er im Getto geworden war: ‚Setz dich durch, suche deinen Vorteil. Nimm keine Rücksicht, nimm alles, was sich bietet. Gewinne immer, und wenn du nicht gewinnen kannst, dann bescheiße!'

Er hat es getan. Er hat sich mit mir geschmückt und mich gleichzeitig hemmungslos betrogen.

Mit Absicht betrogen. Er hat sich seine Flittchen ganz bewusst ausgesucht. Frauen, deren Männer Dreck am Stecken hatten, oder eine Geschäftsidee, die Rückenwind brauchte. Er hat die Tussen ausgezogen und ausgehorcht. Die fanden die Vögeleien im Hotelzimmer bestimmt einen tollen Kick, haben die Beine breitgemacht und das Hirn ausgeschaltet. Sofern überhaupt eines vorhanden war.

Irgendwann bekam dann der werte Gatte einen Anruf. Wenn er nicht wolle, dass etwas über seine Schweinereien ruchbar würde, könne man gerne ein Arrangement treffen.

Oder: Man könne gerne helfen, dem anstehenden Projekt Schwung zu verleihen. Mit wohlwollenden Artikeln über den wagemutigen Unternehmer und seine zukunftsweisende Idee. Passende Fotos inklusive. Widrigenfalls würde sich garantiert etwas finden, das die Öffentlichkeit oder die Justiz interessieren könnte. Passende Fotos ebenfalls inklusive.

Das alles sei natürlich kostenpflichtig. Aber verständnisvoll kalkuliert und in bar zu begleichen, versteht sich.

Attila dachte wohl, ich kriege von dem Ganzen nichts mit. Aber das liebe Mausi hat Mäuschen gespielt. Weil eine Frau merkt, was los ist mit dem Ehemann. Wenn erst einmal der anfängliche Überschwang in der Realität verloren gegangen ist.

Ich habe seine Erpresserdateien gefunden. Eine prima Rückendeckung für eine Scheidung. Damit hätte ich ihn in der Hand gehabt."

Ihr Blick verdüsterte sich.

„Irgendwann habe ich es dann nicht mehr ausgehalten. Aus den vielen Enttäuschungen ist eine Wut geworden, die ich loswerden musste. Er hat mich betrogen, er hat mich nicht für voll genommen.

Er hätte mich ja überreden können, seine linken Touren mitzumachen. Aber er hat es nicht einmal versucht. Das Mausi ist viel zu harmlos und zu blöd zum Bescheißen. Dass ich es vielleicht sogar gemacht hätte, auf die Idee ist er nicht gekommen. Er hat mir keinen Wert zugemessen, er hat mir mein Selbstwertgefühl genommen.

Ich habe ihm das Leben genommen.

Mein Alibi zu arrangieren, war ein Kinderspiel. Die beiden Champagner-Tussen sind ja nicht ganz sauber, also haben sie bereitwillig mitgemacht.

Der Hammer liegt in der Havel. Ich hatte vorher extra einen zweiten gekauft, damit der Werkzeugkasten weiterhin komplett ist.

Als ich dann von der Freundschaftsinsel zurückgelaufen bin, ist mir doch tatsächlich der Bundeskanzler mit seinem Hund begegnet. Aber er hat mich gar nicht wahrgenommen.

Kann ich verstehen. Der muss sich mit Leuten abgeben, die zehntausendfache Mörder sind, nicht nur zweifache wie ich."

Jasmin hielt kurz inne. Die Wiener Mischung war inzwischen kalt, sie nahm dennoch wie eine Verdurstende einen großen Schluck.

Der Hauptkommissar hatte das „zweifache" durchaus bemerkt, wollte aber den Fluss des Geständnisses nicht stören.

Jasmin nahm noch ein Stück Gugelhupf, trank den Rest vom Kaffee aus, atmete durch und erzählte weiter.

„Noch in derselben Nacht war mein Kopf so klar wie lange nicht mehr. Mit einem Schlag, wenn man so will."

Sie lächelte.

„Feinsinnige Formulierung, nicht wahr? Ich habe eine Flasche Wein geköpft und den Entschluss gefasst, mir alles nehmen, was mir die anderen nicht geben wollten. Ich würde Attilas Geschäftsidee fortführen. Das harmlose Mausi als Raubkatze. Ich hatte ja die Dateien, die Namen der Weiber und der Kerle. Auch etliche Recherchen, die noch nicht bis zur Erpressung gediehen waren. Die bessere Seite der Straße würde sich noch wundern. Der Hai war tot, aber die Bisse würden weitergehen.

Da pfuschte mir diese Maja dazwischen. Irgendwie musste auch sie an die Aufzeichnungen meines Mannes gekommen sein.

Das *Irgendwie* lag nahe. Eine der üblichen Feten, bei denen man sich unter Kollegen begegnet. Ein paar Gläser vom gesponserten Schampus. Nur wenige Schritte ins Hotelzimmer. Ein One-Night-Stand. Der erschöpfte Lover pennt besoffen weg, die Schlampe klaut seine Daten.

Nützliches Wissen auf Vorrat: *Denn was man schwarz auf weiß besitzt, kann man getrost nach Hause tragen.* Goethe geht heutzutage auch digital.

Als Maja Attilas Nachfolge antrat, war ihre Chance da, das erbeutete Material auszuwerten. Ertragreich auszuwerten.

Das passte mir natürlich gar nicht. Mit der Priester-Geschichte hatte sie einen ersten Versuchsballon gestartet. Ich kannte das Dossier aus Attilas Dateien, und ich nahm mir vor, mir die Dame vorzunehmen. Wehret den Anfängen!

Wir verabredeten uns an der East Side Gallery. Nachts, wenn alles schläft. Ich wäre nie auf den Gedanken gekommen, sie umzubringen, ich wollte sie nur einschüchtern. Sie auffliegen lassen als geldgeiles Luder, das sich einen Dreck um Moral und sauberen Journalismus scherte.

Sie lachte mich aus. Ich solle mich selber scheren, und zwar zum Teufel.

Der Wortwechsel wurde zum Streit. Der Streit eskalierte. Unsere Stimmen wurden lauter. Ich verlor die Kontrolle, ging auf sie los. Sie wehrte sich. Ich schlug mit der Handtasche nach ihr. Sie wich zurück. Sie stolperte nach hinten, knallte mit dem Kopf gegen eine eiserne Tafel, schrie auf, drehte sich benommen um die eigene Achse und fiel rückwärts in die Spree.

Das hatte ich nicht gewollt, es war einfach passiert. Also nicht einmal ein zweiter *Mord*. Höchstens Körperverletzung mit Todesfolge."

Jasmin atmete durch. Die Erinnerung machte ihr zu schaffen. Ganz eindeutig. Die Ermordung ihres Mannes hatte sie geplant. Das ging in Ordnung. Mata Haris Tod ging nicht in Ordnung.

Jasmin erzählte weiter.

„Nach dem Aufprall ins Wasser war Totenstille. Sie trieb regungslos davon. Ein helles Bündel im nachtschwarzen Fluss. Ich war komplett durcheinander. Nach einiger Zeit kam mein Verstand zurück. Er sagte mir, dass nichts passieren würde, wenn ich besonnen bin. Wenn ich alles so lasse, wie es ist. Ich musste nichts tun, ich hatte keine Spuren hinterlassen. Also folgte ich meinem Verstand und ging einfach davon. Am nächsten Tag fiel mir auf, dass meine Kette mit dem Perlenanhänger nicht mehr da war. Ich hatte sie wohl beim Kampf mit der Mata Hari verloren. Also doch eine Spur, die zu mir führen könnte. Sofort fuhr ich zur East Side Gallery, spielte die Touristin, fotografierte wie wild mit dem Smartphone und suchte dabei die Stelle ab, wo es passiert war. Keine Kette, kein Anhänger. Ich konnte nur hoffen, dass jemand sie mitgenommen hatte, der damit nicht zum Fundamt ging."

„Das war auch so", erklärte der Hauptkommissar, „aber ein Bekannter eines Bekannten von diesem Jemand hat den Anhänger wiedererkannt. Auf der Rückseite ihres neuen Kinderbuches. Da tragen sie ihn auf dem Foto."

Jasmin lächelte gequält in sich hinein: „Der sprichwörtliche Kommissar Zufall also."

Sie hob ihren Kopf und sah dem Kommissar ins Gesicht.

„Wie auch immer, das war mein Geständnis. Damit habe ich mir genug vorzuwerfen. Zwei Personen sind durch mich ums Leben gekommen. Aber keine dritte, egal was Sie sich zusammenreimen."

Joschi war am Ziel. Fast.

„Eine Frage noch. Warum haben wir auf dem Computer Ihres Mannes die Dossiers nicht gefunden?"

„Er hatte sie nur auf einem Stick. Den trug er immer bei sich. Diesen Stick habe ich ihm abgenommen und beim Begräbnis zusammen mit der weißen Rose in sein Grab geworfen. Niemand hat etwas gemerkt."

„Und was in den Aufzeichnungen stand, das haben Sie alles im Kopf?"

„Nein, ich habe alles ausgedruckt. Die Seiten liegen immer noch in meinem Drucker im Papiervorrat ganz unten."

Ein Anflug von Stolz huschte über das Gesicht der Mörderin: „Darauf wären Sie und Ihre Leute im Leben nicht gekommen."

Jasmin streckte dem Kommissar die Hände hin, als würde sie auf Handschellen warten.

„Jetzt können Sie mich wieder einsperren. Danke für den Kuchen."

Kapitel 68

Stets findet Überraschung statt,
da, wo man's nicht erwartet hat.
Wilhelm Busch

Kaum war die Mörderin abgeführt, fegte Tausendschön um die Ecke.

„Hat sie alles gestanden?"

„Alles nicht."

Joschi nahm die gelbe Fliege ab, als hätten ihm Jasmins Schilderungen die Luft abgeschnürt.

„Den Mord am Priester will sie partout nicht begangen haben."

„Kann ich verstehen", triumphierte Tausendschön. „Eine kalte Spur ist nämlich wieder ganz heiß. Seit heute Nacht. Da war ich mit meiner Süßen auf einer Mädelsparty bei uns im Reuterkiez. Sie wissen, was ein Kiez ist?"

Joschi knurrte: „Ein Kiez ist das, was der Wiener ein Grätzl nennt. Man geht aus der Haustür und trifft nur Leute, die man kennt. Auch wenn man sie nicht treffen möchte. Zufrieden?"

Seine Assistentin versagte sich einen Kommentar und nahm Platz. Kein gutes Zeichen. Das bedeutete eine längere Erzählung. Der Kommissar ließ es demütig und interessiert geschehen.

„Das Motto der Party hieß *Pink Pussy*. Alles war pinkfarben, sogar die Cocktails“, berichtete Tausendschön, „und es wurden nur Songs von Pink gespielt. Als meine Süße auf eine Zigarette draußen war, kam sie mit einer Lady in rosa Klamotten wieder zurück. Eine Transfrau. Das heißt, sie war einmal ein Kerl.“

„Weiß Bescheid.“ Joschi war es langsam leid, als Ignorant dazustehen. „Das sind Leute, die im falschen Körper geboren sind und ihr Geschlecht haben ändern lassen. Übrigens: Ich kann sogar LGBTQIA+ unfallfrei buchstabieren.“

Tausendschön ignorierte die Motzerei.

„Wir haben uns bei Pink Gin Tonic lange mit der Translady unterhalten. In einen *Rosa Gin Tonic* müssen übrigens Erdbeeren rein, dann sieht er erst richtig mega aus.“

Joschis Geduldsfaden wurde immer gespannter, aber er riss nicht.

„Steffi, die früher Stefan geheißen hatte, erzählte, dass es mehr Transgender gibt, als man denken möchte. Auch namhafte Leute. Ein recht bekanntes Exemplar habe sie in der Klinik in Lissabon kennengelernt, wo sie operiert worden war. Das gnadenlos gläubige Portugal ist nämlich in Sachen Geschlechtsumwandlung ungewöhnlich liberal. Als Erwachsener braucht man kein einziges Gutachten. Die Bürokratie hält sich raus.“

Tausendschön straffte sich und streckte stolz ihren Busen vor.

„Jetzt raten Sie mal, wer der bekannte Kerl ist, der mal eine Frau war. Wir kennen ihn zur Genüge.“

Auch andere prominente Transgender kennt man zur Genüge. Wobei es den großen Namen durchaus leichter fällt, sich zu outen als den normal Sterblichen. Der PR-Effekt ist dabei äußerst hilfreich. Statt von der Umgebung schräg angesehen zu werden wie Julia von nebenan, die zum Julius wurde, kriegt der Promi seine Schlagzeilen und öffentliches Lob für seinen Mut der Verzweiflung. Der Nobody bleibt mit dem schmerzlichen Prozess oft genug allein.

Hollywood-Star Caitlyn Jenner gehört zu den bekanntesten der bekennenden Transgender. Mit einer Lebensgeschichte wie aus einem Filmdrehbuch. Der Bruce, als der sie geboren war, gewann bei den Olympischen Spielen 1976 in Montreal die Goldmedaille im Zehnkampf und wurde damit für vier Jahre zum „größten Athleten der Welt". Belohnung neben der Medaille waren Werbeverträge mit Visa Card und Coca-Cola. Bruce wurde zudem Filmschauspieler und heiratete in den Kardashian-Clan ein. Im April 2015 verkündete Bruce sein Ende als Mann. Die Hochglanzzeitschrift *Vanity Fair* präsentierte die neue Caitlyn auf dem Titel. Die Republikaner waren außer sich, das Weiße Haus und Barack Obama gratulierten. Mittlerweile hat Caitlyn Jenner aus ihren Beziehungen als Bruce 20 Enkelkinder. Das Leben ist bunter als alle Regenbogenfarben zusammen.

Büroleiterin Jeanette drückte die Chef-Taste.

„Ihre Verbindung zu Hauptkommissar Wondratschek."

Olaf nahm ab.

Joschi am anderen Ende war von lauter Tausendschön-Pink und Regenbogen eh schon überfordert, jetzt auch noch der rote Olaf, er war echt am Anschlag.

„Sorry, Kanzler, momentan bitte nicht. Wir stehen kurz vor der Lösung im Mordfall Priester. Ich ruf dich zurück."

Olaf war sauer über die Abfuhr: „Nicht nötig, ich habe die Lösung ebenfalls."

Als Wondratschek sich später zurückmeldete, wehrte Jeanette ab. Der Regierungschef sei in der Kabinettssitzung.

„Da kann ich nicht stören. Außerdem ist er stinkig, weil Sie ihn abgewimmelt haben."

„Jessas Maria, der soll nicht die beleidigte Leberwurst spielen, der soll heute Abend bei seinem Stammitaliener aufkreuzen. Nebst Ehegattin, wenn möglich. Es gibt was zu feiern!"

Jeanette, die Meisterin aller Kompromisse, tat Joschi den Gefallen.

„Okay, 20 Uhr, ich trage das ein. Dass die bessere Hälfte mitkommt, liegt nicht in meiner Macht."

Dann ging die Neugierde mit ihr durch. Auch die taffsten Büroleiterinnen lieben den Tratsch.

„Was gibt es denn zu feiern?"

„Sorry, gnädige Frau, Staatsgeheimnis", feixte Joschi und legte auf.

Salvatore war sich keiner Schuld bewusst, als die Kriminalpolizei am Telefon war. Musste er auch nicht, der Anruf entpuppte sich als ganz normale Reservierung. Falls es als normal anzusehen ist, dass sich ein Hauptkommissar der Mordinspektion, ein Bundeskanzler und eine ehemalige brandenburgische Ministerin beim Italiener treffen und beabsichtigen, ein Glas vom besten Prosecco zu trinken, den das Haus zu bieten hatte.

So war jedenfalls die Aussage von diesem Commissario gewesen. Egal, die Polizei hat immer recht.

Salvatore erweiterte den Zweiertisch zu einem Dreier und errichtete als Sichtschutz einen ganzen Wald aus mannshohem Grünzeug. Perfetto!

Der Typ mit der kanariengelben Fliege kam als Erster. Sah aus wie der Pate aus einem Mafia-Film, war aber offensichtlich einer von den Guten.

„Wondratschek, Kriminalpolizei, habe die Ehre!"

„Salvatore, benvenuto, sono felice!"

Der Geschäftsführer begleitete den Kommissar an den getarnten Tisch, als auch schon Olaf und Britta auftauchten. Samt Schröder. Also die geballte Ermittlerkompetenz.

Salvatore enteilte subito, um mit einem Plastiknapf voller Leitungswasser wiederzukehren. Für unter den Tisch.

Für auf den Tisch servierte er eine von den ganz noblen Flaschen Aqua Minerale samt Bruschette, um den Abend stilvoll italienisch anzuknabbern. Der Prosecco kühlte längst schon vor sich hin und war jederzeit abrufbereit.

Dann zog sich Salvatore zurück. Ungern. Es wäre ja doch interessant gewesen zu erfahren, was die drei zu besprechen hatten.

Die Unterredung musste aber erfolgreich gewesen sein, denn der Prosecco war zum guten Schluss im Nu verputzt, der Commissario klopfte dem Cancelliere anerkennend auf die Schulter und küsste der Signora galant die Hand. Schröder bekam einen freundschaftlichen Klaps auf den Hintern.

Tutto bene anscheinend, fantastico!

Noch in der Nacht rief Joschi bei Tausendschön an, erreichte aber nur die Mailbox. Also hinterließ er eine dringende Nachricht nach dem Signalton.

Kapitel 69

Die Scherben einer Liebe lassen sich
nie mehr zusammensetzen.

Sully Prudhomme, französischer Schriftsteller,
erster Nobelpreisträger für Literatur

Rentner Schmidtkes morgendliche Runde um den kleinen See war beruhigend ereignislos verlaufen. Ein leiser Wind hatte die Bäume bewegt, die alten hölzernen Stege hatten wie immer geknarzt, die Boote hatten wie immer zufrieden an ihren Tauen geschaukelt. Die Vögel waren wie immer aus dem Sonnenaufgang losgezogen in einen neuen Tag.

Gleich würden Schmidtke und sein treuer Boxer Jonathan zu Hause sein. Der Hund hatte schon Tempo zugelegt. Zu Hause, das hieß Frühstück. Mit Kennerfleisch.

Aber etwas lenkte den Vierbeiner ab. Er verließ den Weg und lief Richtung See. Schmidtke folgte ihm. Schmidtke guckte ganz genau hin. Schmidtke war von den Socken.

Schmidtke wurde streng.

„Jonathan, aus! Bei Fuß! Komm mit, wir müssen dringend telefonieren."

Die Wählscheibe des grünen Uralt-Telefons der Deutschen Post AG drehte sich so nervig langsam, als würde es im ganzen Universum nichts Dringendes geben.

Endlich war die Polizei dran. Schmidtke meldete die Leiche.

„Am Ufer angeschwemmt. Eine Frau in einem dunklen Hosenanzug. Trägt eine silberne Brosche in Form eines Gänseblümchens. Det nennt man och Tausendschön, wenn ick nicht irre."

Der Beamte bedankte sich und legte auf. Die Daten hatte er ja. Der alte Knabe war als Experte im Leichenfinden bereits polizeibekannt.

Jonathan sabberte und drängte auf Herausgabe seines Futters.

Schmidtkes Magen knurrte genauso wie der Hund.

Dass man hungrig sein kann, obwohl man gerade eine Tote gefunden hat, verblüffte den Rentner.

Er öffnete die Dose für Jonathan und schmierte für sich die übliche Marmeladen-Schrippe. Und eine zweite gleich dazu. War ja nicht ein Tag wie jeder andere.

„Ick gloob, ick spinne!"

Kapitel 70

Siege, aber triumphiere nicht.
Marie von Ebner-Eschenbach, mährisch-österreichische Schriftstellerin

Der Brief war nachts an der Pforte abgegeben worden. Der Diensthabende wusste nicht, von wem, er hatte seine Tagschicht gerade erst begonnen und das Schreiben vorgefunden. Sicherheitstechnisch überprüft, versteht sich.

Jeanette brachte es mit den Morgenzeitungen und dem Starter-Espresso ins Kanzlerbüro.

Olaf wusste instinktiv, was ihn erwartete.

Er öffnete den Umschlag.

Gratuliere, Herr Bundeskanzler!

Sie haben alles durchschaut.

Ja, ich habe es getan. Ich habe dieses feige, fiese Weichei von einem Priester erstochen.

Viele Jahre war ich überzeugt, ich hätte mit meinem ersten Leben für immer abgeschlossen. Aber der Mord am Hai und die Kolumne der Mata Hari haben die Vergangenheit brutal aus dem Versteck gerissen, in dem ich sie vergraben hatte. Die Zeilen über die „Grapscher im Talar" haben mich wie ein Dolch getroffen.

Ich war von Sinnen vor Wut und habe dennoch alles wohlüberlegt geplant. Es war keine große Kunst. Ich hatte sämtliche relevanten Informationen, war die ganze Zeit auf dem neuesten Stand.

Ironie des Schicksals. Die Polizei, mein Arbeitgeber, mein Freund und Helfer. Mein Helfer bei einem Mord.

Ich habe den Kollegen keinen Anlass zum Verdacht gegeben, ich habe mich völlig unauffällig benommen. Aber ich habe verwirrende Spuren gelegt. Sie wissen schon, das Messer.

Bei den Ermittlungen im Haus des toten Hais ist mir der Messerblock aufgefallen. Zur zweiten Befragung habe ich dann ein Duplikat des großen Messers mitgebracht. Ich musste die beiden nur tauschen.

Das war ein Leichtes, als Jasmin im Schlafzimmer verschwand, um sich anzuziehen. Ich hatte sie noch im Morgenmantel angetroffen.

Jetzt hatte ich eine Tatwaffe mit Jasmins Fingerabdrücken oder denen vom Hai. Vielleicht von beiden. Dass offensichtlich die Putzfrau vorher alles blank gewienert hatte, konnte ich nicht ahnen. Dumm gelaufen, aber kein Beinbruch.

Strauss als Transmann entpuppte sich als weitere wunderbar falsche Spur. Psychologisch total einleuchtend. Nach dem Liebesrausch und der brutalen Enttäuschung ist er seine Fraulichkeit leid und lässt sich in einen Mann verwandeln. Neues Geschlecht, neues Leben. Aber irgendwann kommt die ganze Hölle wieder hoch. Also muss der Teufel weg, der diese Hölle angeheizt hatte.

Ich war überzeugt, dass niemand je auf mich kommen würde. Warum auch? Ich war nur ein kleines Rädchen in einem Ermittlerteam. Meine Verbindung zu dem Fall rein beruflich.

Es war Zeit für das Finale.

Ich bin hinausgefahren an unseren See. Ich bin auf das Bootshaus zugegangen. Ich habe bewusst Geräusche gemacht. Er hat sie gehört und kam zur Tür heraus. Er hat mich gesehen und mit einem ungläubigen Staunen wiedererkannt. Ich habe das Messer gehoben. Dem Ereignis angemessen mit einem schwarzen Handschuh. Er hat mich mit aufgerissenen Augen angestarrt. Ich habe zugestochen. Zwei Mal. Doppelt tötet besser. Ich habe das Messer in den See geschmissen. Nicht zu weit, die Spurensucher sollten es finden.

Ich konnte zusehen, wie er starb. Wie er noch meinen Kosenamen in die Erde ritzen wollte. Das T landete auf einem Stein und war nicht zu erkennen, nach dem AUS zuckte er ein letztes Mal und rührte sich nicht mehr. Ich wollte die Buchstaben schon unkenntlich machen, da fiel mir ein, sie könnten eine wunderbare falsche Fährte sein zu Strauss und Pausbäckchen. Die enthalten beide ein AUS, Sie verstehen. Pausbäckchen war seine aktuelle Geliebte gewesen. Ich möchte jetzt nicht in ihrer Haut stecken. Mir reicht es, in meiner eigenen Haut zu stecken.

Ich wusste von ihr, weil ich meinen Ex-Lover natürlich gründlich ausrecherchiert hatte, bevor ich ihn umgebracht habe. Man will ja keine Fehler machen. Aber er hatte seinen größten Fehler gerade zum zweiten Mal gemacht. Eine Frau um den Verstand gebracht. Noch ein Grund, den Hirten der leichtgläubigen Schäfchen unschädlich zu machen. Deo gratias, Herr Kaplan!

Es war vollbracht.

Ich bin davongegangen.

Ich hatte meine Mission erfüllt.

Gleich werde ich diesen Brief abgeben, dann fahre ich noch einmal hinaus ans Wasser. Ein letztes Mal.

Olaf wusste, dass alles vorbei war. Bald würde Joschi anrufen.

Er bat Jeanette in sein Büro.

„Schieben Sie alle Termine eine Stunde nach hinten. Ich habe Erfolg gehabt bei meinen Ermittlungen. Aber dieser Erfolg ist nicht leicht zu ertragen."

Jeanette nickte verständnisvoll und schloss die Tür ganz leise hinter sich.

Der Kanzler griff nach seinem Handy.

„Hallo Schnuff, du musst mir jetzt zuhören …"

Kapitel 71

Alles nimmt ein gutes Ende für den, der warten kann.
Leo Tolstoi

Die Gräfin war in ihrem Element. Das hieß Neugier.

Gerade hatte sie sensationslüstern dem Sonntagsblatt entnommen, dass drei Mordfälle erfolgreich aufgeklärt worden waren. Drei Tote, zwei Täter. Beide Frauen.

Die erste Täterin, eine Kinderbuchillustratorin aus Potsdam, die ihren Mann, den ehrenwerten Kolumnisten Herwig Attila Imhoff, auf das Hinterhältigste erschlagen hatte. Friede seiner Asche, unser Verlagshaus wird seiner immer gedenken.

Das zweite Opfer, Imhoffs Nachfolgerin Maja Tacke. Bei einem Streit in die Spree gestoßen und hilflos ertrunken.

Die Täterin im dritten Fall war eine Mitarbeiterin der Kriminalpolizei. Clara Bischoff, von allen Tausendschön gerufen. Ihr Opfer: ein Priester, mit dem sie in jungen Jahren liiert war und der sie dann sitzen gelassen hatte. Er wollte den Namen seiner Mörderin noch in die Erde schreiben, aber er schaffte es nicht bis zum Ende. Und der erste Buchstabe, das T, war auf einem flachen Stein gelandet und nicht sichtbar geworden. Als Hinweis waren nur drei Buchstaben übrig geblieben: AUS.

Höchste Kreise haben bei der Lösung des Mysteriums mitgewirkt, meldete die Zeitung. Leider sei trotz intensiver Recherchen der Redaktion bislang nicht bekannt, um welche Kreise es sich dabei handele.

Aus dem Treppenhaus drang ein Geruch von Kapern in die Wohnung der Gräfin. Er kam unzweifelhaft von den höchsten Kreisen im Stockwerk drüber.

Was bedeutete, der Bundeskanzler betätigte sich in seiner Beletage als Hobbykoch. Immer wieder sonntags.

Er schien eine größere Gästeschar zu erwarten.

Es galt, schleunigst den Beobachtungsposten zu beziehen. Mit Kissen auf der Fensterbank. Wenn schon, dann kommod.

Vor dem Haus war jede Menge los, von Sonntagsruhe keine Spur.

Die Personenschützer hatten Halteverbote aufgestellt.

Für politische Schwergewichte vielleicht? Steinmeier mit Ehefrau? Wowereit mit Ehemann? Die Baerbock mit Ehemann und den Kiddies?

Der erste Wagen, der vorfuhr, sah gar nicht politisch aus. Auch wenn er grün war. Sanremo-grün allerdings. Eine Farbe, die Gräfinnen nicht kennen und mit gutem Recht abscheulich finden.

Die Security dirigierte das Gefährt in den reservierten Bereich. Die Beamten eskortierten freundlich einen Kerl ins Haus, den sie normalerweise gefilzt hätten bis in die Nasenlöcher. Ja, ist es denn die Möglichkeit?

Als Nächstes kam der Transporter eines Fahrdienstes. Die Hecktüren wurden geöffnet, eine Rampe angebracht. Dann rollte eine Frau mit feuerroten Haaren in ihrem Rollstuhl auf die Straße.

Wenn Gräfin Gollwitz nicht irrte, trug die Rotschopfige einen beachtlichen Perlenanhänger vor der ebenso beachtlichen Brust.

Die rätselhaften Ereignisse nahmen kein Ende. Soeben kam ein Taxi angefahren. Dem entstieg ein Prachtstück von einem Mann. Leider hatte er goldfarbene Sneakers an und eine ebensolche Fliege. Was ähnlich schlimm war wie eine Sanremo-grüne Proletenschleuder.

Die Rollstuhlfahrerin und das goldige Schwergewicht klatschten sich ab und verschwanden ebenfalls unbehelligt im Hauseingang.

Jetzt tauchte auch noch diese zitronengelbe Vespa auf. Gesteuert von der Frau mit dem futuristischen schwarzen Helm. Die ihr damals den polizeilichen Großeinsatz vermasselt hatte. Und ein Interview samt Foto in der *Bild* oder wenigstens in den *Potsdamer Neuesten Nachrichten*.

Die Gräfin sah sich in ihrer Überzeugung bestätigt, dass man die SPD nicht wählen konnte. Was für Leute die sich einluden – unmöglich!

Dazu blieb blöderweise offen, um welche seltsamen Vögel es sich handelte und warum sie Zugang zu kanzlerischen Knödeln hatten. Sie würde nach dem Mittagsschläfchen ihre Freundinnen anrufen, um ihren Missmut mitzuteilen. So geht es nämlich nicht!

Bestimmt war Schröder auch ziemlich genervt von der Bagage.

War er keineswegs, denn jeder Besucher hatte ihm ein Geschenk mitgebracht. Seit langer Zeit der beste Sonntag seines Hundelebens!

Die Runde bei Kanzlers war offensichtlich komplett, denn vor dem Haus kehrte Normalität ein. Der Alte Markt hatte wieder seine Ruhe. Die Gräfin verließ von den Beobachtungen erschöpft ihre gepolsterte Aussichtswarte.

Die Security saß in ihren Autos und hatte sich Burger kommen lassen. Mittagszeit.

Die Gräfin stellte sich vor, wie die seltsamen Besucher jetzt am Küchentisch des Regierungschefs futterten und sich mit Recht verdammt privilegiert vorkamen.

Aber was ein Scholz kann, das kann eine von Gollwitz schon lange. Auch bei ihr gab es Königsberger Klopse, ätsch! Von Bofrost. Ein sogenanntes Schlemmer-Menü, da ein paar Kartöffelchen dabei waren. 12 Minuten in der Mikrowelle, 3 Minuten ruhen lassen, fertig! Nachtisch war leider keiner im Haus. Die Puddingschnecken mit Vanillegeschmack, Natriumalginat und Diacetylweinsäureester hatte sie schon alle aufgefuttert.

Eine Stunde später klingelte es an der Wohnungstür. Sie linste durch den Spion. Draußen stand ein südländischer Typ und hielt ihr einen Teller Tiramisu vor die Nase.

„Mi perdoni, ich bin Salvatore von Ristorante um die Ecke. Und das ist für Sie von Signore Cancelliere und seiner Signora."

Das war ein Argument. Und mit Sicherheit besser als Bofrost. Die Gräfin schloss auf.

„Mit Panna", erklärte Salvatore und zeigte auf die Schlagsahne, „bon appetito!"

Die Gräfin nahm das Präsent gnädig entgegen. Vielleicht konnte man die SPD ja doch wählen.

Es war ein fröhlicher Mittag gewesen für den zusammengewürfelten Haufen. Olafs Klopse waren wie immer eines Kanzlers würdig gewesen. Sogar Rocco war hingerissen, obwohl er eingefleischter Fan der Wiener Küche war und normalerweise nichts zu sich nahm, was von fremden Volksstämmen herrührte und verdächtige preußische Namen trug. Klops zum Beispiel. Mizzi hatte Olaf in der Küche assistiert und dabei das Rezept abgekupfert. Nächsten Sonntag würde sie ihren Bruder damit überraschen, er hatte nach dem Verlust seiner größten Liebe immer noch Zuwendung nötig, auch kulinarische.

Schröder hatte Kilometer-Jenny für sich entdeckt, brachte Joschis goldfarbenen Ball und legte ihn ihr in den Schoß. Die Kanzler-Küche war kein idealer Platz zum Apportieren, es funktionierte trotzdem. Man muss nur wollen.

Joschi sah amüsiert zu und war zufrieden mit dem Geschenk, das er ausgesucht hatte. Dann schaute er zu Mizzi, die gerade gekonnt das Geschirr abservierte, und war noch einmal zufrieden.

Olaf hatte den unanständig teuren italienischen Kaffee-Automaten angeschmissen und stellte seinen Gästen winzige Espressi hin, die dufteten wie eine ganze Rösterei. Salvatore würde vor Neid erblassen.

Höhepunkt dann der Auftritt von Britta. Sie balancierte auf einem Tablett blank polierte schmale Glasflöten mit edlem deutschen Sekt. Französischen Champagner konnte schließlich jeder. Außerdem war sie Britta Ernst und nicht Brigitte Macron.

„Auf den gelösten Fall!“

„Auf die Eingebungen des Kanzlers!“
„Auf die deutsch-österreichische Freundschaft!“
„Auf alle, die sich in die Sache reingeschmissen haben! Cheers!“
„Cheers!“
„Servas!“

Dann hatten sich die Essensgäste verabschiedet und waren mit dem Lift nach unten gefahren. Zurück in ihr Normalo-Dasein.

Die ungewöhnlichen Gefährte verließen ihre Parkbuchten. Der Sanremo-grüne E-Flitzer, der Kombi vom Fahrdienst, die gelbe Zweirad-Wespe. Ein Taxi holte den massigen Kerl mit der goldenen Fliege ab.

Die Halteverbote wurden weggeräumt.

Rocco fuhr Richtung Friedhof, um seiner Maja alles ausführlich zu erzählen.

Kilometer-Jenny ließ sich zum Boxstudio chauffieren. Ihr war nach dem Klopper. Der konnte nämlich nicht nur draufhauen.

Mizzi strich gedanklich die rosa Jasmin-Zettel aus ihrem Kopf und legte einen neuen an. Goldfarben wie Joschis Fliege. Darauf nur drei Worte: Warum eigentlich nicht?

Der Kriminalhauptkommissar sagte zum Taxifahrer: „Sie brauchen das Navi nicht. Fahren Sie einfach der gelben Vespa hinterher.“

So kamen Menschen sich näher an diesem Tag. Für andere lag Nähe in weiter Ferne.

Jasmin Imhoff wartete in einer Einzelzelle isoliert auf den täglichen Hofgang und ihren Prozess.

Gastronom Strauss war in seinem ersehnten Geschlecht angekommen, doch das Doppelbett, das er hoffnungsvoll angeschafft hatte, war immer noch zur Hälfte leer. Aber nur Feiglinge geben auf.

Die Bentley-Baronin Duesterberg beklagte tief getroffen den Abgang ihres somalischen Chauffeurs mit dem knackigen Hintern. Doch in den Antworten auf eine Stellenanzeige hatte sich ein blonder nordischer Hüne hervorgetan, der Sven hieß und auch so aussah. Eine vielversprechende Entwicklung.

Müller II saß in der Hollywood-Schaukel auf der Terrasse seines Reihenhäuschens. Neben sich Ehefrau Gerlinde. Die beiden hörten Schlager über ein Internetradio, das Unmengen von einschlägigen Sendern zu bieten hatte. Gerade lief *Mit 66 Jahren, da fängt das Leben an*. Müller dachte an sein kommendes Dasein als Rentner. Er würde garantiert nicht nach San Francisco trampen oder sich ein Motorrad und einen Lederdress kaufen wie Udo Jürgens, er würde es sich einfach mit seiner Geli gut gehen lassen. Den Panzer-Daimler würde er nicht vermissen, den Kanzler schon eher, den Geheimagenten Scholz erst recht.

Und Schröder? Der hatte seit Längerem ein Auge auf die Labradordame Ella geworfen. Auf der Wiese vor dem Reichstag hatte er sie schon etliche Male gedatet. Die Angebetete war vorwitzig und anschmiegsam, hatte ein Fell wie mit Garnier gepflegt und ein absolut erotisches, anregendes Bellen. Aber auch ein Problem. Ihr Frauchen war die ehemalige Landwirtschaftsministerin Julia Klöckner, tiefschwarze CDU. Keine Chance für einen SPD-Boxer. Die Partei würde niemals zustimmen, da sei

Kevin Kühnert vor. Schröders Folgerung: Politik war einfach nicht für den Hund, sondern höchstens für die Katz.

Kapitel 72

Eine ideale Ehefrau ist jede Frau, die den idealen Gatten hat.

Queen Elizabeth II.

Olaf schnappte sich die letzte Flasche Sekt und brachte sie vors Haus zu den Personenschützern: „Aber jeder nur einen Schluck, sonst verpetze ich euch!"

Oben in der Wohnung arbeitete derweil der randvolle Geschirrspüler. Seit Olafs Fußtritt hatte er sich keinen Streik mehr erlaubt.

Die Töpfe spülte Britta mit der Hand, was ihr Mann immer als übertrieben empfand. Aber seine Entscheidungsbefugnis endete mit der Bannmeile des Kanzleramtes und war in der heimischen Küche ohne Relevanz.

Schröder hatte den Geschenkesegen in seinem Korb gebunkert. Die Kauknochen, die Hundekekse und den goldgelben Ball, den Joschi passend zu seinem Outfit ausgesucht hatte.

Die meisten Leckerlis hatte der Hund bereits vertilgt und sich dabei erfolgreich überfressen. Satt und zufrieden döste er in den Nachmittag wie Kater Garfield nach etlichen Portionen Lasagne.

Olaf kam zurück in die Wohnung und schloss ab. Zweimal plus Sicherheitscode.

„Bin wieder da, Schnuff!"

Seine Britta saß im Wohnzimmer auf der Couch, die Knie angezogen, ein zufriedenes Lächeln im Gesicht.

Olaf schnappte die Tchibo-Kuscheldecke aus 100 Prozent Bio-Baumwolle und deckte sich und Britta damit zu.

Die Wärme eines geliebten Menschen zu spüren, ist einfach wunderschön. Sie konnten es beide fühlen.

Im Fernseher lief ein Tatort aus der Mediathek mit dem Münchener Kommissar Veigl. Der mit dem Dackel, die Älteren werden sich erinnern.

Der Ton war ausgestellt.

Olaf philosophierte schweigend vor sich hin und kam zu zwei Erkenntnissen.

Erstens, seine Frau war das Beste, was ihm das Leben je geschenkt hatte.

Zweitens, Gefühle waren Fluch und Segen zugleich. Sie konnten den Himmel öffnen und im nächsten Augenblick die Hölle. Gefühle wie Leidenschaft, Verlangen, Enttäuschung, verletzter Stolz.

Nicht die Messer oder die Schläge töten. Es sind die Gefühle.

„Es sind die Gefühle, die töten", sagte er zu Britta.

Britta drückte Olafs Hand: „Aber nicht bei uns."

Sie legte ihre Wange an seine.

„Stimmt's, Ollibär?"

„Stimmt, Schnuff!"

Wissenswertes

Man muss nicht alles wissen.
Man muss nur wissen, wo es steht.
Anonym

BÄR, GOLDENER

Internationale Filmfestspiele in Berlin. Trophäe ist eine goldene Bärenfigur. Eigentlich müssten die Preisträger eine Handvoll goldfarbenen Dreck erhalten, denn der Name „Berlin" kommt nicht von einem Bären, sondern vom slawischen Wortstamm „Ber", was Sumpf bedeutet.

BAERBOCK, ANNALENA

Geboren in Hannover. Als Kanzlerkandidatin gegen Olaf Scholz unterlegen. Verheiratet mit Daniel Holefleisch, der seinen Managerjob bei DHL aufgegeben hat, als sie Ministerin wurde. Der Ehemann managt jetzt den Haushalt und betreut die Kids.

BIDEN, JOE

War bei seiner Wahl zum US-Präsidenten 77 Jahre und damit so alt wie keiner seiner Vorgänger. Musste im Privatleben viele

Schicksalsschläge verkraften. Seine erste Frau und seine Tochter verlor er durch einen Verkehrsunfall. Später starb Sohn Beau an einem Gehirntumor. Sohn Hunter wurde wegen Drogenkonsums, verbotenen Waffenbesitzes und Steuerhinterziehung auffällig. Seit 1977 ist Biden in zweiter Ehe mit Jill verheiratet. Der Spitzname „Sleepy Joe" wurde ihm von Donald Trump verpasst. 2020 soll Biden bei einem Interview eingeschlafen sein. Das „Beweis"-Video war allerdings eine dreiste Fälschung. Fake News, um bei Trump zu bleiben. Weitere wesentliche Informationen finden sich in Kapitel 65.

BOOTSANLEGER, ALDI
Potsdam, Berliner Straße 47–48
Koordinaten für Skipper: 52°24'30"N 13°04'44"E

BILD
Die Zeitung mit den großen Buchstaben. Boulevardzeitung seit 1952, gegründet von Axel Springer. Regt kritische Geister immer wieder zu scharfzüngigen Kommentaren an: *Wenn Robert Habeck übers Wasser laufen würde, würde die Springer-Presse titeln: „Habeck kann nicht schwimmen". (Quelle: Julian Grendel auf Twitter, 27.09.2022)*

CURRYWURST
Erfunden von Herta Heuwer am 4. September 1949 in ihrem Imbiss Ecke Kant- und Kaiser-Friedrich-Straße in Berlin. Heute existieren in Berlin circa 1500 Currywurststände, an denen jährlich 70 Millionen der Kreation verzehrt werden. Wie viele davon Gerhard Schröder verdrückt hat, ist nicht dokumentiert.

DETEKTIV (PRIVAT)
Ermittler ohne hoheitliche Befugnisse. Detektive haben keine Sonderrechte. Sie benötigen zur Berufsausübung weder eine polizeiliche Erlaubnis noch eine staatliche Lizenz. Eine Ausbildung zum Detektiv gibt es nicht, da der Beruf nicht im Berufsbildungsgesetz vorkommt. Eine Ausbildung zum Bundeskanzler kommt übrigens auch nicht vor.

EINSTEIN, CAFÉ
Kurfürstenstraße 58.
Zurzeit wegen Renovierung geschlossen.

ELEFANTENKLO
Spitzname des Kanzleramtes in Berlin, auch Kohlosseum oder Bundeswaschmaschine genannt.

ERNST, BRITTA
Kauffrau der Grundstücks- und Wohnungswirtschaft, Diplomsozialökonomin. Ehemalige brandenburgische Ministerin für Bildung, Jugend und Sport. Seit 1998 mit Scholz, Olaf verheiratet. Hat es geschafft, dass ihr Mann den Sport intensiviert und so 15 Kilo abgenommen hat. Hört gerne Jazz, am liebsten Miles Davis. Der Spitzname *Schnuff* ist nicht bestätigt, würde aber passen.

FAESER, NANCY
Erste Frau an der Spitze des Innenministeriums. Hegt eine heimliche Schwäche für die Soap „Verbotene Liebe“ und für Filme mit Dustin Hoffmann.

FESTNAHME
Festnehmen und Verhaften sind zwei Paar Polizisten-Stiefel. Über eine (vorläufige) Festnahme können Polizeibeamte selbst entscheiden. Eine Verhaftung geht nur, wenn ein Richter einen Haftbefehl ausstellt. Dafür muss ein dringender Tatverdacht vorliegen, zusätzlich ein Haftgrund wie Fluchtgefahr oder Verdunkelungsgefahr.

GUGELHUPF
Nicht verwandt oder verschwägert mit der Internet-Plattform Google. Rein analoge Süßspeise aus den Ländern der K.-u.k.-Monarchie. Noch heute dort in aller Munde.

HABECK, ROBERT
Nordlicht aus Lübeck, betrieben mit Solarstrom. Gemeinsam mit Ehefrau Andrea Paluch schrieb er Kinderbücher: „Ruf der Wölfe“, „Flug der Falken“, „Kleine Helden, große Abenteuer“. Hat vier erwachsene Söhne, darunter Zwillinge. Passionierter Radler. Schloss sich den Grünen an, um einen Fahrradweg durchzusetzen.

JEANETTE (SCHWAMBERGER)
Real existierende Büroleiterin und Vertraute von Olaf Scholz. Badische Perle im Zentrum der Macht. Ob sie tatsächlich eine geniale Kuchenbäckerin ist, muss noch abschließend erforscht werden.

JESSAS MARIA (UND JOSEF)
Jessas = Jesus. Österreichischer Ausdruck des Erstaunens, Erschreckens oder Unmuts. Auch Herrschaftszeiten, Kruzineser oder Sacklzement.

KLATSCHKOLUMNIST
Erster in Deutschland und bislang unerreicht war Hannes Obermaier, der sich den bezeichnenden Namen Hunter gab, was fast so gut ist wie Hai. Er hatte zwar einen Arbeitsplatz bei der Zeitung, residierte aber lieber an der Bar des Hotels Bayerischer Hof in München mit eigenem Telefon und Briefkasten. Dass in diesem Buch geschilderte Praktiken nicht übertrieben sind, beweist sein Satz: „Die Großindustriellen, die einem 10.000 Mark Honorar fürs ‚Nichtschreiben' in die Hand drücken, sind ja so selten." *(Quelle: Wikipedia)*

KLOPSE, KÖNIGSBERGER
Klöße aus Hackfleisch und Sardellen in einer pikanten hellen Soße mit Kapern und nochmals Sardellen. Der Name kommt von der Stadt Königsberg, heute Kaliningrad. Ob die Klopse zukünftig in Scholzknödel umbenannt werden, ist noch nicht gegessen.

KÜHNERT, KEVIN
Beamtensohn, Ex-Schülersprecher am Gymnasium, Ex-Juso, aktuell SPD-Generalsekretär. Keine abgeschlossene Ausbildung, Fan von Arminia Bielefeld. Hobby Bergwandern, also doch ein Gipfelstürmer.

LAMPENLADEN
Angesiedelt im Paul-Löbe-Haus, in der Nachbarschaft von Kanzleramt und Reichstagsgebäude. Eine von mehreren Kantinen für die 6000 Mitarbeiter des Deutschen Bundestages. Die Namensgebung ist eine Reminiszenz an *Erichs Lampenladen*, den ehemaligen Palast der Republik, dessen Foyer ebenfalls mit Hunderten Kugelleuchten illuminiert war.

LAUTERBACH, KARL

Ganz genau Prof. Dr. med. Dr. sc. Karl Wilhelm Lauterbach. Als Minister vom Fach, da abgeschlossenes Medizinstudium. Liest nachts medizinische Studien. In Sachen Nachwuchs Rekordhalter unter den Ministern: 5 Kinder. Trinkt Rotwein, spielt Tischtennis. Zitat über Olaf Scholz: *„Olaf Scholz – das sind Ideale auf zwei Beinen."*

LINDNER, CHRISTIAN

Oldenburger Kohlkönig und Finanzminister. Gründete mit 18 eine Firma für Werbematerial, um sich eine Wohnung und einen Porsche leisten zu können, ohne den Eltern auf der Tasche zu liegen. Mag nicht nur schnelle Autos, sondern auch teure Uhren. Verkauft seine alten Anzüge im Internet. Er besitzt eine deutsche Rennlizenz, den Sportbootführerschein See, einen Fischereischein und hat die Jägerprüfung abgelegt. Bekennender BVB-Fan. War 2018 bis 2021 im Wirtschaftsrat des Vereins. Der Klub steht finanziell trotzdem gut da.

MACRON, EMMANUEL JEAN-MICHEL FRÉDÉRIC

Wurde mit 39 Jahren jüngster Präsident Frankreichs. Ein Linker mit elitärem Hintergrund. Seine Eltern waren Ärzte, er studierte an den besten Universitäten, war Banker bei Rothschild & Cie. Begnadeter Pianist, wird als „Mozart vom Élysée-Palast" bezeichnet. Als Jugendlicher errang er den dritten Preis im Klavierspiel am Konservatorium von Amiens. Im Alter von 17 verliebte er sich in seine Französischlehrerin Brigitte Trogneux, die 24 Jahre älter ist. Seit 2007 sind die beiden verheiratet.

MERCEDES S 680 GUARD
Kanzlerlimousine. Festung auf vier angetriebenen Rädern. Zivile Resistenzklasse VR10. Will heißen, der Wagen hält Granatenangriffen sowie dem Beschuss mit Sturm- und Scharfschützengewehren stand. Gewicht 4,2 Tonnen, davon 2 Tonnen Panzerung. 612 PS, Spritverbrauch wie ein Lkw. Grundpreis 457.100 Euro. Gute Fahrt!

MERZ, JOACHIM-FRIEDRICH MARTIN
Bundesvorsitzender der CDU. Spross einer Juristenfamilie. Funkamateur, spielt Klarinette, hat eine Pilotenlizenz und ein eigenes Privatflugzeug. Forderte 2003, dass die Steuererklärung auf einen Bierdeckel passen müsse. Passt aber immer noch nicht. Nannte den Kanzlerkandidaten Olaf Scholz einen „Waschlappen". Mittlerweile hat er sich bei einem „ausführlichen gemeinsamen Abendessen" dem Kanzler wieder angenähert. Laut Aussage von Mizzi fand das Essen nicht im *Einstein* statt.

MÜLLER II
Erfundene Person. Wäre jedem Kanzler oder jeder Kanzlerin zu wünschen.

ÖZDEMIR, CEM
Bundesminister für Ernährung und Landwirtschaft. Seit dem 17. Lebensjahr Vegetarier. Anhänger des VfB Stuttgart, gehört dem VfB-Fanklub im Bundestag an. Kam zu seiner Ernennung als Minister mit dem Fahrrad ins Schloss Bellevue. Hält nichts von Lindners Porsche: „Den hänge ich mit dem Elektroauto an jeder Ampel ab." *(Quelle: Bunte)*

PIEFKE
Österreichische Bezeichnung für den preußischen Menschenschlag. Nach dem zackigen Militärmusiker Johann Gottfried Piefke. Davon auch „piefig“ für altmodisch, steif, spießig.

PISTORIUS, BORIS
Sein Arbeitsplatz, das Verteidigungsministerium im Berliner Bendlerblock, wird intern „Schleudersitz“ genannt. Was ihm aber nichts ausmachen dürfte, da er als Macher gilt. Als Innenminister in Niedersachsen trug er den Spitznamen „roter Sheriff“. Hat im Gegensatz zu vielen seiner Vorgänger den Wehrdienst absolviert, kennt also auch die Niederungen.

PORNOS
Ein Antrag der Jusos von Berlin-Mitte für den SPD-Landesparteitag 2022 forderte: Die öffentlich-rechtlichen Sender sollen zukünftig feministische Pornos in ihren Mediatheken zeigen und die entsprechenden Filmrechte auf Kosten der Gebührenzahler kaufen.

PROVOCATEUR, BAR
Im gleichnamigen Hotel. Berlin, Brandenburgische Straße 21.

SCHMIDT, WOLFGANG
Hamburger Jung. Bundesminister für besondere Aufgaben und Chef des Bundeskanzleramtes (ChefBk). Büro auf der 7. Etage gegenüber dem Kanzlerbüro. Mit einer Mexikanerin verheiratet, spricht fließend Spanisch. Hat zwei Hobbys: Tischfußball und Hochseefischerei. Totaler Fan von a) FC St. Pauli und b) Olaf Scholz. Olé!

SCHOLZ, OLAF

Neunter Kanzler der Bundesrepublik Deutschland. Geboren in Osnabrück, aufgewachsen in Hamburg. Körpergröße 1,70 Meter. Evangelisch getauft, jetzt konfessionslos. Betreibt als Sport Rudern und Joggen. Markenzeichen ist die unvermeidliche schwarze Aktentasche des Hamburger Herstellers Bree. Es heißt, der Knabe Scholz sei damit auf die Welt gekommen. Die Leidenschaft für Kriminalfälle wurde vom Autor dieses Buches aufgedeckt, der dafür aber keine Gewähr übernimmt.

SCHOLZ, OLAF – ZITATE

„Eine Gesellschaft des Respekts, das ist mein Leitbild für Deutschland."

„Mit der Waffe an der Schläfe lässt sich nicht verhandeln, außer über die eigene Unterwerfung."

„Man kann nicht im Nerzmantel nach Staatshilfen rufen."

„Ja, der Baumarkt-Spruch stimmt: Es gibt immer was zu tun!"

SCHOLZOMAT

Wortkreation der *Zeit* aufgrund der angeblich allzu monotonen Redeweise des Kanzlers. Scholz erklärte dazu, die Beschreibung habe er als sehr treffend empfunden. Das war natürlich geschwindelt, denn der Scholzomat ist in Wahrheit ein echtes Emotionsbündel, was in diesem Roman auch gebührend dargelegt wird.

SÖDER, MARKUS

Nämbercher Frangge (Nürnberger Franke). Ministerpräsident des Freistaates Bayern, Parteivorsitzender der CSU. Langstreckenschwimmer, Tennisspieler, Fan des 1. FC Nürnberg. Erscheint zur Fernsehsitzung „Fastnacht in Franken" stets in aufwendiger Kostümierung. Cineast mit Vorliebe für Science-Fiction. Setzte sich deshalb auch erfolgreich für eine Fortsetzung der Kindersendung *Unser Sandmännchen* ein.

SCHRÖDER, GERHARD FRITZ KURT

Auch Gas-Gerd oder Kreml-Kuschler. Kanzler der Bundesrepublik Deutschland von 1990 bis 1998. Regierte im Kommandostil, baute mit der Agenda 2010 den Sozialstaat um. Bessert sein karges Alterssalär mit russischer Kohle auf. Ehemaliger Currywurstfan, laut fünfter Ehefrau So-yeon Schröder-Kim zu Hafermilch & Co. konvertiert.

TCHIBO

Gegründet vom Kaffeehändler Max Herz und dem Gewürzkaufmann Carl Tchilling-Hiryan. Der Markenname Tchibo ist ein Akronym aus Tchiling und Bohne. Geschäftsidee war der Versand von Kaffee per Post. Nachweise, dass Regierungschefs tatsächlich in Tchibo-Klamotten joggen, sind nicht erbracht.

WEHNER, HERBERT

In der Bonner Republik Bundesminister für gesamtdeutsche Fragen und SPD-Fraktionsvorsitzender. Vormals Anarchist, Kommunist, Widerstandskämpfer gegen die Nazis. Musste deswegen ins Gefängnis. Nach Kriegsende Karriere in der SPD und Aufstieg zur „größten parlamentarischen Haubitze aller Zeiten" (Heiner Geißler). Brachte es auf bis heute unübertroffene 75 Ordnungsrufe.

WELTLATERNE, KLEINE
Nestorstraße 22, 10709 Berlin. Öffnungszeiten: Dienstag und Donnerstag bis Samstag ab 20.00 Uhr.

WISSING, VOLKER
Bundesminister für Digitales und Verkehr. Stets perfekt gekleidet, erinnert er an einen James-Bond-Darsteller, deshalb auch „Daniel Craig mit Juraexamen" genannt. Bekennender Christ. Seine Familie besitzt ein Weingut in der Pfalz. Er spielt Orgel und war 13 Jahre als nebenamtlicher Kirchenmusiker in der protestantischen Kirchengemeinde Heuchelheim tätig.

ZU GUTER LETZT
Hier ist endgültig Schluss mit diesem Buch.
Ich freue mich, wenn es gefallen hat.

Wolfgang Hofer